Kirsten »Kiki« Kerner besucht ihre Freundin Maja, die es aus Berlin in die Provinz verschlagen hat – ausgerechnet in Kikis Heimatstadt Moersen. Was als trübes Wochenende beginnt, entwickelt sich bald zum Krimi: Der Sohn des Pfarrers ist tödlich verunglückt. Die Hinweise verdichten sich, dass jemand nachgeholfen hat.

Wer hatte seine Hand im Spiel? Der Erzrivale des Pfarrers, der nur auf eine Gelegenheit wartet, dem Geistlichen zu schaden? Einer der vielen Angehörigen der Spieß-Dynastie, die in Moersen gedeiht wie Butterblumen auf der sumpfigen Weide? Der Leiter einer amerikanischen Sekte, die sich in Moersen eingenistet hat? Oder war der Pfarrer, der sich kurz vor der Silberhochzeit von seiner Frau getrennt hat, selbst der Täter?

Die Journalistin und Amateurdetektivin Kiki gerät in eine Welt, die ihr fremd geworden ist. Doch sie entlarvt mit ihren Freundinnen Maja und Emmchen den Männerfilz um die Seilschaften. Die Honoratioren sehen ihre Stühle wackeln und setzen sich zur Wehr ...

Anne-Kathrin Koppetsch, geboren 1963, arbeitet in Dortmund als Pfarrerin für Öffentlichkeitsarbeit. Nach ›Blei für den Oberkirchenrat‹ (Band 14524) ist ›Blues im Pfarrhaus‹ ihr zweiter Krimi mit der Theologen-Journalistin Kirsten »Kiki« Kerner.

Unsere Adresse im Internet: www.fischer-tb.de

Anne-Kathrin Koppetsch

Blues im Pfarrhaus

Roman

Fischer Taschenbuch Verlag

Die Frau in der Gesellschaft
Herausgegeben von Ingeborg Mues

Originalausgabe
Veröffentlicht im Fischer Taschenbuch Verlag,
einem Unternehmen der S. Fischer Verlag GmbH,
Frankfurt am Main, September 2002

© Fischer Taschenbuch Verlag
in der S. Fischer Verlag GmbH,
Frankfurt am Main 2002
Satz: Pinkuin Satz und Datentechnik, Berlin
Druck und Bindung: Clausen & Bosse, Leck
Printed in Germany
ISBN 3-596-15485-5

Die Personen

Kirsten »Kiki« Kerner ist gelernte Theologin und praktizierende Fernsehjournalistin in Berlin. Ihr zweiter Fall führt sie »back to the roots« in ihre Heimatstadt Moersen.

Maja Klingenberg, Kikis Freundin, hat sich mit einem Kater aus Berlin in die Provinzstadt Moersen verabschiedet.

Emmchen, Moersener Urgestein, siebzig plus x Jahre alt, spielt Saxophon, gelegentlich auch Detektivin und gehört zur legendären Moersener Spieß-Dynastie.

Pfarrer Martin Schiffer verliebt sich nach mehr als zwanzig Ehejahren in seine Politik-Kollegin und Konkurrentin Regina Kempe. Alle Beteiligten tun ihm Leid und er sich selbst am meisten.

Karen Tiebel-Schiffer macht nach zwanzig Jahren Pfarrfrauendasein Karriere als Konzertsängerin und überflügelt ihren Mann, was diesem nicht passt.

Tobias Schiffer, Sohn von Martin und Karen, stirbt bei einem Autounfall.

Ruth war seine Freundin.

Susanne Schiffer, Tochter von Martin und Karen, lebt

in Bremen mit ihrer WG und ihrem Softie-Freund Jürgen zusammen.

Regina Kempe will als allein erziehende Mutter in die Politik und verliert ihr Herz an einen verheirateten Mann.

Bürgermeister Friedrich Spieß sorgt sich um die Stadt Moersen, mehr jedoch noch um deren Image.

Jürgen Spieß, sein Sohn, deckt als Reporter die Skandale auf, die sein Vater vertuschen will.

Gudrun Spieß, Jürgens Frau, mischt im Rathaus die Honoratioren auf.

Gotthard Spieß, Friedrichs Bruder, betreibt ein Baugeschäft.

Heinz Spieß, dessen Sohn, ist als Junior im Familienunternehmen tätig.

Porksen duldet den Zeitgeist in seinem mittelständischen Unternehmen, aber nicht in der Kirche und wünscht sich Pfarrer Schiffer weit weg aus Moersen.

Detektiv Schneider schnüffelt Ehegeschichten aus und hat selbst einiges zu verbergen.

Pastor Andy Brown ist Leiter der Kirche der Brüder der Liebe, einer umstrittenen amerikanischen Freikirche.

Markus Meier ist sein Schützling und seine rechte Hand.

Jojo ist Meiers Mitbewohner und Freund.

Moersen ist eine fiktive 30 000-Einwohner-Stadt irgendwo im ländlichen Westfalen.

*Jede Ähnlichkeit mit noch lebenden oder
bereits verstorbenen Personen ist
rein zufällig und nicht beabsichtigt.*

**Dank an meine Ex-WG, die mir geholfen hat, den »Siegen-Blues« zu überstehen, an Maike und
Kai, an Ingeborg Mues und Tanja Seelbach
vom Lektorat des Fischer Taschenbuch Verlages –
und last but not least an meine evangelische Kirche, die
eine Pfarrerin wie mich (er)trägt.**

Eins

»Moersen«, tönte die Stimme des Schaffners aus dem Lautsprecher. »Hier Moersen!«

Ich schreckte aus dem Halbschlaf hoch. Der Zug fuhr in den Bahnhof ein. Durch die Fensterscheiben sah ich das Schild, auf dem mutmaßlich der Name meiner Heimatstadt stand. Lesen konnte ich es nicht. Der tanzende Schneeregen hatte sich zu einem wehenden Vorhang verdichtet. Die kümmerliche Bahnhofsbeleuchtung erhellte die Schriftzüge nicht.

Ich schnappte mir meine Reisetasche und eilte in Richtung Tür. Natürlich klemmte sie, wie meist bei den alten Bummelzügen, sprich Regionalbahnen. Als sie sich endlich quietschend öffnete, hatte der Schaffner, pardon, der Zugbegleiter, bereits seine Trillerpfeife im Mund und wollte das Abfahrtssignal geben.

Ich winkte ihm heftig zu. Beim hastigen Abstieg blieb ich mit meinem Pfennigabsatz im Trittbrett-Gitter hängen. Es gelang mir, den Schuh zu befreien. Der Absatz blieb hängen.

Der Zugbegleiter winkte fröhlich zurück. Die Bahn mit den entscheidenden sieben Komma fünf Zentimetern, die nun an meinem Schuh fehlten, verschwand hinter der nächsten Kurve. Seufz. Meine schönen neuen, teuer erworbenen Pumps. Ich hinkte frustriert auf das Bahnhofsgebäude zu.

So hatte ich mir meine Ankunft nach zwei Jahren Abwesenheit nicht vorgestellt.

Die Bahnhofsuhr zeigte drei Minuten vor acht an. Ein offenes Geschäft würde ich nicht mehr finden. Sollte ich wirklich zur Versammlung der Moersener Honoratioren in der Stadthalle gehen? Oder sollte ich mich lieber in einer Gaststätte aufhalten, bis die Veranstaltung zu Ende war und ich meine Freundin Maja treffen konnte? Ich warf einen Blick in die verräucherte Bahnhofskneipe. Sieben verlebte Gestalten stierten dort in ihr Bierglas. Die Alternative hieß *McDonald's*.

Also auf zur Stadthalle.

Eine halbe Stunde später schlüpfte ich durch das Portal in den Bürgersaal. Ich wollte mich verschämt in die hinterste Reihe setzen. Leider waren nur noch in den vordersten Reihen Plätze frei.

Tack-knirsch, tack-knirsch arbeitete ich mich über die Holzdielen nach vorne vor, die linke Körperhälfte 172,5 Zentimeter groß, die rechte 165 Zentimeter klein.

Bürgermeister Friedrich Spieß am Rednerpult starrte mich an und kam aus dem Konzept. »Und so freuen wir uns, dass nun, dass nun ...«

Tack-knirsch, tack-knirsch.

Vereinzelte Gäste in den vorderen Rängen drehten sich zu mir um.

»Und so freuen wir uns, dass wir die Angelegenheit nun in einem Gespräch mit den beiden ... äh ... Geistlichen klären können und dass Sie alle so zahlreich erschienen sind und dass wir auch eine ... frühere Moersener Bürgerin unter uns begrüßen dürfen«, fuhr er fort.

Jetzt wandten sich mir schätzungsweise 150 Gesichter zu.

Ich wurde puterrot unter meinem blondierten Fransenschnitt.

Hallo, hier kommt Kirsten Kerner, genannt Kiki, Fernsehjournalistin in Berlin. Erleben Sie sie bei ihrem großen Auftritt als Dame von Welt in der Provinzstadt Moersen. Sie präsentiert Ihnen heute den neuen, asymmetrischen Schuh-Look, frisch importiert aus der Hauptstadt.

Meine Freundin Maja hatte mich nun auch bemerkt und gab mir ein Zeichen. Sie wies auf einen freien Platz an ihrer Seite.

»Hi«, begrüßte sie mich.

Mit dem letzten Rest von Würde ließ ich mich auf den Stuhl fallen und stützte den Kopf in den Händen ab.

Neben Maja saß eine ältere Dame mit schlohweißem, kurz geschnittenem Haar und einer dicken Brille. »Das ist Emmchen«, stellte Maja vor, »meine Mitbewohnerin und Vermieterin.«

»Hallo«, begrüßte ich sie leise. »Schön, dass wir uns mal kennen lernen. Maja hat schon viel von Ihnen erzählt.«

Emmchen schmunzelte: »Das Gleiche gilt auch umgekehrt. Aber ich schlage vor, dass wir uns duzen. Du wirst ja auch bei uns wohnen dieses Wochenende.« Wir drückten uns kräftig die Hände. Es war Sympathie auf den ersten Blick.

Maja hatte es vor einem halben Jahr beruflich bedingt von der Hauptstadt in die Provinz verschlagen. Ausgerechnet in meine Heimatstadt, ein verschlafenes 30 000-Einwohner-Nest in Nordrhein-Westfalen. Mit ihrem Sozialpädagogikstudium hatte sie in Berlin keine Stelle gefunden. Überall in den Einrichtungen wurde gespart. Nach einem halben Jahr Arbeitssuche hatte sie schließlich auf eine Stellenanzeige geantwortet, auf die meine Mutter mich aufmerksam gemacht hatte. Also packte Maja schweren Herzens ihre Koffer und begann bei der Suchtberatung der Caritas in Moersen-City.

Unserem gesamten Freundeskreis hatte sie damals furchtbar Leid getan. Wir verabschiedeten sie mit einer riesigen Cocktailparty und einem winzigen Kater, damit sie sich nicht so alleine fühlte. Den Kater nannte sie Romeo.

Maja und Romeo fanden Asyl in der großzügigen Eigentumswohnung des Moersener Urgesteins Emmchen, »siebzig plus x« Jahre alt, leidenschaftliche Saxophonspielerin und maßvolle Whiskytrinkerin.

Dorthin hatte sie mich für dieses Wochenende eingeladen, »Einstand feiern«.

»Wenn du kannst, dann komm doch schon am Freitagabend«, hatte Maja am Telefon vorgeschlagen. »Da ist in der Stadthalle eine Veranstaltung mit dem evangelischen Pfarrer und dem Pastor von einer amerikanischen Kirche, die auch hier in Moersen eine Gemeinde hat. Es hat Zoff gegeben zwischen den beiden. Wahrscheinlich fetzen sie sich auch bei der Veranstaltung. Der Bürgermeister wird moderieren, er ist sehr um den Ruf der Stadt besorgt. Das wird bestimmt lustig.«

»Zoff? Warum haben sie sich gezofft?«, hatte ich verwundert gefragt.

Maja hatte daraufhin behauptet, das sei eine lange Geschichte und sie habe gerade Besuch und könne nicht so lange reden. »Wir haben am Wochenende ja dann Zeit genug.« Neugierig, wie ich war, wollte ich mir den Zoff gerne live ansehen.

Und so saß ich in der Stadthalle und wartete darauf, was passieren würde.

Bisher wirkte die Szene ganz friedlich.

Auf der Bühne saßen drei Männer. Bürgermeister Spieß, weißhaarig und bärtig in der Mitte, hatte den Mann an seiner rechten Seite vorgestellt: »Ich begrüße

Andy Brown, Pastor von der Kirche der Brüder der Liebe.« Der etwa vierzigjährige gepflegte Mann mit dem blonden Haar sagte höflich »Guten Abend!« zum Publikum und grinste jungenhaft. Er trug einen taubenblauen Anzug und ein helles Hemd und wirkte mindestens so harmlos wie Fernsehliebling Johannes Kerner, mein Nachnamensvetter. Die Pausbacken störten ein wenig.

Links neben dem Bürgermeister erkannte ich Martin Schiffer, Pfarrer der evangelischen Gemeinde in Moersen. Bei ihm war ich mit vierzehn in den Konfirmandenunterricht gegangen. Er war seitdem älter geworden. Wie wir alle. Sein Schädel war blank über dem edlen Gesicht mit hoher Stirn. Finger, die nervös an einer weinroten Krawatte zupften. Dezentes Jackett zu legeren Jeans. Er war auf hinreißende Art gealtert, das musste ihm der Neid lassen. Ein Mann von Welt. Martin Schiffer wäre mir sogar in Berlin aufgefallen.

Schiffer begann: »Wir sind heute Abend hier zusammengekommen, um einiges zu klären. Ich muss dabei leider auf einige Vorkommnisse zu sprechen kommen, die mich und meine Familie sehr belastet haben. Die meisten von Ihnen wissen, dass ich vor einiger Zeit, als … nun ja, jedenfalls dass ich vor einiger Zeit anonyme Briefe bekommen habe.«

Er machte eine Pause und blickte über das Publikum. Einige Besucher nickten.

»In diesen Briefen stand, dass ich nicht mehr als Pfarrer arbeiten soll. In einem war sogar zu lesen, dass ich zur Hölle fahren soll. Ja, es standen noch schlimmere Verwünschungen und Beschimpfungen darin, die ich an dieser Stelle nicht vorlesen möchte.« Er raschelte mit den Blättern in seinen Händen.

Gemurmel im Publikum.

»Meine Frau hat das alles sehr mitgenommen. Sie hat mich darum gebeten, meine Versetzung zu beantragen«, fuhr er fort und richtete den Blick auf eine blonde, zierliche Mittvierzigerin in der ersten Reihe. Aha. Karen Tiebel-Schiffer. Auch an ihr waren die Jahre nicht spurlos vorübergegangen. Sie wirkte allerdings schicker als früher. Keine Spur mehr von langen Haaren und indischen Hängekleidern. Stattdessen trug sie einen modischen Pagenschnitt und ein Kostüm mit kurzem Rock.

Schiffer erhob seine Stimme leicht: »Ich möchte an dieser Stelle darum bitten: Wer auch immer für die Briefe verantwortlich ist, möge damit aufhören! Meine Damen und Herren, das ist kein Spaß mehr und auch kein harmloser Streich! Ich habe bisher darauf verzichtet, Anzeige zu erstatten. Aber ...« Er lehnte sich zurück und schaute in die Menge. »Wenn diese Belästigungen nicht aufhören, kann ich für nichts mehr garantieren!«

»Herr Kollege«, meldete sich nun der blonde Pastor zu Wort, »Sie sollten vielleicht erwähnen, worauf sich diese anonymen Briefe bezogen haben.« Er sprach das R wie ein L aus.

»Ein Amerikaner?«, fragte ich Maja. Er hatte einen leichten Akzent, obwohl er fließend und fast fehlerfrei deutsch sprach.

Maja nickte: »Er lebt seit zwölf Jahren in Moersen und leitet hier die Gemeinde der Brüder der Liebe. Die Gemeinde hat in letzter Zeit viel Zulauf, vor allem von den Jugendlichen. Da kommt die evangelische Kirche nicht mit.«

Vor dreizehn Jahren hatte ich Moersen verlassen, um zu studieren. Wir hatten uns also knapp verpasst.

Der amerikanische Pastor ergriff wieder das Wort: »Tatsächlich haben Sie sich etwas zuschulden kommen lassen, Herr Kollege. Sie haben die Ehe gebrochen! Sie haben Ihre Frau betrogen! Sie haben sich nicht an die Gebote Gottes gehalten! Du sollst nicht Ehe brechen, steht in seine Gebote. Sie sind Pfarrer, Herr Kollege, und sollten es eigentlich wissen!«

Einige Jugendliche im Publikum klatschten.

»Genau«, kommentierte eine tiefe, sonore Stimme einige Reihen vor uns.

»Wenn Ihre Frau nicht mehr hier leben will, dann ist das Ihnen zuzuschreiben! Sie haben Ihre Frau – wie sagt man – zum Narren gehalten, so wie der Bill Clinton seine Hillary. Sie haben sie betrogen. Sie haben sie bloßgestellt vor die ganze Stadt hier. Jetzt geben Sie die Schuld für Ihre Sünde nicht den anderen!«

Applaus im Publikum. »Ganz richtig.« Wieder die sonore Stimme schräg vor uns.

Martin Schiffer antwortete gelassen: »Aber Sie wissen auch, dass Jesus gesagt hat: ›Wer ohne Sünde sei, werfe den ersten Stein!‹«

Dieses Mal nickte Emmchen und sagte mit ihrer leicht knarzenden Altfrauenstimme: »Sehr richtig!«

Schwache Zustimmung im Publikum.

Martin Schiffer war noch nicht fertig. »Und Sie wissen auch, dass man einige der Jugendlichen aus Ihrer Gemeinde mit der Sprühdose in meinem Garten gesehen hat! Die Wände sind mehrmals besprüht und beschmiert worden – mit Wörtern, die ich nicht öffentlich nennen möchte. Der Küster und ich hatten stundenlang damit zu tun, die Wände zu säubern. Ich mache Sie persönlich dafür verantwortlich, dass das aufhört! Ich erwarte eine Entschuldigung von Ihnen für diese Schmierereien!« Seine Stimme war lauter geworden.

Der Bürgermeister schaltete sich ein: »Meine Herren, bitte beruhigen Sie sich doch!«

Pastor Andy Brown ließ sich nicht beirren. »Herr Kollege, *ich* habe nicht mit der Sprühdose in Ihrem Garten gestanden. *Ich* habe nicht Ihre Wände besprüht. *Ich* habe keine Briefe an Sie geschrieben. Ich kann mich nicht entschuldigen für etwas, das ich nicht getan habe.«

»Ach, und Sie haben etwa auch nicht meinen Sohn aufgehetzt? Ihm nicht gesagt, sein Vater sei unwürdig und er könne nicht mehr das Wort Gottes predigen, aus einem unberufenen Mund könne kein berufenes Wort kommen ...«

»Herr Kollege, jetzt lassen Sie – wie sagt man – jetzt lassen Sie die Kirche am Dorf. *Sie* haben Tobias aus dem Haus getrieben, Sie haben ihn aus Ihrer Gemeinde getrieben mit Ihrem Fehltritt. Einen jungen Menschen, der Halt braucht ...«

»... den Sie ihm natürlich geben konnten mit Ihren simplen Wahrheiten!«, ätzte Martin Schiffer.

»Halt, halt, halt!« Der Bürgermeister klatschte in die Hände. »Bitte, werden Sie nicht persönlich, meine Herren!«

Pfiffe und Applaus im Publikum. Aber die beiden Kampfhähne waren nicht aufzuhalten.

»Das war natürlich ein Freudenfest für Sie, Herr Kollege!« Martin Schiffer sagte es ironisch: »Der Sohn des Pfarrers geht in eine Sekte! Eine bessere Werbung hätte es für Sie nicht geben können! Geben Sie es doch zu!«

Pfiffe und Buhrufe von den Jugendlichen.

»Herr Kollege, jetzt sind Sie zu weit gegangen! Die Kirche der Brüder der Liebe ist keine Sekte!«

Der Bürgermeister hob ratlos die Hände: »Meine Herren, meine Herren ...!«

Eine ältere Frau trat auf die Bühne und gab dem Bürgermeister ein Zeichen. Spieß erhob sich und folgte ihr. »Sie entschuldigen mich für einen Augenblick, bitte!«

Die beiden Geistlichen hatten sich zurückgelehnt und musterten sich feindselig mit zusammengezogenen Augenbrauen. Sie sagten jedoch nichts mehr.

Alle warteten gespannt darauf, was nun auf der Bühne passieren würde.

Bürgermeister Spieß trat wieder ein. Er winkte nun seinerseits Pfarrer Schiffer hinaus und gab Karen Tiebel-Schiffer ein Zeichen, ihm zu folgen.

Zurück blieb der amerikanische Pastor mit ratlosem Gesicht. Jetzt sah er wieder aus wie Mamas liebster Schwiegersohn.

Wenige Minuten später betrat der Bürgermeister den Raum und stellte sich vor das Mikrophon: »Meine Damen und Herren, ich bedaure, Ihnen mitteilen zu müssen, dass wir die Veranstaltung leider sofort abbrechen. Herr Pfarrer Schiffer hat eine Nachricht erhalten, die ihn so betroffen hat, dass er die Diskussion nicht weiterführen kann.«

Ein Raunen ging durch die Menge.

»Was ist passiert?«

»Was ist los?«

»Warum?«, hörte man aus den Reihen.

Bürgermeister Spieß ergriff wieder das Mikrophon. »Tobias Schiffer, der Sohn von Pfarrer Schiffer, ist mit dem Auto verunglückt. Er ist schwer verletzt. Er wurde in das Städtische Krankenhaus eingeliefert.«

Es war plötzlich so still im Raum, dass man eine Stecknadel hätte fallen hören. Der amerikanische Pastor ging zu seinem Kontrahenten Martin Schiffer, der mit seiner Frau in den Saal zurückgekehrt war, und drückte ihm stumm die Hand. Schiffer nickte ihm kurz zu.

Dann standen die Leute auf und gingen zur Ausgangstür. Einige kamen nach vorne zu dem Pfarrerehepaar.

Emmchen beugte sich zu Maja: »Ich muss nach Karen schauen. Wartet nicht auf mich! Ich nehme mir später ein Taxi nach Hause.«

Maja und ich sahen uns an. »Scheiße, das mit Tobias«, sagte ich.

»Das kannst du wohl laut sagen.«

»Lass uns gehen«, meinte ich dann. »Wir können hier sowieso nichts machen.«

»Ist gut«, sagte Maja. »Fahren wir. Mein Auto steht auf dem Parkplatz.«

Wir strebten dem Ausgang zu. Doch wir konnten die Tür nicht passieren. Denn dort stand sie. Als hätte sie auf mich gewartet.

Morgen hätte ich sie sowieso angerufen. Morgen, nicht heute. Warum konnte mir diese Begegnung an einem so verkorksten Abend nicht erspart bleiben?

Meine Mutter kam freudestrahlend auf mich zu. »Hallo, Kiki«, sagte sie, »schön, dass ich dich auch einmal wiedersehe. Aber kannst du dir immer noch keine anständigen Schuhe leisten? Ich dachte, du hättest jetzt eine Stelle beim Fernsehen.«

Warum brachte ich es wieder nicht fertig, ihr zu sagen, dass dieser Kommentar angesichts der Ereignisse völlig unpassend war?

»Ich rufe dich an«, murmelte ich stattdessen. Dann hinkte ich hinter Maja her zum Parkplatz.

Zwei

»Kaffee?«, rief Maja aus der Küche.

»Ausnahmsweise lieber Tee, wenn's geht«, rief ich zurück.

Ich saß auf einem fast antiken Stuhl mit geschnitzter Lehne und ließ mich bedienen. Wenn es Maja auch in die finsterste Provinz verschlagen hatte, so war sie wenigstens in einer noblen Unterkunft gelandet. Emmchen bewohnte eine Maisonettewohnung über zwei Stockwerke mit mindestens fünf Räumen. Eigentlich zu groß für eine Person und fast auch für zwei. Ein Balkon vor dem Esszimmer ließ an laue Sommerabende mit kühlem Frascati denken. Der Parkettboden war mit verblichenen Seidenteppichen belegt. Gediegenes Bürgertum, aber so geschmackvoll, dass es nicht spießig wirkte.

In Anbetracht der Umstände war unser Wiedersehen etwas weniger fröhlich ausgefallen als geplant. Wir hatten uns über Tobias unterhalten, den verunglückten Pfarrerssohn. Ich hatte ihn früher oft im Pfarrgarten spielen sehen, immer etwas scheu und verlegen. Lange nicht so kontaktfreudig wie seine Zwillingsschwester Susanne.

»Man denkt ja immer nicht daran, dass so etwas im eigenen Bekanntenkreis passiert«, hatte Maja sinniert. Über die Krise im Pfarrhaus hatten wir geredet, den Pfarrer, der sein Ehegelübde nicht gehalten hatte, die Reaktionen darauf in der Kleinstadt. Maja hatte von der Affäre etwas mitbekommen, weil Emmchen mit Karen Tiebel-Schiffer befreundet war. Manches Mal war sie bei Emmchen zu Besuch gewesen und hatte sich trösten lassen. Maja hatte sich dann immer diskret verzogen.

Wir hatten am gestrigen Abend eine oder auch zwei

Flaschen Wein geleert. Emmchen war spät zurückgekehrt. Weit nach Mitternacht hatte ich die Tür klappen gehört. Nun hielt Emmchen sich noch in ihren Räumen auf.

Zwei Scheiben Weißbrot hüpften aus dem Toaster. Ich angelte sie heraus und legte sie auf den dafür vorgesehenen Teller. Kater Romeo hatte sich auf einem Kissen auf der Eckbank eingerollt und schlief. Es hätte so richtig gemütlich sein können, wenn da nicht die Ungewissheit über Tobias' Schicksal gewesen wäre.

Ich griff nach der Zeitung und schlug den Lokalteil des *Moersener Tagblattes* auf.

Über das Rededuell und seinen unerwarteten Ausgang stand noch nichts darin. Die Abendveranstaltung hatte erst nach Redaktionsschluss geendet.

Ich ging die Schlagzeilen durch: »Tierquälerei in Mietswohnung«, »Männergesangverein feierte Jubiläum«, »Betrüger ergaunern sich doppelte Stütze«, so lauteten einige der Überschriften. Ich war froh, dass ich mich als Fernsehjournalistin in Berlin mit wesentlichen, die Menschheit bewegenden Themen beschäftigen durfte. Etwa mit dem Liebesleben des Regierenden Bürgermeisters (schwul), dem Theaterstück eines berühmten Regisseurs (schräg und unverständlich) oder den Neurosen in der gebildeten Mittelschicht (Aufmerksamkeitsdefizitsyndrom und immer noch Kaufsucht – ein Dauerbrenner).

Maja kam herein und stellte die Teekanne auf den Tisch. Ich schenkte mir ein.

Sie beäugte das Frühstücksangebot. »Fehlt noch etwas?«

»Höchstens Ketchup. Für den Käse.«

»Igitt«, machte Maja, ging aber folgsam in die Küche, um das Gewünschte zu holen.

Mir fiel die Schlagzeile auf Seite fünf des Lokalteils ins Auge: »Frauenverein gegen Ruf des Muezzin«.

Ich war gerade dabei, mich in den Artikel zu vertiefen, als das Telefon läutete. Einmal, zweimal, dreimal. Es hörte auf zu läuten.

»Wahrscheinlich hat Emmchen abgehoben. Sie hat in ihrem Zimmer einen Zweitanschluss.«

Maja setzte sich und bestrich einen Toast mit Butter.

Ich las weiter in dem Artikel und erfuhr, dass der Moersener Frauenverein gegen die Phonzahl des Muezzin-Rufes protestierte. Fünfmal am Tag würde von der Moschee aus zum Gebet eingeladen. Jedes Mal mit 57 Dezibel in einem Radius von 250 Metern. Das macht insgesamt 285 Dezibel am Tag.

Eine Kirchenglocke dagegen läute mit 63 Dezibel. Allerdings nur dreimal am Tag. Macht insgesamt 189 Dezibel. Es stand also 285 zu 189 für die Muslime. Das ging natürlich nicht, und so hatte der Frauenverein allen Grund zur Klage. »Und das im christlichen Abendland«, empörte sich die Sprecherin der Rechtschaffenen.

Schwerfällige Schritte waren auf dem Parkett zu hören. Emmchen stand in der Tür. Die weißen Haare noch zerzaust von der Nachtruhe. Sie hatte einen samtenen roten Morgenmantel über die Schultern geworfen.

»Schlechte Nachrichten«, sagte sie, und es klang, als hätte ihr jemand ein Reibeisen in die Kehle implantiert. »Gerade hat Karen Tiebel-Schiffer angerufen. Tobias ist heute Morgen verstorben. Sie konnten nur noch den Hirntod feststellen. Sie haben die Geräte abgestellt.«

Drei

Das Pfarrhaus war voll. Ganz Moersen wollte anscheinend dem Pfarrerehepaar sein Beileid ausdrücken. Maja und ich hatten kondoliert und uns dann in die hinterste Ecke des Wohnzimmers verzogen, nicht weit weg von der Tür. Wir hatten einen guten Überblick und konnten beobachten, wer kam und wer ging.

Es wimmelte von schwarzen Anzügen. Gerade eben ging Bürgermeister Spieß auf das trauernde Paar zu und drückte den beiden warm die Hände, bedauernde Worte murmelnd.

Ihm schloss sich ein Mann in den zweitbesten Jahren an. Ich erkannte den Zwischenrufer vom Vorabend. Er war klein von Wuchs und trug eine Hornbrille und hatte Augenbrauen wie Theo Waigel. Das Bemerkenswerteste an ihm war allerdings seine Stimme. »Herr Pfarrer Schiffer, mein ganz herzliches Beileid zum Tod Ihres Sohnes«, sagte er mit seinem dunklen Timbre. Wir konnten jedes Wort verstehen, obwohl dazwischen mindestens zehn Menschen durcheinander redeten.

»Wer ist das?«, wollte ich von Maja wissen.

»Das ist Porksen. Fabrikant Porksen, Besitzer eines mittelständischen Industrieunternehmens in der Stahlindustrie. Schiffers Intimfeind seit Jahren. Aus der Kirche ausgetreten. Seitdem hasst er den Pfarrer. Schau dir mal an, wie er ihm die Hand schüttelt!« Tatsächlich. Porksen hielt Schiffers Hand, als sei sie ein nasser Schwamm. Oder eine Nordseequalle.

»Aus der Kirche ausgetreten, und das in Moersen? Warum? Ist er Atheist?«

Majas Augenbrauen wanderten in Richtung Pony. »Kiki, du kriegst demnächst einen Grundkurs ›Moersen –

meine Heimat‹ verpasst. Nein, er ist natürlich kein Atheist. Sondern Pfarrer Schiffers Einstellungen passen ihm nicht. Zu links oder so. Es gab da mal einen Skandal, vor einigen Jahren ...«

»Ach so.« Ich nahm mir noch ein Käsebrötchen. Seit dem Frühstück hatte ich nichts gegessen. Inzwischen war es fünf Uhr nachmittags. Auf dem Käse lag ein Paprikaschnitz, den ich mit den Zähnen herunterholte. »Und dann kommt Porksen trotzdem kondolieren?«

Maja zuckte mit den Achseln. »Gehört sich so. Club der Honoratioren. Arzt, Apotheker, Lehrer und Fabrikant. Persönliche Sympathien spielen dabei keine Rolle.«

Porksen trat nun auf Karen Tiebel-Schiffer zu. »Gnädige Frau, darf ich auch Ihnen mein zutiefst empfundenes Beileid ausdrücken. Wirklich sehr, sehr tragisch. Die Wege Gottes sind manchmal schwer zu verstehen.« Bildete ich es mir nur ein, oder klang seine Stimme jetzt wärmer?

»Gegen die Frau des Pfarrers hat er nichts?«

Maja schüttelte den Kopf. »Nein. Im Gegenteil. Sie tut ihm Leid.«

»Warum, wegen der Affäre des Pfarrers?«

Maja nickte: »Porksen hat seine Silberhochzeit hinter sich, und er hat seine spezielle Meinung zu allen, die dieses Ziel nicht erreichen.«

Ich besah mir den smarten Pfarrer nun kritischer als am Abend zuvor. Er hatte Tränensäcke unter den Augen. Seine Mundpartie wirkte ein wenig schlaff. Jetzt bemerkte ich auch, dass er und seine Frau sich nicht ansahen. Es schien, als ob sich ihre Blicke auswichen. An der Hand des Pfarrers fehlte der Ehering.

»Aber Schiffer und seine Frau wohnen noch zusammen?«, fragte ich.

»Soweit ich weiß, schon. Ich glaube, er hat sich von seiner Freundin wieder getrennt. Nicht ganz ohne Druck von oben.«

»Ist die Geliebte auch hier?«

»Weiß ich nicht. Kenne ich auch nicht. Ich weiß nur, dass er sie über die Partei kennen gelernt hat. Beide sind Genossen, und beide kandidieren für den Landtag.«

»Gegeneinander?«

Maja zuckte mit den Schultern. »Du, das weiß ich nicht. Am besten, du fragst Emmchen. Sie ist schließlich mit Karen Tiebel-Schiffer befreundet.«

Porksen hatte seine Kondolenz beendet und wandte sich dem Bürgermeister zu. Sie unterhielten sich kurz. Dann verabschiedeten sich beide und gingen in Richtung Garderobe. Ich blickte ihnen nach.

»Ein ganz schöner Filz hier.« Es war eine Feststellung, keine Frage.

In diesem Moment strömte ein Schwall kalter Luft herein. Ein Mann, etwa in meinem Alter, betrat das Wohnzimmer und zog seinen Norwegerpullover über dem Bierbauch glatt. Über dem gepflegten Vollbart blitzten wache graue Augen.

Der Sohn des Bürgermeisters.

»Hallo, Jürgen«, begrüßte ich meinen ehemaligen Klassenkameraden. »Bist du auch mal wieder in Moersen?«

Er grinste. »Was heißt auch mal wieder. Ich lebe hier. Ich arbeite als Journalist beim *Moersener Tagblatt*.«

»Bei diesem Karnickelverein- und Kirchenglocken-Blatt?«, rutschte es mir heraus.

Er hieb mir auf die Schulter: »Immer noch die alte, vorlaute Kiki. Ich hab schon gehört, dass du jetzt was Besseres bist. Fernsehjournalistin in Berlin.«

Ich wurde rot, aber ich fing mich schnell wieder. »Und

wie geht es dir sonst? Lass mich raten: Du bist verheiratet, hast auf dem Grundstück deiner Eltern gebaut und zwei Kinder gezeugt.« Wir hatten uns schon in der Schulzeit immer gerne gefetzt.

»Drei Kinder«, korrigierte Jürgen Spieß. »Ich will jetzt Karen und Martin mein Beileid ausdrücken. Wenn du willst, dann warte hier auf mich. Lass uns noch einen trinken gehen. Wir haben uns schließlich eine Ewigkeit nicht mehr gesehen.«

Schwupp, war er weg.

Maja blickte ihm nach. »Du kennst ja tatsächlich noch eine ganze Menge Leute von früher.«

Bildete ich mir das ein, oder klang sie eifersüchtig?

Ich zuckte mit den Schultern. »Lange warte ich allerdings nicht. Ich habe Hunger. Ich glaube, ich muss noch irgendwo einkehren, wo es etwas zu essen gibt.«

Wir zogen unsere Mäntel von der überfüllten Garderobe und kleideten uns an. Mantel, Schal, Hut. Obwohl es bereits März war. Von Frühling keine Spur.

Im Garderobenspiegel sah ich, dass Jürgen Spieß sich von hinten näherte.

»Kommst du mit? Ich gehe jetzt in die Kneipe gegenüber.«

»Wenn es da etwas zu essen gibt, meinetwegen. Ich hätte auch noch ein paar Fragen an dich. Manches hier kommt mir ziemlich merkwürdig vor.«

Ich sah Maja an. Die zuckte mit den Achseln. »Das ist schon okay. Ich habe zu Hause noch ein Buch liegen, das ich zu Ende lesen will. Geh ruhig.« Sie wirkte allerdings nicht begeistert.

»Komm du doch auch mit«, schlug ich vor.

»Nein, nein, lass mal, ich gehe nach Hause.« Es klang leicht verschnupft.

Wir kehrten im *Alten Markt* ein. In Moersen stand die Kirche noch im Dorf, sogar im Zentrum am Marktplatz. Daneben das Pfarrhaus und in unmittelbarer Nähe das Rathaus. Da durfte auch eine Gaststätte nicht fehlen. Wie lange war ich nicht mehr hier gewesen? Zwölf Jahre oder sogar noch länger? Als Jugendliche hatten wir uns in der Clique meistens in der einzigen Szenekneipe am Rand der Neubausiedlung getroffen.

Der *Alte Markt* hingegen war gutbürgerlich eingerichtet: Holzboden, rustikale Tische und Stühle, Bleiglasfenster und ein Hirschgeweih an der Wand. Aber nicht ungemütlich.

»Ein Pils«, bestellte Jürgen bei der Bedienung mit der weißen Schürze.

»Gleichfalls«, echote ich und sah herab auf meine Schuhe. Rotbraune Mokassins, praktisch, aber nicht besonders flott. Ein Notkauf heute Morgen. Von den Pumps mit dem fehlenden Absatz hatte ich mich schweren Herzens getrennt.

Die Bedienung brachte die Pilshumpen.

»Prost. Auf unser Wiedersehen.«

»Auf unser Wiedersehen.«

Wir tranken den Schaum ab.

»Wie lange bist du jetzt schon wieder hier in Moersen?«, wollte ich wissen.

»Seit sieben Jahren. Nach dem Studium habe ich beim *Moersener Tagblatt* volontiert und dann eine Anstellung als Redakteur bekommen.«

»Ist das nicht langweilig, immer nur über Männergesangvereine und Tierschutz zu berichten?«

Jürgen grinste. »Und über Skandale.«

»Skandale? In Moersen etwa?«, fragte ich provozierend.

»Mhm-mhm.« Jürgen leerte sein Bier. Er winkte der Bedienung zu. »Noch eines, Monika!«

Aha. Er wollte sich die Geschichten herauskitzeln lassen.

Ich lehnte mich zurück. »Na, dann erzähl mal etwas über die Skandale. Über Porksen und den Pfarrer zum Beispiel«, schlug ich vor.

Monika stellte ein frisches Pils auf den Holztisch. »Und einmal Kartoffelsalat, Moersener Land«, bestellte Jürgen.

»Mir auch noch ein Pils. Und etwas zu essen. Ohne Fleisch.«

Das stellte Monika vor eine schwierige Aufgabe. »Hühnchenbrust vielleicht?«

»Nein, ohne Fleisch.«

»Vielleicht Brühwurst mit Salat und Kroketten?«

Ich seufzte. »Auch keine Wurst, bitte.«

Sie zog die Stirn in Falten. Dann leuchtete ihr Gesicht auf. »Ja, dann bringe ich Ihnen die Kroketten und den Salat ohne Wurst.«

Lecker. »Meinetwegen.«

Jürgen zündete sich eine Zigarette an. »Also. Vor fünf Jahren hat eine kurdische Familie angefragt, ob sie im Gemeindehaus Kirchenasyl bekommen könnte. Ein Ehepaar mit zwei Kindern. Der Asylantrag war abgelehnt, und sie sollten in die Türkei abgeschoben werden. Um noch einmal Zeit für eine weitere Verhandlung herauszuschinden, sollten sie ins Gemeindehaus umziehen. Du weißt, die Polizei respektiert das meistens und dringt nicht in die Kirchenräume ein. Die Flüchtlinge sind so lange geschützt, wie sie sich unter dem Dach der Kirche aufhalten. Pfarrer Schiffer hat sich sehr für die Familie eingesetzt. So weit, so gut. Porksen war damals ziemlich aktiv in der Kirchengemeinde. Er hat zum Kirchenvorstand gehört, zum Presbyterium. Alle anderen Presbyter waren übrigens dafür, die Familie aufzunehmen. Alle außer Porksen.«

Ich zündete mir auch eine an. »Schon erstaunlich, dass die anderen alle dafür waren. In diesem konservativen Nest.«

Er lächelte ironisch. »So rückständig sind wir nun auch wieder nicht.«

Dann fuhr er fort: »Die Familie zog also in das Gemeindehaus ein. Porksen grollte, aber es war ja ein Mehrheitsbeschluss. Also hat er zähneknirschend akzeptiert. Nur, dann hat der Pfarrer noch einen draufgesetzt.«

Monika brachte trockene Kroketten mit welkem Salat. »Essig und Öl stehen auf dem Tisch«, sagte sie und wies auf ein Tablett mit Salz- und Pfefferstreuer und zwei Fläschchen, die nur ein kleines bisschen schmierig aussahen. Jürgen erhielt eine Portion Kartoffelsalat mit zwei Spiegeleiern obendrauf.

Ich schaute nicht hin. Die Gastronomie hatte nicht wirklich Großstadtniveau.

»Ja? Was war mit dem Pfarrer?«, brachte ich das Gespräch wieder in Gang.

»Er hielt eine flammende Predigt. Im Hinblick auf das Kirchenasyl würden sich die Gläubigen von den Ungläubigen scheiden. Die wahren Christen sollten sich nach dem Gebot Jesu für die Armen und Unterdrückten einsetzen. Wer das nicht tue, habe auch kein Recht, im Gottesdienst fromme Lieder zu singen. Er zitierte Bonhoeffer, den Widerstandstheologen im Dritten Reich, der im Konzentrationslager ermordet wurde. ›Nur wer für die Juden schreit, darf auch gregorianisch singen.‹«

»Kleine Spitze gegen Porksen?«

»Deutliche Spitze gegen Porksen. Und das kam an. Porksen schaltete den Superintendenten ein, Schiffers Dienstvorgesetzten. Er verlangte ein Disziplinarverfahren, eine Versetzung Schiffers oder Ähnliches. Mindestens sollte der Pfarrer sich öffentlich entschuldigen. Was er natürlich nicht tat. Der Superintendent hielt sich heraus. Er sagte, das müsse die Gemeinde unter sich ausmachen.«

»Ah ja.« Ich spülte eine besonders sperrige Krokette mit einem großen Schluck Pils herunter und gab Monika ein Zeichen. »Noch eines, bitte!«

»Porksen stellte den Pfarrer vor dem Presbyterium zur Rede. Es gab eine hitzige Debatte. Das Presbyterium fasste den Beschluss, dass Schiffer sich vielleicht im Ton vergriffen hätte. Aber in der Sache stimmten sie ihm zu.«

»Niederlage für Porksen auf der ganzen Linie also.«

»Richtig.« Jürgen wischte sich mit einer Papierserviette das Eigelb aus dem Bart.

»Und weiter?«

»Porksen war tödlich beleidigt. Er kündigte an, unter diesen Umständen seinen Vorsitz im Presbyterium niederzulegen. Die anderen Presbyter fanden das zwar bedauerlich, rückten aber nicht von ihrer Position ab.«

»Aha. Lass mich raten. Porksen trat zurück und legte alle Ämter nieder. Und war zu Tode gekränkt.«

»Genau. Und er sorgte dafür, dass im *Moersener Tagblatt* ein Rieseninterview mit ihm erschien. Da legte er dar, dass seine Familie schon seit der Reformation in der Moersener Gemeinde sei. Und dass sein Vater gegen die Nazis war, als Schiffer noch in den Windeln lag. Im Übrigen stünde nirgendwo geschrieben, dass die Kirche sich in Politik einmischen soll. Schon gar nicht sollte sie irgendeinem rot-grünen Zeitgeist hinterherhecheln. Wenn Schiffers Rede unwidersprochen bliebe, dann müsse er leider die Konsequenzen ziehen.«

Monika brachte die nächste Runde.

»Und die Konsequenz war: Er trat aus der Kirche aus«, stellte ich fest.

Wir prosteten uns zu.

»Warum hat denn in der Gemeinde niemand versucht zu schlichten? Dein Vater zum Beispiel?«

»Mein Vater fühlte sich nicht zuständig. Er ist Bürgermeister. Er gehört zwar zur Gemeinde, aber außer im Chor mischt er dort nicht aktiv mit.«

»Was ist dann weiter daraus geworden?«

Jürgen zuckte mit den Schultern. »Porksen hat diese Geschichte wohl nie so ganz verwunden. Man hörte, dass er sich hier und dort in einer der Freikirchen umgeschaut hat. Anscheinend hat er sich aber nirgendwo auf Dauer engagiert.«

»Glaubst du, er will dem Pfarrer eins auswischen?«

»Wenn er die Möglichkeit dazu hat, klar.«

Ich nahm noch einen kräftigen Schluck. »Dann hat der Pfarrer also zwei Feinde in Moersen. Porksen und diesen Pastor von der Kirche der warmen Brüder, oder wie hieß sie noch gleich?« Ich kicherte.

Jürgen verzog keine Miene. Er rückte die Plastikblumen beiseite und zog den Aschenbecher näher zu sich heran.

»Das ist nichts Persönliches zwischen den beiden, eher ein Wettstreit. Zu wem kommen die Leute lieber, zu mir oder zu dir?« Er schnippte die Asche in den dafür vorgesehenen Glasbehälter. »Bist du morgen Nachmittag noch hier?«

»Ich muss zurück nach Berlin.« Warum jetzt eine Gegenfrage auf meine Frage? So schnell gab ich mich nicht zufrieden. »Wieso nichts Persönliches? Die haben sich doch angebrüllt gestern Abend.«

In diesem Augenblick öffnete sich die Tür der Gaststätte. Hereinspaziert kamen die Honoratioren: Bürgermeister Spieß, Fabrikant Porksen und noch ein Mann, den ich nicht kannte.

»Wer ist der Dritte?«, raunte ich Jürgen zu.

»Einer der Ratsherren, CDU, glaube ich.«
»Wie heißt er?«
»Uh ...« Er legte die Stirn in Falten. »Im Zweifelsfall Schneider. So heißt im Moersener Land ungefähr jeder Dritte«, scherzte er.

Ich bestellte noch eine Runde Pils.

»Aber der da heißt wirklich Schneider«, freute sich Jürgen plötzlich, »jetzt ist es mir wieder eingefallen. Das ist Schneider, der Privatdetektiv.«

»Was war denn nun mit dem Pfarrer und dem amerikanischen Pastor?«

Jürgen war abgelenkt. Er blickte zu den Honoratioren hinüber. Der *Alte Markt* war anscheinend nicht ihre erste Anlaufstelle, angeheitert, wie sie wirkten. Ihr Stimmengewirr vermischte sich mit der Musik aus dem Lautsprecher. Lediglich Porksens durchdringende Stimme war zu verstehen. »Es tut mir wirklich Leid für den Jungen, das war ein feiner Kerl. Aber der Vater ...«

Noch ein Pils auf dem Holztisch. Hatte ich das eigentlich bestellt? Ich nahm die Szene am Nebentisch durch einen Nebel von Rauch und Alkoholdunst wahr. Letzterer waberte vor allem in meinem Kopf.

»Sach mal, Jürgen?« Ich merkte, dass meine Stimme leicht außer Kontrolle geriet. »Sach mal, was machen die eigntlich hier?«

Jürgen schaute in sein Bierglas. »Ja, was machen die hier?«, wiederholte er.

»Du glaubs nich, dasses 'n Unfall war, oder?«, fragte ich mit der plötzlichen Intuition der nicht mehr ganz Nüchternen.

Jürgen antwortete nicht. Er sah konzentriert zu dem Tisch der Honoratioren. In seinem Gesicht lag die Spannung eines Raubtieres, das gleich zum Sprung ansetzt. Ich war abgemeldet.

»Ich glaube, ich muss jetzt los«, sagte ich verwirrt.

Ich legte dreißig Euro auf den Tisch und ging zur Tür. »Der Rest iss Trinkgel...! Tschüss, Jürgen!«

»Tschüss, Kiki. Bis bald!«

Am Markt stand ein Taxi. »Zu Emmchen«, sagte ich mit schwerer Zunge, und wunderbarerweise wusste der Taxifahrer sogar, wo Emmchen wohnte.

Vier

Im Schneeregen war ich gekommen, und im Schneeregen fuhr ich wieder in Richtung Berlin. Ich versuchte, mich auf meinen Krimi zu konzentrieren und die Peinlichkeiten des Auftrittes in Moersen zu vergessen. Dem blamablen Auftakt mit den demolierten Schuhen war ein ebenso wenig souveräner Abgang gefolgt. Nicht genug damit, dass ich bei meiner Rückkehr aus dem *Alten Markt* Emmchen aus dem Bett geklingelt und Miles Davis – ihr Boxer – die Nachbarschaft wach gebellt hatte. Nein, ich hatte außerdem die Nacht mit Kater Romeo verbracht. Und sogar ihn, das einzige männliche Wesen, das im Moment bereit war, sein Lager mit mir zu teilen, hatte ich vertrieben. Ich hatte ihn gestreichelt und in sein Fell geflüstert: »Keiner mag mich ...« Aber Romeo hatte mich anscheinend auch nicht lieb. Er war laut maunzend von der Decke gehüpft.

Maja fand das nicht besonders komisch. Sie hatte mich beim Abschied so merkwürdig angeschaut, aber nichts gesagt. Irgendwie hatte ich mir dieses Wochenende anders vorgestellt. Zuerst der Unfall. Ich hatte Tobias nicht wirklich gut gekannt, schließlich war er zehn Jahre jünger gewesen als ich. Trotzdem war dieser plötzliche Tod ein Schock für mich. Dann hatte sich zwischen Maja und mir eine schwer benennbare, aber deutlich fühlbare Spannung aufgebaut. Sah sie mich als Rivalin, die in ihr Revier eindrang? Und Emmchen, diese warmherzige, weise Frau, die ich so gerne näher kennen gelernt hätte, hatte sich am Samstagnachmittag mit einer gemurmelten Entschuldigung verzogen. Seitdem war sie verschwunden gewesen. Ich hatte Maja besorgt gefragt: »Was hat sie? Ist sie sauer auf mich?«

Maja hatte nur mit den Schultern gezuckt und erwidert: »Normalerweise ist sie nicht so.«

Am Sonntagmittag hatte ich meiner Mutter einen Pflichtbesuch abgestattet. Sie strengte sich an, das Thema Schwiegersohn & Co weiträumig zu umgehen. Sie hatte irgendwann bemerkt, dass das für Töchter über dreißig ein Tabuthema ist. Dafür erwähnte ich meinen Vater nicht, der sie vor etlichen Jahren verlassen hatte, aber mit mir noch in Kontakt stand.

Wenn es um persönliche Themen ging, behandelten wir einander wie rohe Eier. Ob es in anderen Familien ähnlich zuging? Ich seufzte.

Nun saß ich im Bummelzug, der mich zum ICE-Bahnhof nach Kassel-Wilhelmshöhe bringen sollte. Durch die Fensterritzen zog es. Einige Jugendliche hatten sich im Abteil breit gemacht und pubertierten gickelnd vor sich hin. Unter einem Kopfhörer quoll Bass-Gewummer hervor.

Ich hätte mich auf Berlin freuen sollen. Aber mir grauste vor meinen einsamen zwei Zimmern mit Küche und Bad. Kein Mann wartete dort auf mich, auch keine Frau. Kein Kater, noch nicht einmal ein klitzekleiner

Wellensittich. Nur ein vertrockneter Kaktus und ein Anrufbeantworter, auf dem wahrscheinlich gähnende Leere herrschte.

Mark, mein Chef und Lover, hatte sich letzte Woche fünf Tage freigenommen. In dieser Zeit hatte er sich nicht bei mir gemeldet.

Seit zwei Monaten waren wir nun zusammen – oder waren wir es schon nicht mehr? Der bisherige Höhepunkt unserer Beziehung war gewesen, dass Mark mich zu einem Essen mit seinen Freunden im *Quattro stagioni* eingeladen hatte. Danach hatten wir uns gestritten. Ich hatte seine Freunde als Egozentriker bezeichnet, die allesamt an der Berliner Krankheit litten: extremer Narzissmus, gepaart mit massiven Anfällen von Namedropping, die dazu dienten, die eigene Bedeutungslosigkeit zu kaschieren. Die Freunde seien unfähig, in ihrer Selbstbezogenheit einen anderen Menschen auch nur ansatzweise wahrzunehmen. Mark hatte mich daraufhin als undankbar bezeichnet. Ich fragte spitz zurück, wofür ich denn dankbar sein sollte: »Etwa dafür, dass du dich einmal die Woche mit mir verabredest, zuerst zum Essen und dann zum Vögeln? Und dass ich nur jedes dritte Mal die Zeche zahlen muss? Obwohl der Herr Lokalchef-Redakteur doch dreimal so viel verdient wie die arme, kleine feste freie Journalistin?«

Mist. Da hatte ich geglaubt, ich hätte es geschafft. Den Sprung von der ausgebeuteten Lohnschreiberin und freien Moderatorin beim privaten Radio zum geachteten Mitglied der Gesellschaft. Ein guter Job, eine nette Liebesbeziehung. Nach den ersten sechs Wochen verliebtem Höhenflug dabei, sich auf Alltagsniveau zu stabilisieren. Nichts davon. Der Job war nicht fest. In der Liebesbeziehung hatte ich zu früh angefangen, mich authentisch – also mit großer Klappe – zu präsentieren. Ich hatte auf der ganzen Linie gegen die Regeln verstoßen. Jetzt stand ich da als eine, die den Boss gebumst hatte und froh sein konnte, wenn sie nicht rausflog. Sicherheiten hatte ich nicht. Schon wieder nicht. Stattdessen war ich abhängiger als zuvor bei meinen Gelegenheitsjobs für Radio Balsam und Co.

Die Spätwinterlandschaft flog im Dämmerlicht an mir vorüber. Ich kontrollierte, ob ich mein Handy eingeschaltet hatte. Es war an, und nicht nur das, es funktionierte sogar einwandfrei. Es gab nur eine Erklärung, warum ich bisher keinen Anruf von Mark erhalten hatte: Er hatte schlicht meine Nummer nicht gewählt. Und so langsam hatte ich den Verdacht, dass er sich von seinen wichtigtuerischen Freunden nicht wesentlich unterschied. Warum tippte ich bei der Männerlotterie immer auf die Falschen? Lag es daran, dass es in der Lostrommel mehr Nieten als Treffer gab? Oder waren meine Ansprüche zu hoch? Insbesondere meine Ansprüche an die Konfliktfähigkeit des Auserwählten?

Meine Maßstäbe waren offensichtlich nicht in Berlin geprägt worden. Hauptstadt der Neurotiker und Verbalorgiasten. Meine Freundinnen fanden Marks Verhalten normal. Und sie meinten, ich hätte Marks Freunde nicht gar so niedermachen dürfen. Männer vertrügen so etwas nun einmal nicht.

Ich zog meinen Discman aus der Tasche und setzte die Kopfhörer auf, um das Schweigen des Handys nicht mehr zu hören. Auch die kichernden Jugendlichen verstummten unter den heiteren Melodien von Bachs Brandenburgischen Konzerten. Ach ja. Damals in der Barockzeit, als die Welt noch in Ordnung war. Aber bestimmt hatten die Frauen da noch weniger zu sagen gehabt als jetzt.

In die schwungvollen Flötentöne und fröhlichen Trompetenstöße des F-Dur-Konzertes mischte sich ein Misston. Ich konnte ihn nicht sofort einordnen. Schließlich nahm ich die Kopfhörer ab und registrierte, dass mein Handy klingelte.

Herzklopfend durchwühlte ich meine Reisetasche und förderte das Mobilgerät zutage.

»Ja, hier Kiki Kerner?«

Hatte Mark endlich eingesehen, dass ich, eine Frau von Charakter, die auch Konflikte nicht scheute, seine große Liebe war?

»Hier spricht Emmchen«, sagte eine knarzende Stimme.

»Ach. Hallo, Emmchen«, erwiderte ich verwundert.

»Es tut mir Leid, dass ich an diesem Wochenende so wenig gastfreundlich war. Der Unfall von Tobias ist mir sehr nahe gegangen.«

»Ja, mir auch«, log ich und merkte im selben Augenblick, dass es eigentlich keine Lüge war.

»Weshalb ich dich anrufe: Ich habe mich inzwischen erkundigt, wie der Unfall passiert ist. Vieles kommt mir nicht schlüssig vor. Ich kann das jetzt am Telefon nicht im Einzelnen erklären ...«

»Nicht?«, echote ich.

»... Maja hat mir erzählt, du hättest schon einmal einen Fall gelöst. Vielleicht kannst du uns ja weiterhelfen.«

»Uns?«

Sie ging auf die Frage nicht ein. »Wir würden uns jedenfalls sehr freuen, wenn du so bald wie möglich nach Moersen kämst. Kannst du Urlaub nehmen?«

»Urlaub? Ja, ich glaube schon ...«

»Ich würde natürlich für alle Unkosten aufkommen. Du darfst gerne bei mir zu Gast sein, du weißt ja, meine Wohnung ist groß. Meinst du, du kannst es einrichten?«

»Ich – ja, ich muss das beim Sender klären.«

Es wäre die Chance, Mark eine Weile nicht sehen zu müssen. Wenn er mich denn nicht sehen wollte.

»Bitte, Kiki«, sagte sie, und ihre Stimme klang gar nicht mehr so knarzend. »Wir brauchen dich hier in Moersen!«

Dieser Satz gab den Ausschlag.

Und eigentlich fand ich die Aussicht auf zwei Wochen Landluft in der Provinz gar nicht so schlecht.

Fünf

Mit dem letzten Tageslicht erreichte der Bummelzug den Bahnhof.

»Moersen, hier Moersen«, kündigte dieses Mal eine Zugbegleiterin an. Wieder Ankunft in meiner früheren Heimatstadt. Zum zweiten Mal innerhalb von einer Woche.

Mark und ich hatten unsere Affäre kühl und sachlich beendet.

Er hatte den Chef herausgekehrt, als ich ihn von meinen Plänen unterrichtet hatte und um etwa zwei Wochen Dienstbefreiung bat. Im Übrigen wollte er mir keine Steine in den Weg legen. Und überhaupt, wir wären ja beide erwachsene Menschen. Es sollte doch möglich sein, Beruf und Privatleben zu trennen.

»Genau«, hatte ich gesagt. »Lass uns Freunde bleiben!«

Er ignorierte meinen Sarkasmus. »Wie du meinst«, war sein unbeteiligter Kommentar gewesen, bevor er zum Telefonhörer gegriffen hatte und seinen Chef anwählte.

Na denn. Neues Spiel, neues Glück. Der Ausflug nach Moersen war in jedem Fall eine willkommene Abwechslung.

Dieses Mal holte Maja mich am Bahnhof ab.

In Emmchens Wohnzimmer am Tisch saß eine gepflegte Mittvierzigerin mit blonden Haaren und dunkler Kleidung. Karen Tiebel-Schiffer.

»Hallo«, sagte ich leicht verlegen und reichte ihr die Hand. Sollte ich sie duzen?

»Schön, dass Sie uns helfen wollen«, erwiderte sie und nahm mir damit die Entscheidung ab.

Der Boxer Miles hatte sich erhoben, als ich den Raum betreten hatte. »Gut, ist ja gut«, beruhigte Emmchen den aufgeregten Hund.

Die alte Dame hatte ein Glas Whisky on the rocks vor sich stehen. Auf dem Tisch lag ein Block mit Stiften bereit.

Sie reichte mir ihre mit Altersflecken übersäte, knorrige Hand. »Guten Abend«, sagte sie herzlich. »Komm herein und fühle dich wie zu Hause. Möchtest du etwas trinken?«

»Einen Wein, wenn's geht«, bestellte ich und ignorierte Majas vorwurfsvollen Blick. Frau Suchtberaterin lässt grüßen.

»Für mich auch ein Glas Wein, bitte«, sagte Frau Tiebel-Schiffer.

Danach saßen wir da und schwiegen uns an.

Maja eröffnete schließlich das Gespräch. »Wir haben uns am letzten Sonntag, nachdem du abgefahren bist, zusammengesetzt und einiges noch einmal rekonstruiert. Wir sind zu dem Ergebnis gekommen, dass irgendetwas an der Unfallgeschichte nicht stimmig ist. Vielleicht gibt es ein Fremdverschulden. Vielleicht hat Tobias sich auch selbst etwas angetan. Oder es ist sonst irgendetwas passiert, was wir nicht wissen. Darum müssen wir versuchen, es herauszufinden.«

Sie wählte ihre Worte offensichtlich so vorsichtig, um Karen Tiebel-Schiffer nicht unnötig zu verletzen. Ich sah die Trauernde an. Sie sah an mir vorbei direkt ins Leere.

Jetzt war ich am Zuge. »Erste Frage. Warum kann es eurer Meinung nach kein Unfall gewesen sein?«

Maja und Emmchen wechselten Blicke. Dann stand Maja auf und holte eine Karte vom Landkreis. Sie breitete sie auf dem Tisch aus.

»Hier ist Moersen«, sagte sie und zeigte auf den Fleck in der Mitte der Karte. »Tobias wohnte in einem der Dörfer im Moersener Land, in Brunnenbach.« Sie wies mit dem Finger auf einen kleineren Fleck. »Ungefähr sieben Kilometer von Moersen entfernt, hier an der Bundesstraße.«

Die Straße verlief in zahlreichen Kurven an einem Fluss entlang. »Nach allem, was wir bisher wissen« – Maja sandte einen vorsichtigen Blick zu der trauernden Mutter, doch die schien in Gedanken weit entfernt zu sein – »fuhr Tobias von Moersen nach Brunnenbach. Bei dieser Fahrt kam der Wagen von der Straße ab, in einer der Kurven etwa in der Mitte der Strecke. Dann fuhr er auf das offene Feld. Hinter dem Feld ist ein Wald. Und da ist er dann in einen Baum gerast. Ungefähr 300 Meter von der Straße entfernt.«

»Ah ja.« Auf dem Tisch stand ein Aschenbecher, also war Rauchen wohl erlaubt. Ich zündete mir eine Zigarette an. »Was für ein Auto fuhr Tobias? Und was passierte mit dem Autowrack nach dem Unfall?«

»Einen Ford Fiesta«, antwortete Maja. »Das Wrack wurde inzwischen abgeschleppt.«

»Wohin?«

»Keine Ahnung.«

»Und warum denkt ihr jetzt, dass es kein Unfall war?«

»Nun«, Maja sah auf ihren Stichwortzettel, »Tobias muss mit großer Geschwindigkeit in den Baum gekracht sein. Das Vorderteil des Autos war fast bis zur Windschutzscheibe zusammengequetscht. Aber man könnte doch davon ausgehen, dass er den Wagen auf dem Feld abgebremst hätte? Warum hätte er mit voller Geschwindigkeit in den Wald brettern sollen?«

Emmchen nickte und nahm noch einen Schluck Whisky.

»Normalerweise schon«, stimmte ich zu. »Weiß man denn, wie schnell er auf der Straße gefahren ist?«

»Nicht so genau. Zu schnell, vermutlich, denn sonst wäre er nicht aus der Kurve geflogen.«

»Gibt es auf der Strecke eine Geschwindigkeitsbegrenzung?«

»Ja, ich glaube, man darf siebzig fahren. Mehr geht da auch kaum. Wegen der vielen Kurven.«

»Mhm.« Ich besah mir die Karte noch einmal genauer. »Sieht wirklich ganz schön verschlungen aus, die Straße. Außerdem war das Wetter am Freitagabend mehr als bescheiden. Schneeregen, wenn ich mich recht erinnere.«

Maja nickte.

»Da könnte es doch passieren, dass jemand von der Straße abkommt. Und gerade noch so ein junger Fahrer, warte mal, wie alt war Tobias?« Ich rechnete nach. »Zwanzig, oder einundzwanzig?«

»Tobias war ein außergewöhnlich vorsichtiger Fahrer«, schaltete Karen sich plötzlich ein. »Er fuhr eher zu langsam als zu schnell, nicht so, wie manche anderen jungen Männer in seinem Alter. Er hat auch grundsätzlich keinen Alkohol getrunken, wenn er noch fahren musste. Er hat überhaupt sehr wenig getrunken.«

Das wäre meine nächste Frage gewesen.

Im Gegensatz zu dir, besagte Majas missbilligender Blick, als ich zur Flasche griff und mir nachschenkte.

Karen Tiebel-Schiffers müder Blick wanderte zu mir herüber. »Frau Kerner, ich bin mir einigermaßen sicher, dass dieser Unfall so unter normalen Verhältnissen nicht hätte passieren können.«

»Aber die Verhältnisse waren nicht normal«, hakte ich schnell ein.

»Nein. Mein Mann und ich haben – wir hatten – Probleme. Aber davon haben Sie sicher gehört, hier in Moersen wissen die Nachbarn ja manchmal schneller als man selbst Bescheid«, sagte sie mit dem Anflug eines Lächelns. Dem ersten heute Abend.

»Sicher. Ich war letztes Wochenende in der Stadthalle und habe auf diese Weise davon – von Ihrer Ehekrise – erfahren«, erklärte ich. »Es ist aber besser, wenn Sie mir die Sache noch einmal aus Ihrer Sicht schildern.«

»Tobias ist, wahrscheinlich auch wegen unserer vorübergehenden Trennung, von zu Hause ausgezogen. Seit ungefähr zwei Monaten hat er eine eigene Wohnung gehabt. Der Kontakt zu ihm hat sich schwierig gestaltet nach seinem Auszug.«

Sie lauschte ihren eigenen Worten nach. »Vor dem Auszug war es auch schon nicht einfach. Sein Vater – hatte – eine Geliebte. Tobias konnte das nicht akzeptieren.«

Das Sprechen darüber fiel ihr sichtlich schwer. Sie rang um Fassung. Schließlich sah sie mich an und sagte: »Sie sehen, dass mich die ganze Sache ziemlich anstrengt. Ich würde lieber ein anderes Mal weiter darüber reden.«

Sie erhob sich und ging zur Garderobe. Wir hielten sie nicht auf.

»Und jetzt?«, fragte ich, nachdem sie gegangen war.

»Tja.« Maja sah auf ihren Stichwortzettel.

»Ich hätte noch eine Million Fragen«, platzte ich heraus. »Wo kam Tobias her, als er nach Brunnenfeld fuhr? Warum war er nicht bei dieser Veranstaltung in der Stadthalle, bei der sein Vater auftrat? Was war mit dieser Sektengeschichte, war Tobias Mitglied der Sekte, hatte er Kontakt zu den Mitgliedern, war er noch dabei oder schon nicht mehr? Was ist mit dem Pfarrer und seiner Frau? Sind sie wieder zusammen oder nicht? Hat er die Geliebte noch, warum hatten sie überhaupt Schwierigkeiten miteinander ...«

»Halt, halt!« Maja winkte ab. »Du musst doch nicht die ganze Familiengeschichte der letzten Jahrzehnte auseinander nehmen für diese Sache!«

»O doch«, widersprach ich, »das muss ich. Wie das so ist bei Tod mit Verdacht auf Fremdverschulden, man könnte auch sagen: Mord! – und das meint ihr ja wohl. Motiv, Mittel und Gelegenheit! Alles muss recherchiert werden.« Ich holte aus, um meine Worte zu unterstreichen, und stieß dabei das halb volle Glas um. Dunkler Wein ergoss sich über den Tischrand und tropfte auf den kostbaren Gabbeh, der unter dem Tisch lag. Kein guter Einstand. Ich hielt ein benutztes Tempotaschentuch vor die Pfütze, um das Schlimmste zu verhindern.

Maja flitzte in die Küche und holte einen Lappen. »Kannst du denn nicht aufpassen!«, fuhr sie mich an. »Wir sind hier zu Gast!«

Ich schaute beleidigt. »Hab ich doch nicht extra gemacht. Und überhaupt«, nahm ich den Faden wieder auf, »wenn ich schon hier für euch ehrenamtlich die Privatdetektivin spiele, dann muss ich wenigstens freie Hand haben in diesem Job!«

Majas Augenbrauen wanderten unter den Pony.

»Nicht streiten«, mahnte Emmchen.

Sie stellte das Whiskyglas ab. »Wir waren bei der Familiengeschichte Schiffer stehen geblieben.« Sie sah mich an. Ich konnte ihre Augen hinter der dicken Brille nur mit Mühe erkennen. »Das ist eine schwierige Sache. Du hast gesehen, in welchem Zustand Karen ist. Sie hat unter der Geschichte mit ihrem Mann sehr gelitten. Und dann ist noch ihr Sohn ums Leben gekommen. Sie jetzt nach ihrer Ehe zu befragen ist nicht gerade taktvoll.«

»Woher bekomme ich dann die Informationen?«

Sie gähnte. »Darüber muss ich noch einmal nachdenken. Am besten erst morgen. Für heute bin ich nämlich zu müde. Ich bin nicht mehr die Jüngste.«

Sie erhob sich und verließ langsam den Raum. Ich bemerkte, dass ihr das Gehen schwer fiel. Die Pantoffeln verursachten ein leises Tick-tick auf dem Parkett.

»Und jetzt?«, fragte ich zum zweiten Mal an diesem Abend.

»Keine Ahnung. Ich glaub, ich verziehe mich auch. Schließlich muss ich morgen arbeiten.«

»Und ich etwa nicht?«, rief ich ihr hinterher. Keine Reaktion.

Ich räumte die Gläser vom Tisch ab und trug sie in die Küche. Dort sortierte ich sie in die Spülmaschine ein. Mein Beitrag zur Haushaltsführung.

Dann machte ich mich auf die Suche nach Brot und einem Stück Käse. Hoffentlich beging ich damit nicht wieder einen Fauxpas. Wobei ich nicht den Eindruck hatte, dass Emmchen mir die Selbstverköstigung verübeln würde.

Das Problem bestand zwischen Maja und mir. Es würde wohl eine anstrengende Zeit werden mit ihr. Wir hatten uns beide verändert, seit sie aus Berlin weggezogen war. Sie sich wahrscheinlich mehr als ich mich.

Sechs

Ich träumte, dass ich auf einer Wiese läge, umgeben von schnurrenden Löwen, die sanft junge Lämmer leckten. An meinem ersten Morgen in meiner alten Heimat erwachte ich davon, dass Kater Romeo hingebungsvoll meinen ausrasierten Nacken säuberte. Mithilfe seiner Zunge natürlich. Ich hatte die Tür gestern Nacht nicht geschlossen. Als ich das schwarze Tier mit dem watteweißen Bauch von meinem Bett vertreiben wollte, dachte es, ich wollte spielen. Romeo haschte mit den Pfötchen nach meinen Händen. Aua. Er hatte seine Krallen in meinen Handrücken geschlagen.

Emmchen schmunzelte, als ich in meinem Sleep-Shirt in Richtung Bad schritt, Kater Romeo im Gefolge. »Er mag dich.«

»Ja«, seufzte ich, »wer kann sich schon gegen so viel Liebe wehren!«

Ich putzte mir die Zähne und spülte mir den Mund aus. »Ein neuer Tag beginnt, ich begrüße ihn, ich werde ihn konstruktiv gestalten«, murmelte ich dem verquollenen Gesicht im Spiegel zu. Think positive. Mein morgendliches Ritual. Es half nicht immer, aber immer öfter.

An diesem Morgen nahm ich zum ersten Mal wahr, dass Emmchens Wohnung einen wunderschönen Blick auf die Moersener Altstadt bot. Die fahle Wintersonne schien auf die schieferbedeckten Dächer.

»Klasse Aussicht«, lobte ich, und Emmchen nickte.

»Ich habe mir die Wohnung gekauft, als ich von Berlin wieder nach Moersen gezogen bin.«

»Warum bist du wieder hierhin gezogen? In Berlin ist das Leben doch spannender als hier.«

»Ich habe in Berlin mit meiner Freundin zusammengelebt«, erzählte sie. »Anna ist dann vor – lass mich nachrechnen – vor einundzwanzig Jahren gestorben. Krebs.« Sie machte eine Pause und nippte an ihrer Tasse. »Und da habe ich beschlossen, lieber in Moersen alt zu werden als in Berlin. Hier kenne ich die Leute und sie kennen mich. Auch wenn es hier manchmal etwas kleinkariert zugeht.« Sie lächelte, und mit diesem Lächeln fing ihr zerknittertes Gesicht an zu leuchten.

Ich nickte. »Ich verstehe.«

»Ich habe dir heißes Wasser in die Thermoskanne gefüllt, dann kannst du selbst entscheiden, welchen Tee du aufbrühst«, wechselte sie das Thema. Sie wies auf eine Schale mit diversen Teebeuteln, Hagebutten, Früchte, Pfefferminz, aromatisierter Roibush-Tee, und unter anderem gab es dort auch schwarzen Tee.

»Eigentlich trinke ich Kaffee.«

»Ach ja. Kaffee müsste in der Küche sein.«

Sie machte keine Anstalten, ihn zu holen. Natürlich würde ich mich sowieso nicht von einer alten Frau bedienen lassen.

Nach den ersten Schlucken fühlte ich mich besser.

»Emmchen, wir müssten versuchen, an das Autowrack heranzukommen«, begann ich das Gespräch. »Irgendjemand Fachkundiges müsste das Fahrzeug gründlich inspizieren, um festzustellen, ob eventuell schon vor dem Unfall gravierende Mängel bestanden haben.«

Sie nickte. »Daran habe ich auch schon gedacht.«

»Siehst du eine Möglichkeit?«

»Ja, viellaaaiicht ...«, sagte sie gedehnt und grinste verschmitzt. Dieses Grinsen, das ihr zerfurchtes Gesicht in viele Falten fließen ließ, sollte ich in den nächsten Wochen noch öfter zu sehen bekommen.

Ich nahm mir eine Scheibe Brot und bestrich sie mit Erdnussbutter.

»Ach, übrigens, gestern Abend hatte ich noch Hunger und habe mir etwas zu essen gemacht.«

Sie grinste. »Das ist in unserer WG wirklich überhaupt kein Problem. Ich wäre dir nur dankbar, wenn du heute einkaufen gingest. Der Supermarkt ist an der Hauptstraße, fünf Minuten von hier. Schräg gegenüber ist dann auch der Bioladen. Ich glaube, wir brauchen so einiges. Käse, Tee aus dem Bioladen, wenn du Kaffee trinkst, Kaffee, Milch, Joghurt«, zählte sie auf.

»Okay, ich schreibe eine Liste.«

»Geld lege ich dir auf den Küchentisch.«

»Aber warum denn, ich kann doch auch meinen Beitrag leisten.«

Sie winkte ab. »Kommt nicht infrage. Ich habe dich hierher beordert, jetzt lade ich dich auch ein. Außerdem tust du ja etwas dafür, für Karen und auch für das Wohl von Moersen«, sagte sie, plötzlich ernst geworden.

So hatte ich es noch nicht betrachtet.

»Na ja, wenn du meinst.«

»Außerdem wollte ich dich fragen, ob du Lust hast, heute Abend mit in den Club zu kommen.«

»Den Club?«

»Ja, ein Jazzclub. Am Freitagabend ist da immer Session. Heute werde ich dort spielen.«

»Eigentlich bin ich doch für etwas anderes nach Moersen gekommen …«

»Ach, nun warte es ab. Immer langsam angehen lassen«, nickte sie mir zu. »Außerdem, wer weiß, wen du im Club alles triffst. Dort kommen meist interessante Menschen hin. Es ist immer gut, sich mit den Menschen in seiner Umgebung ein wenig anzufreunden.«

Jetzt grinste ich. »Na, wenn du meinst.«

Sie grinste zurück.

»Ach, und Emmchen …«

»Ja?«
»Vielen Dank für deine Gastfreundschaft. Ich fühle mich richtig wohl bei dir.«

Sieben

Abgestandener Rauch und Bierdunst im Clubkeller. Emmchen hatte auf der kleinen Bühne Platz genommen und kümmerte sich um ihr Saxophon. Neben ihr der Pianist. Ein beleibter Mann packte seinen Kontrabass aus. Noch lief die Stereoanlage.

Die Uhr an der mit Holz verkleideten Wand hinter der Theke zeigte kurz nach 21 Uhr an. Von meinem Barhocker aus hatte ich einen guten Überblick über den Kellerraum und konnte die schwere Eisentür am Eingang beobachten. Es war noch relativ leer. Ein Pärchen knutschte selbstvergessen an einem der kleinen runden Tische. Eine Clique mit drei Jungmanagern – kurze Föhnfrisur, Designerjeans und Seidenhemd – hatte einen der anderen Tische mit Beschlag belegt. Maja hatte nicht mitkommen wollen. »Zu müde«, hatte sie sich entschuldigt, »außerdem stinkt es in diesen Kneipen immer so fürchterlich.« Ich nahm einen tiefen Zug aus meinem Weizenbierglas. Gleichzeitig blätterte ich in einem Krimi und versuchte die dort geschilderte Handlung zu verfolgen.

Ich wusste nicht, wen oder was ich erwartete. Mittlerweile bedauerte ich, dass ich nicht versucht hatte, mich zu verabreden. Etwa mit Jürgen, unser Gespräch am letzten Wochenende war doch ganz witzig gewesen.

Die Eisentür öffnete sich. Zwei junge Frauen mit perfekt geföhnten Haaren und kurzen schwarzen Lederjacken betraten in Begleitung eines jungen Mannes mit offenem Mantel und Schal den Clubraum. Irrsinnig cool.

Emmchen stimmte ihr Saxophon auf das Piano ein. Der Beleibte zog die Saiten an seinem Kontrabass nach.

Eine weitere Clique betrat den Raum. Langsam wurde es voll.

Wieder klappte die Tür. Pfarrer Martin Schiffer trat ein, eine Aktenmappe unter dem Arm. Abgesehen davon war er ohne Begleitung. Er nahm an dem letzten freien Clubtisch Platz. Die Band hatte inzwischen angefangen zu spielen und übertönte das Stimmengewirr.

Ich pirschte mich an den Pfarrer heran. »Ist hier noch frei?«, fragte ich.

»Ach ja. Ja, natürlich!«, sagte er, nahm seine Aktentasche von dem Stuhl neben seinem und legte sie auf den Boden. »Hier, bitte!«

»Warum eigentlich eine Aktentasche in einem Jazzclub?«, konnte ich mir nicht verkneifen zu fragen. Ich vermied die direkte Anrede.

»Ja, ich wollte meine Sonntagspredigt schreiben. Oder wenigstens den Entwurf dazu, den Rest mache ich am Computer zu Hause.« Schiffer redete mich ebenso wenig direkt an wie ich ihn. Ob er mich überhaupt wiedererkannte? Konfirmandenunterricht und Jugendarbeit lagen schließlich Jahrzehnte zurück.

Er strich sich unsicher mit der Hand über das Kinn. Grübchen, leicht erschlaffte Hautpartie.

»Eine Predigt schreiben in der Kneipe?«

»Das mache ich öfter. Hier bin ich – nun – so mitten im Leben. Das hilft mir, nicht zu abgehoben zu werden mit meinen Gedanken.«

»Ah ja.« Interessante Theorie.

Ich bestellte zur Abwechslung eine Apfelsaftschorle.

»Und was machst du schon wieder in Moersen? Ich dachte, du lebst jetzt in Berlin?« Also hatte er mich wiedererkannt. Und er duzte mich wie in meiner Jugendzeit.

»Ja, also, ich wollte mich hier etwas umhören, recherchieren, ich dachte du, ähm, Sie hätten davon gehört?«

Er entspannte sich. »Wir können uns ruhig duzen.« Er hob sein Bierglas und wir stießen an. »Cheers. Ich bin der Martin.«

Ich startete den nächsten Versuch. »Also, ich dachte, deine Frau hätte dir erzählt, dass ich den Unfall von Tobias recherchieren soll.«

Er schüttelte den Kopf. »Hat sie nicht. Sie redet im Moment überhaupt sehr wenig. Sie steht wohl noch unter Schock.«

Ich zog den Aschenbecher näher zu mir heran und drückte die Zigarette aus. »Deine Frau und Emmchen glauben nicht, dass es einfach nur ein Unfall war. Sie meinen, man müsste das noch einmal genauer untersuchen.«

Martin Schiffer nickte.

»Wie kommst du denn mit der ganzen Sache klar? Ich meine, das ist doch furchtbar, wenn der eigene Sohn auf diese Weise ums Leben kommt«, sagte ich etwas unbeholfen.

Wieder nickte er. »Ist es auch. Ganz furchtbar.«

Und warum sitzt du dann vier Tage später in der Kneipe, hätte ich am liebsten gefragt, und nicht bei deiner Frau zu Hause? Stattdessen: »Du müsstest doch jetzt sicher nicht auch noch arbeiten, oder? Ich meine, gibt es da keine Regelungen, dass du nach einem solchen Ereignis eine Zeit lang freibekommst?«

»Ich weiß es nicht. Aber die Arbeit hilft mir, nicht allzu sehr ins Grübeln zu kommen.«

Wir schweigen. Der Pianist intonierte eine Tonfolge, die mir bekannt vorkam. Die Glocken des »Big Ben«. Meine Großmutter hatte eine Uhr gehabt, die ebenfalls so klang.

»Kiki, du hast doch auch Theologie studiert«, nahm Martin den Faden wieder auf.

Ich nickte.

»Was hältst du eigentlich von Sündenvergebung?« Er musste beinahe schreien, um das Saxophon und den Klangteppich aus Stimmen zu übertönen.

»Von der Vergebung der Sünden? Das ist ein Kerngedanke des Christentums. Wie kommst du jetzt darauf?«

»Ich fühle mich so entsetzlich schuldig. Ich glaube, ich bin schuld – oder mitschuld – am Tod von Tobias.«

Was sollte das jetzt werden? Eine Beichte, die ich, die Extheologin, dem Herrn Pfarrer in der Kneipe abnahm?

»Du fühlst dich schuldig am Tod von Tobias«, fasste ich zusammen. »Aber warum?«

Er nahm noch einen Schluck Bier.

»Ich fange mal von vorne an«, fuhr er fort. »Du hast möglicherweise davon gehört, dass ich überlegt hatte, den Beruf zu wechseln.«

Ich nickte wieder.

»Ich hatte vor, für die SPD als Abgeordneter in den Landtag einzuziehen. Das heißt, eigentlich möchte ich das immer noch gerne, ich weiß nur nicht ... nun ja, ich habe mich jedenfalls aufstellen lassen. Dazu musst du auf Ochsentour gehen, das heißt dich in den Dörfern den Genossen vorstellen. In der Hoffnung, dass sie dich dann zum Kandidaten für die nächste Wahl ernennen. Moersen ist zwar konservativ, aber die SPD hat hier die Mehrheit. Also hätte ich gute Chancen gehabt, tatsächlich in den Landtag zu kommen.«

Er strich sich wieder über das Kinn.

»Noch einmal etwas ganz Neues anzufangen, das hat mich gereizt, verstehst du? Ich bin jetzt einundfünfzig Jahre alt«, sagte er und sah mich Komplimente heischend an. Sollte ich jetzt sagen: ›Das sieht man dir aber nicht an?‹

»Jedenfalls habe ich auf einer dieser Ochsentouren Regina kennen gelernt. Regina stellt sich ebenfalls als potenzielle Landtagskandidatin vor. Sie ist Kindergärtnerin und hat eine kleine Tochter, ist allein erziehend. Sie tritt für die Rechte der Frauen ein, sie will mehr Kindergartenplätze und Frauenhäuser.«

Ein warmer Schimmer stand in seinen Augen. Ob er sich dessen bewusst war?

»Wir haben uns gefetzt, wir haben uns gestritten bis aufs Messer, schließlich traten wir als Konkurrenten auf. Und irgendwann ist es dann passiert ...«

»Ihr habt euch ineinander verliebt«, stellte ich trocken fest.

»Wir konnten beide nichts dagegen machen, wir waren machtlos gegenüber diesem Gefühl, verstehst du ...«

Nicht die Betroffenheitsplatte, bitte. Warum ließen sich die Männer nicht einmal etwas Originelles einfallen?

»Aber du bist verheiratet«, kürzte ich die Gefühlslitanei ab.

Dem Ensemble auf der Bühne hatte sich eine Sängerin zugesellt. Die Klangfarbe wechselte von Jazz nach Blues. »Bourbon street is the street ...«, intonierte die Sängerin mit rauchiger Stimme.

»Seit mehr als zwanzig Jahren verheiratet«, seufzte

Martin, »kurz vor der Silberhochzeit, und dann so etwas. Verliebt wie ein Jüngling ...«

»Du hast gesagt, du fühlst dich schuldig am Tod von Tobias«, erinnerte ich.

»Tobias hat damals noch zu Hause gewohnt. Karen und ich haben uns – nun ja – nicht mehr sehr gut verstanden. Ich hatte ihr auch gleich von Regina erzählt. Vielleicht war das ein Fehler. – Tobias hat mich jedenfalls immer als großes Vorbild gesehen, als Vaterfigur.«

Komm zum Punkt, Junge.

»Du weißt, als Pfarrer ist man oft abends noch unterwegs. Aber tagsüber hatte ich mehr Zeit als andere Väter. Ich habe mit Tobias die Hausaufgaben gemacht, wir sind zusammen zum Bolzplatz gegangen ...«

»Und plötzlich ist das Vorbild vom Sockel gefallen und auf Normalgröße geschrumpft«, fiel ich ihm ins Wort.

»Ja, genau, und Tobias hat mich verachtet. Er war gar nicht gut auf mich zu sprechen. Früher hatten wir immer ein Vertrauensverhältnis, und auf einmal hat er mich ignoriert, ja geschnitten.«

»Und ist dieser amerikanischen Gemeinde beigetreten.«

Er nickte: »Und das alles meinetwegen. Weil ich versagt habe. Weil ich meine Frau betrogen habe. Tobias war immer schon labil. Viel empfindlicher als seine Schwester.«

»Tobias ist dann also ausgezogen in seine eigene Wohnung«, unterbrach ich Martins Selbstgeißelung.

»Nicht gleich in seine eigene Wohnung. Vorher hat er noch woanders gewohnt, er hat mir die Adresse aber nicht gegeben. Er hat nur zu Karen Kontakt gehalten.«

Die Band machte Schluss. Die Kellnerin stellte die Stereoanlage wieder an. Aus den Boxen ertönte ein Song von Sting. Emmchen packte ihr Saxophon ein.

»Was hattest du denn in den letzten Wochen für ein Verhältnis zu Tobias?«

Martin überlegte eine Weile. »Es schien sich etwas zu entspannen. Er sprach wieder mit mir. Ich glaube, er war auch nicht mehr so oft bei dieser Kirche da.«

»Weil du auch wieder zu deiner Frau zurückgekehrt bist.«

Emmchen kam zu unserem Tisch. »Kiki, ich bin jetzt fertig mit Spielen. Ich trinke noch einen Whisky, dann will ich nach Hause. Kommst du mit?«

Sie setzte sich zu uns, ohne dazu aufgefordert worden zu sein.

Der Club war jetzt wesentlich leerer. Die Nicoles, Jessicas, Benjamins und Saschas waren gegangen. Wahrscheinlich in die Disco.

»Du hast mir immer noch nicht gesagt, warum du meinst, dass du schuld bist an Tobias' Tod.«

Der Kellner brachte den Whisky.

»An dem Abend, als der Unfall passierte, haben wir uns gestritten. Er hat gesagt, ich dürfte überhaupt kein Pfarrer mehr sein, nachdem ich Ehebruch begangen habe. Das hat er von diesem Sektenpastor!« Er klang plötzlich wütend. »Ich sollte mir mal ein Beispiel nehmen an diesem amerikanischen Pastor, dem würde so etwas nicht passieren. Aber ich hätte ja überhaupt keine klare Botschaft. Ich hätte meinen Beruf verfehlt. Und überhaupt sei ich ein Loser.« Er schluckte. »Da habe ich dann die Nerven verloren und ihm gesagt, das wäre immer noch mein Haus. Und er sollte sich so schnell nicht mehr hier blicken lassen. Er ist aus dem Haus gestürmt. Und dann ist er vor den Baum gerast«, sagte Martin kaum noch hörbar.

Emmchen sah uns interessiert an.

»Das muss doch alles vor acht Uhr gewesen sein. Ab acht warst du ja bei der Diskussion mit dem amerikanischen Pastor in der Stadthalle. Der Unfall war eine ganze Zeit später.«

»Das wissen wir nicht genau. Wir haben später davon erfahren, ja, aber war er deshalb auch später?«

Bitte. Wenn er unbedingt leiden wollte.

»Außerdem musst du dich nicht schuldig fühlen, weil Tobias zu Hause ausgezogen ist. Das tun viele Jugendliche um die zwanzig. Ab und zu soll es dabei sogar Konflikte geben«, schloss ich meine Beweisführung ab.

Ich winkte den Kellner heran, um zu zahlen. »Emmchen, ich lade dich ein.«

»Nicht nötig. Ich habe Getränke frei, wenn ich spiele.«

Martin war in sich zusammengesackt und saß wie ein Häuflein Elend vor dem Bierglas. Er tat mir Leid. Aber ich konnte ihn auch nicht länger ertragen.

Acht

»Du da. Ey, du da!«, rief jemand hinter mir. Ich drehte mich nicht um. In der Schaufensterscheibe der Apotheke sah ich mein Spiegelbild: Lederjacke, Minirock und Reeboks. Dahinter tauchten drei Gestalten auf, männlichen Geschlechts offensichtlich. Kein gutes Gefühl.

»Ey, sag mal, du kommst doch aus Berlin, oder?«, sagte dieselbe Stimme.

»Geil. Echt geil.« Das war eine andere Stimme. Offensichtlich gehörte sie zu einer Gestalt mit Jeans und Lederjacke.

»Ey, sach mal. Redste nicht mit uns, oder was?«

Die drei Gestalten hatten sich angenähert. Höchstens noch zwei Meter entfernt, schätzte ich. Besser, ich konfrontierte sie von Angesicht zu Angesicht. Ich drehte der *Mohrenapotheke* den Rücken zu und baute mich mit meinen 1,65 Metern vor den Halbstarken auf.

»Ey, willste auch 'n Schluck Bier? Hier, trink mal!« Der Typ in Jeans hielt mir eine Dose hin.

»Nein danke. Wer weiß, was ich mir da hole.« Jetzt half nur noch die Flucht nach vorne.

»Du denkst wohl, du biss was Besseres, was? Jetzt trink schon, Süße!«

»Nein danke!« Ich wollte gehen.

Sie hatten mich eingekesselt. Mit dem Rücken zur Apotheke, rechts ein Kerl mit Mundgeruch, links einer mit Alkoholfahne und vor mir einer mit Pickelgesicht. Ich konnte mich nicht bewegen. Kamen denn keine Passanten vorbei? Es war doch erst kurz nach sechs Uhr abends. Jetzt nur nicht in Panik geraten.

»Also gut. Okay, ihr habt gewonnen, aber jetzt lasst mich gehen. Ich muss zur Kirche, da läuft gerade eine Generalprobe, da muss ich hin. Ich werde erwartet. Also. Lasst mich gehen.«

»Sind die Haare echt? Echt blond, mein ich?«, fragte der Typ mit dem Mundgeruch und griff in meine blondierten Strähnen. Mir kam das Mittagessen hoch.

»Kennze den? Woran siehste, dass 'ne Blondine am Computer war?«

Reden, reden, reden, dachte ich. Meine einzige Chance. »Du, der Witz ist mindestens so alt wie du. Über den konnte ich schon vor zwanzig Jahren nicht lachen.«

Der mit der Alkoholfahne hielt mir das Bier direkt vor die Nase. »Sei doch nich so verkrampft, Mädchen, trink mal, tut gut. Das entspannt. Ah!« Er nahm selbst einen Riesenschluck und rülpste.

Ich verlor die Nerven. »Lasst mich los, lasst mich endlich gehen!«, schrie ich. In diesem Moment kam ein Ehepaar in den besten Jahren vorbei. »Hilfe, Hilfe, Hilfe«, gellte ich.

Das Ehepaar kam näher. »Ihr lasst sie jetzt sofort los. Sonst alarmieren wir die Polizei!«, sagte der Mann streng.

»Is ja gut«, sagte Pickelgesicht.

»War ja nur 'n Spaß!« Im Nu hatte sich die Runde aufgelöst. Die drei Halbstarken sahen zu, dass sie Boden gewannen.

»Danke«, sagte ich aus tiefstem Herzen zu meinen Rettern.

»Gern geschehen. Gestatten, Fräulein«, sagte der Mann und zog seinen Hut, »Spieß mein Name, Gotthard Spieß.«

»Ich bin Frau Spieß«, stellte sich die Frau vor.

»Verwandt mit dem Bürgermeister?«, wollte ich wissen.

»Nun ja ...«, bildete ich mir das ein, oder verzog der Mann sein Gesicht? »Ich bin zufällig sein Bruder.«

»Ich muss zur Kirche, da ist Generalprobe von einem Konzert. Frau Tiebel-Schiffer leitet die Probe, ich muss noch vor Schluss da sein«, informierte ich meine Retter.

»Ach ja, die Pfarrfrau, die Arme. So eine Nette. Und so tapfer ist sie ...«, mischte sich Frau Spieß ein.

»Kommen Sie, Fräulein, wir bringen Sie hin.«

Wir überquerten den Marktplatz. Dort stand eine Scheußlichkeit von Brunnen aus grünen, roten und blauen Betonklötzen, die ich noch nicht kannte.

»Neu, der Brunnen?«, fragte ich meine Begleiter.

»Ja«, erwiderte Herr Spieß stolz. »Von einem Moersener Künstler gestaltet. Er hat schon viele Preise gewonnen.«

Aha. Die Moersener waren sich offensichtlich treu geblieben. In den siebziger Jahren hatten sie einen Riesenparkplatz über ihrem einzigen Fluss gebaut. In den Achtzigern zogen sie eine Stadtautobahn über das letzte Stückchen Fluss, das der Parkplatz noch frei gelassen hatte. Und jetzt waren die schönen Eichen auf dem Marktplatz einem hässlichen Brunnen zum Opfer gefallen.

Nur die *Mohrenapotheke* gab es immer noch. Wie eh und je mit dem dicken Sarotti-Mohr im Schaufenster. Überhaupt nicht politisch korrekt. Aber das störte niemanden.

»Wir sind gleich da«, sagten meine Begleiter.

»Ja, danke.« Wir betraten durch das schmiedeeiserne Tor den Kirchhof. Hier war früher der Dorffriedhof gewesen. Verwitterte Grabsteine erinnerten noch daran.

Bildete ich mir das ein, oder hatte sich gerade ein Schatten an der Mauer entlanggedrückt? »Ist da jemand?«, fragte ich halblaut. Keine Antwort. Das Ehepaar reagierte ebenfalls nicht. Hatte ich Halluzinationen?

Aus der Kirche tönte schwermütiger Chorgesang.

Spieß lupfte wieder seinen Hut. »Gern geschehen, Fräulein.« Dann, neugierig: »Sie sind nicht von hier, oder?«

»Früher habe ich hier gewohnt. Kerner mein Name, Kirsten Kerner.«

»Ach, die Tochter von der Bettina Kerner«, freute sich Spieß. Seine Frau stand stumm daneben. »Angenehm, sehr angenehm. Sicher werden wir uns bald wiedersehen.«

Er lupfte noch einmal den Hut. Dann gingen sie durch das Tor zurück in Richtung Marktplatz.

»Denn alles Fleisch, es ist wie Gras. Und alle Herrlichkeit des Menschen wie des Grases Blume«, scholl es mir aus dem alten Gemäuer entgegen. Chor in fortissimo. Brahms' Deutsches Requiem. Ein Totengesang. Melancholisch und doch tröstlich.

Nur noch wenige Schritte bis zum Kirchenportal. Vorbei an der Grasfläche mit den alten Grabsteinen. Die Dämmerung ging über in die Dunkelheit. Licht aus Kirchenfenstern malte bunte Muster auf das Gras. Eine Atmosphäre zwischen Rosamunde Pilcher und Stephen King.

»Guten Abend«, hörte ich plötzlich ein schüchternes Stimmchen nicht weit entfernt.

Ich erschrak.

»Ich habe auf Sie gewartet«, sagte die Stimme, nun etwas sicherer. Ich sah mich um. Jetzt nahm ich die dazugehörige Gestalt war: mittelgroß, mittelkräftig, mit einem jungen, unfertigen Gesicht, knapp der Pubertät entronnen. Der junge Mann sah harmlos aus. Aber sahen das Triebtäter nicht immer?

Ich atmete tief durch. »Sie haben auf mich gewartet«, vergewisserte ich mich.

»Sie sind doch die Journalistin aus Berlin, nicht wahr?«

Ich nickte.

Der junge Mann reichte mir die Hand. »Ich bin Sascha, ein Kumpel von Tobias.«

Also doch kein Gewalttäter. »Kirsten Kerner. Wir können uns duzen«, schlug ich erleichtert vor.

»Ich wollte Ihnen etwas mitteilen«, sagte er und ignorierte mein Angebot.

Ich wies mit dem Kinn zum Kirchenportal. »Sollen wir hineingehen?«

Er schüttelte den Kopf. »Da hört man doch alles. Und wir stören die anderen. Können wir nicht hier draußen bleiben?«

Ob ich ihm vertrauen konnte? »Okay.«

Wir gingen um die Kirche herum. Grabsteine. Noch mehr Grabsteine.

»Herr, lehre doch mich, dass ein Ende mit mir haben muss, und mein Leben ein Ziel hat, und ich davonmuss, und ich davonmuss«, tönte eine wohlklingende Männerstimme aus dem Gotteshaus.

Sascha räusperte sich. »Tobias war an dem Abend bei mir. An dem Abend, als der Unfall passierte.«

»Ach. Um wie viel Uhr?«

»Er kam ungefähr um Viertel vor acht oder so. Jedenfalls noch vor der Tagesschau. Er hatte gerade Krach mit seinem Vater gehabt.«

»Ich weiß.«

Sascha hockte sich auf einen der umgestürzten Grabsteine. Das Licht aus dem Chorfenster erhellte Teile des alten ausgedienten Friedhofes.

»Wie lange ist er denn bei dir geblieben?«

Sascha schluckte. »Gar nicht so lange. Eine halbe Stunde vielleicht. Die Tagesschau war gerade vorbei, und mein Vater holte sich Bier.«

»Und was wollte er von dir?«

Der Lichtschein fiel auf den Grabstein genau vor mir. Ich beugte mich hinunter und versuchte, den eingemeißelten Namen zu entziffern.

»Spieß«, las ich. Aha. Eine alter Moersener Dynastie also, die Bürgermeisterfamilie.

»Ach wie gar nichts sind alle Menschen, die doch so sicher leben«, sang der Chor in der Kirche. Wie wahr. Auch die Moersener Honoratioren bildeten da keine Ausnahme. Sie waren vergänglich wie alle anderen auch.

Sascha redete weiter: »Er wollte eigentlich nur etwas abholen. Ein Spiel, das er mir geliehen hatte.«

Ich sah ihn an. »Und dafür hat er eine halbe Stunde gebraucht?«

»Nein. Wir haben uns auch noch unterhalten. Über ein Geschäft, das er machen wollte.«

»Was für ein Geschäft?«

»So genau weiß ich das auch nicht.« Das runde, junge Gesicht sah ängstlich aus. »Ich wollte nichts damit zu tun haben. Ich hatte den Eindruck, die Sache war nicht sauber.«

»Hat er nicht gesagt, worum es ging?«

»Nicht so genau.«

Ich fragte direkt: »Haben deine Eltern dich zu mir geschickt?«

Er nickte zaghaft. »Habe ich Ihnen jetzt weiterhelfen können?«

»Ich denke schon. Gib mir auf alle Fälle mal deine Adresse.«

Er reichte mir eine Visitenkarte, erstellt auf einem Personalcomputer. Name, Adresse, Telefonnummer, E-Mail. Und eine dicke, fette Kuh in der rechten Ecke.

Oh, wie witzig.

Ich betrat die Kirche und setzte mich in eine der mittleren Bänke neben einen der Pfeiler. Vorne tobte der Chor: »Tod, wo ist dein Stachel? Hölle, wo ist dein Sieg?«

Die Streicher gaben, was sie konnten. Die Bläser tuteten heftig. Die zierliche Dirigentin spornte die Musiker mit weit ausholenden Bewegungen an.

Ich bewunderte sie. Über welch eine Disziplin musste diese Frau verfügen, wenn sie ein solches Stück dirigieren konnte, ein paar Tage nachdem ihr Sohn gestorben war?

Sie winkte ab. Die Musik verstummte abrupt.

»Nächstes Stück«, tönte ihre Stimme klar durch den Kirchenraum.

Die Sänger und die Instrumentalisten blätterten.
Sie gab den Einsatz.
Dieses Mal setzten die Streicher leise ein.
»Selig sind die Toten, die in dem Herrn sterben«, begannen die hellen Frauenstimmen hoch oben. Nicht ganz sauber, aber fast. Ich schloss die Augen und gab mich dem Musikgenuss hin.
Eine Hand legte sich von hinten auf meine Schulter. Ich zuckte zusammen. Wie viele Begegnungen der unheimlichen Art sollte ich heute noch vor mir haben?
Ich drehte mich um und sah in das lachende, vollbärtige Gesicht von Jürgen Spieß.
»Aha, der Herr Reporter.«
»Hallo, Kiki.«
»Was machst du denn hier?«
»Morgen zum Konzert kann ich nicht kommen, da wollte ich mir heute bei der Probe einen Eindruck verschaffen«, raunte er halblaut. »Und was machst du hier?«
»Ach, ich mache in Moersen für ein paar Tage Urlaub.«
»Und? Schon etwas herausgefunden?«
Ich sah ihn erstaunt an. »Woher weißt du …?«
Er schüttelte sich vor unterdrücktem Lachen. »Kiki, ich bin Reporter! Außerdem weiß inzwischen ganz Moersen, dass du den Unfall von Tobias recherchierst.«
Der Chorgesang schwoll wieder an.
»Ich muss noch mit Frau Tiebel-Schiffer reden. Deshalb bin ich hier«, erklärte ich meine Mission zum neunundneunzigsten Mal.
Er wiegte den Kopf. »Keine gute Idee im Moment.«
Frau Tiebel-Schiffer dirigierte: »Selig sind, die da Leid tragen. Denn sie werden getröstet werden.«
Chor und Orchester verweilten auf dem letzten Ak-

kord. Die Chorleiterin hielt die Spannung aufrecht. Dann winkte sie mit einer weichen Bewegung ab. Die Musik verströmte. Frau Tiebel-Schiffer sank in sich zusammen.

»Warum nicht?«

»Siehst du nicht, wie viel Kraft es sie kostet, die Stellung zu halten? Sie gibt ihr Letztes für dieses Konzert. Bis morgen, bis zum Konzert muss sie durchhalten. Vorher sprich sie bitte nicht an.«

Karen Tiebel-Schiffer tupfte sich den Schweiß von der Stirn. Dann richtete sie sich auf und ging in Richtung Sakristei. Der Konzertmeister legte seine Violine vorsichtig in den Kasten und folgte ihr.

»Komm, steig ein. Ich will dir etwas zeigen.« Jürgen öffnete mit der Fernbedienung die Türschlösser seines Familien-Vans. Ich nahm auf dem Beifahrersitz Platz.

»Und auf der Fahrt erzählst du mir, was du schon herausgefunden hast.«

»Hey, wie käme ich dazu?«

»Ganz einfach. Ich weiß alles, was in Moersen passiert. Meist noch, bevor es passiert«, sagte er großspurig, aber er schmunzelte dabei. »Also brauchst du mich. Information gegen Information.«

»Nun gut. Das Autowrack ist inzwischen untersucht worden. Der Mechaniker hat fest gestellt, dass mit den Bremsen etwas nicht in Ordnung war. Der Bremskraftverstärker funktionierte nicht, wahrscheinlich schon vor dem Unfall. Das erklärt das hohe Tempo, mit dem Tobias aus der Kurve geflogen und über das Feld gefahren ist. Ansonsten hätte er sicher vor der Kurve abgebremst.«

»Aber das beweist noch gar nichts«, konterte Jürgen. »Shit happens. Vor allem bei älteren Autos.«

»Ja. Insofern ist das Versagen der Bremsen kein sicherer Hinweis auf Fremdverschulden. Tobias' Ford war sieben Jahre alt. Jemand kann den Wagen manipuliert haben. Muss aber nicht.«

»So ist es. Und weiter?«

»Tobias hat an dem Unfallabend Krach mit seinem Vater gehabt. Danach war er bei einem Kumpel. Sascha. Aber nur etwa bis Viertel nach acht.«

»Den Unfallwagen mit Tobias hat man gegen Viertel vor zehn gefunden, wenn ich mich recht erinnere?«

»Ja. Bleibt die Frage, ob Tobias nach Sascha noch jemand anders besucht hat oder ob er direkt nach Brunnenbach gefahren ist. Wenn er direkt gefahren wäre, hätte er knapp eineinhalb Stunden lang an der Unfallstelle gelegen.«

»Das müsste herauszufinden sein.«

»Mithilfe einer Obduktion?«, wollte ich wissen.

Er winkte ab. »Ist wahrscheinlich gar nicht nötig. Ich kenne einen der Ärzte im Krankenhaus recht gut. Er schuldet mir noch einen Gefallen.«

»Wann ist eigentlich die Beerdigung?«

»Nächste Woche Dienstag.«

Wir fuhren auf den Parkplatz vor dem Redaktionsgebäude des *Moersener Tagblattes*. Es lag auf einem der sieben Hügel der Stadt. Der Bau lag im Dunkeln. Samstagabend waren hier nicht einmal der Pförtner oder die Putzfrau.

Fahrstuhl, vierter Stock. Hier war die Lokalredaktion, Jürgens Revier. Es roch nach Büro, Papier, abgestandenem Rauch und einem Hauch von Druckerschwärze.

»Setz dich«, forderte Jürgen mich auf und nahm selbst vor einem Computer mit riesigem Bildschirm Platz. Er holte einen braunen Umschlag aus der Schublade. »Hier, schau dir das an.«

Ich betrachtete die Fotos, die er mir hinhielt. Auf dem ersten Bild sah ich ein schmusendes Pärchen, von der Seite aufgenommen. Der Mann – mit Glatze, nicht mehr ganz jung – hatte liebevoll den Arm um eine dunkelhaarige Frau gelegt.

»Nicht sehr scharf, deine Bilder«, kritisierte ich.

»Sie sind im Dunkeln aufgenommen, mit lichtempfindlichem Film und Teleobjektiv.«

Auf dem zweiten Foto erkannte ich den Mann. Martin Schiffer, tête-à-tête mit einer Frau, die nicht seine war.

Ich drehte den Abzug um. »Detektei Schneider«, klebte als Etikett auf der Rückseite. »Aha, der Ratsherr, der neulich auch im *Alten Markt* war.«

Jürgen nickte.

»Woher hast du die Fotos?«, fragte ich.

»Von Porksen. Er wollte, dass wir eine Geschichte über den Pfarrer auf Abwegen schreiben. Deshalb hat er uns die Fotos zugeschickt.«

Ich fasste mir an den Kopf. »Und? Hast du die Geschichte gebracht?«

»Natürlich nicht. Wir sind hier in Moersen auch im 21. Jahrhundert angekommen. Ein fremdgehender Pfarrer ist keine Story.« Er schaltete den Computer an. »Porksen wusste das im Übrigen selbst.«

»Aber warum hat er dann …«

»Auch so hat die Sache Wirkung gezeigt. Nicht nur wir haben Abzüge bekommen.«

»Sondern auch der Bürgermeister, die Ratsherren, der Lehrer, der Arzt und der Apotheker«, zählte ich die Honoratioren auf.

»Genau.«

»Fies, hinterhältig und gemein. Das Privatleben der Mitmenschen ausschnüffeln und sie dann an den Pranger stellen. Kein Schamgefühl«, stellte ich fest.

Jürgen schüttelte den Kopf. »Sieh mal die andere Seite: Kein Schamgefühl, der Herr Pfarrer. Fremdgehen, das tut man einfach nicht. Schon gar nicht als Geistlicher. Und auf keinen Fall in Moersen.«

Ich zuckte mit den Achseln. »Ich verstehe das trotzdem nicht. Das kommt doch vor, dass Pfarrersehen geschieden werden. Normalerweise ist das nicht so ein Drama.«

Er wies aus dem Fenster auf das Lichtermeer, das sich unter uns ausbreitete. »Darf ich vorstellen: Moersen. Sieht aus wie eine Stadt, ist aber ein Dorf, zumindest von der Mentalität der Bewohner her.«

Wir schwiegen.

»Schiffer passte schon vorher einigen Leuten nicht«, fuhr Jürgen dann fort. »Er war ihnen zu politisch. Er marschierte noch bei Friedensdemonstrationen mit, als alle anderen schon längst Militäreinsätze befürworteten. Allen voran seine Genossen.«

Er klickte sein Bildarchiv im Computer an. »Hier siehst du Fotos!«

Pfarrer Schiffer hielt ein Transparent: »Gewaltspirale durchbrechen« stand darauf und »Nein zum Krieg!«.

Ich betrachtete noch einmal das heimlich aufgenommene Bild in meiner Hand, das Schiffer mit seiner Freundin zeigte.

»Was war eigentlich im Pfarrhaus los?«, wollte ich wissen. »Ich meine, wirklich los? Warum hat der Pfarrer sich nach zwanzig Jahren Ehe anderweitig umgeschaut?«

Jürgen zuckte mit den Schultern. »Ich glaube, seine Frau ist ihm zu groß geworden. Nachdem die Kinder erwachsen waren, hat sie wieder angefangen zu studieren. Musik. Seinerzeit hatte sie abgebrochen, weil sie schwanger war.«

Ich nickte.

»Du hast sie ja heute Abend erlebt. Sie ist gut, ich meine, richtig gut. Und sie wird immer besser. Sie ist jetzt schon besser als er. Und das im selben Revier, in der Kirche.« Er verzog das Gesicht. »Männer mögen so etwas nicht.«

»Männer in Moersen, meinst du.«

»Männer allgemein«, sagte er und hielt meinem Blick stand.

Ich gab ihm die Fotos zurück. Für einen Moment berührten sich unsere Fingerspitzen. Es kribbelte wie bei einem kleinen Stromschlag.

»So sind die Regeln«, meinte Jürgen achselzuckend und packte die Fotos wieder in den Umschlag. Der Ehering an seiner rechten Hand blitzte auf.

Ganz sicher meinte er mit dieser Bemerkung nicht nur den Pfarrer.

Neun

Ich schlurfte über den Gang zum Bad. Schlaftrunken öffnete ich die Tür.

Im Bad war schon jemand. Ein junger Mann mit knackigem Hintern. Sein weißes T-Shirt bedeckte kaum die Pobacken.

»Guten Morgen«, grüßte ich freundlich. Innerlich kochte ich. Wo kam dieser gut aussehende Jüngling her? Ich hatte ihn nicht mitgebracht. Und Emmchen sicher auch nicht. Schließlich stand sie auf Frauen.

»Oh, ähm, guten Morgen«, grüßte der junge Mann verlegen und versuchte, mit einem T-Shirt-Zipfel seine Blöße zu bedecken.

»Wenn Sie dann so weit sind, würde ich gerne das Bad benutzen«, sagte ich mit eiskalter Höflichkeit.

»Ähm ja.« Er wusch sich umständlich die Hände. Kurzsichtig suchte er nach einem Handtuch.

»Hier, bitte!« Ich reichte ihm das Gästetuch vom Haken. »Und wenn Sie sich bitte beeilen würden. Ich habe nicht den ganzen Tag Zeit. Ich muss zur Kirche in den Gottesdienst.«

»Äh, ich auch. Ich bin der Organist.«

Liebe Güte. Maja hatte wirklich einen Knall. Anstatt mir bei den Recherchen zu helfen, verführte sie die Dorfjugend. War der Junge überhaupt schon volljährig? Dass sie sich nicht schämte!

Meine sexuelle Frustration vermischte sich mit den latenten Aggressionen, die sich gegen meine Freundin in den letzten Tagen aufgestaut hatten. Sie war mir seit meiner Rückkehr nach Moersen aus dem Weg gegangen.

Der Jüngling wuschelte sich durch das wellige Haar. In tiefster Verlegenheit. Er hatte allen Grund dazu.

Ich stürmte über den Flur und riss, ohne zu klopfen, Majas Zimmertür auf. »Was fällt dir eigentlich ein. Erst holst du mich als Detektivin nach Moersen, und dann vergnügst du dich mit irgendwelchen Typen, statt mich zu unterstützen!«

»Was?« Majas sonst so ordentlich frisierter Pagenkopf tauchte verwuschelt aus den Kissen auf.

»Tu doch nicht so! Wer ist der Typ im Bad?«

»Sag mal, spinnst du?« Maja wollte sich auf die andere Seite drehen.

In diesem Moment erschien Emmchen, im Nachthemd und ohne Gebiss.

»Was isch enn mit euch los?«

»Die da« – ich wies mit dem Zeigefinger auf Maja, die sich jetzt im Bett aufgerichtet hatte – »die da schleppt irgendwelche Jungens ab. Und mich lässt sie alleine recherchieren!«

»Dass isch mein Neffe«, nuschelte Emmchen, »er soll Orgel schbielen. Karen hat Konschert und ann nich schbielen heute Morgen.«

Oh, wie peinlich.

Ich ging zurück ins Badezimmer, das inzwischen leer war, und stellte die Dusche an. Dummerweise zu heiß. Ich verbrühte mich. Geschah mir recht.

Das Frühstück wurde zur Tortur.

Großes Palaver, Entschuldigung, wie-konnte-ich-nur, Missverständnis, peinlich, peinlich. Zwischen Maja und mir war die Temperatur deutlich unter den Nullpunkt gesunken. Es fühlte sich an wie minus 27 Grad Celsius. Sibirische Kälte. Zu allem Überfluss hatte Kater Romeo die Nacht wieder am Fußende meines Bettes verbracht. Maja war also wirklich ganz allein gewesen. Im Gegensatz zu mir.

Der Junge, Ben hieß er, traute sich nach den frühmorgendlichen Peinlichkeiten nicht mehr an unseren Tisch. Er nahm sich eine Tasse Tee und verschwand wieder. Ich erfuhr, dass auch er zur Spieß-Dynastie gehörte, ebenso wie Emmchen. Irgendwie waren in Moersen alle miteinander verwandt. Der Junge studierte Musik und übernachtete lieber bei seiner Tante Emmchen als bei seinem Vater Gotthard, wenn er in Moersen war. Und wenn diese Tante nicht gerade Damenbesuch hatte.

Emmchen blickte von Maja zu mir und von mir zu Maja. »Wisst ihr, was wir in den nächsten Tagen hier machen werden?«, fragte sie schließlich. Wir schüttelten den Kopf und vermieden es, uns gegenseitig anzusehen. »Einen Weiberabend mit reichlich Schnaps und Wein. Und deftigen Sprüchen über Männer.«

»Über Männer?«, fragte Maja mit Unschuldsmiene.
»Aber Emmchen, da kannst du doch gar nicht mitreden!«
»O doch. Verlass dich drauf.« Sie grinste.

Die Atmosphäre war danach etwas gelöster. Wir gingen alle zusammen in den Gottesdienst, um festzustellen, dass wir um zehn vor zehn noch fast die Einzigen waren.
»Kommen nicht mehr so viel Leute zu dem Herrn Pfarrer«, stellte der Küster fest, ein diensteifriger Spätaussiedler. Er reichte uns einer nach der anderen die Hand. »Guten Morgen, gnädige Frau«, zu Emmchen. »Guten Morgen, die Damen«, zu Maja und mir.
»Kann gar nicht verstehen, warum. Ist so ein guter Mensch, der Herr Pfarrer. Macht so scheene Predigten, nich wahr.«
Der gute Mensch predigte vor einer Gemeinde mit zwölf Personen, Küster und Organist eingerechnet. Ben zog alle Register an der Orgel, wir sangen aus voller Brust, besonders Emmchen. Trotzdem klang es dünn. Der Küster hatte den Altar mit den wunderschönsten Frühlingsblumen dekoriert. Martin gab sich alle Mühe mit der Predigt. Aber es wollte keine rechte Stimmung aufkommen.
Martin Schiffer machte einen geknickten Eindruck, als er sich am Ausgang mit Handschlag von uns verabschiedete.
»Wollt ihr noch mitkommen auf einen Kaffee?«, fragte er.
»Nein danke«, antwortete Emmchen für uns alle.

Nachmittags das Kontrastprogramm bei der Kirche der Brüder der Liebe. Ein Gospelchor mit einer schwarzen Solistin, stimmungsvolle Musik, gedämpftes Licht, Liedtexte mit Videobeamer auf die Leinwand geworfen. Professionell und ansprechend gemacht.

Ich schätzte, dass mindestens hundertfünfzig Besucherinnen und Besucher zu dem Gottesdienst gekommen waren. Durchschnittsalter siebzehneinhalb. Alle Achtung. Die hatten den Dreh heraus, die Brüder.

Die Predigt war simpel gestrickt: Die Bösen – das Böse, der Teufel – kämpfen gegen die Guten – Jesus, die Christen. Zum Schluss, nach allen Anstrengungen und Anfechtungen, siegt das Gute. Fast wie in einem Hollywood-Film. Und ebenso mit Bildern auf der Leinwand illustriert. Nur dass das Happy End das ewige Leben war und nicht der Zehn-Minuten-Kuss.

Wieder der Gospelchor: »O happy day, when Jesus washed my sins away ...«

Zum Schluss die Möglichkeit, zu einem persönlichen Gespräch mit einem der Seelsorger zu gehen.

Nach dem Gottesdienst wollte ich mit Pastor Brown reden. Es war nicht möglich. Er war umringt von jungen Menschen.

Ich sprach einige der Jugendlichen an: »Seid ihr öfter hier?«

»Klaro.«

»Und warum?«

Sie sahen mich an, als käme ich aus der Hauptstadt der Marsmenschen und nicht aus der Metropole an der Spree.

»Was will die Alte denn hier?«, hörte ich ein Mädchen mit einem Glitzerstein in der Nase tuscheln.

»Ist doch voll cool hier«, sagte einer der jungen Männer und schnippte die Asche von seiner Zigarette auf den Boden.

»Voll coole Message«, bestätigte ein anderer und zündete sich eine Zigarette an.

»Die Leute sind gut drauf«, meinte der Erste.

»Ist das Rauchen denn nicht verboten?«, wunderte ich mich.

»Glaub nicht. Außerdem, ist doch egal.«
Das Mädchen zupfte ihn am Ärmel. »Kommst du?«
»Ja, klar.« Dann zu mir: »Ich muss jetzt los.«
Auf zum nächsten Event. Diese Jugendlichen wirkten nicht wie bedauernswerte Sektenopfer. Auch nicht wie kreative Kleinkriminelle, die die Wände am Pfarrhaus besprühten. Eher schon wie Kinder der Fun-Gesellschaft.

Wie viel hatte Tobias mit dieser Kirche zu tun gehabt? Das galt es herauszufinden.

Da Pastor Brown immer noch nicht zu sprechen war, nahm ich einen Prospekt der Kirche mit. Unter dem Logo – einem Herz, dessen Spitze in ein Kreuz auslief – stand die Telefonnummer des Büros. »Wenn ihr etwas auf dem Herzen habt, ich bin immer für euch da«, versprach der Pastor.

Das Konzept ging offensichtlich auf. Etliche junge Menschen waren immer noch im Raum und unterhielten sich angeregt. In puncto Marketing könnte die Volkskirche sich bei dieser Kleinstkirche noch eine Scheibe abschneiden.

Am Abend schaltete ich den Laptop ein und machte mir Notizen über den Tag.

Jürgen hatte mir eine Mail geschickt: »Habe im Krankenhaus recherchiert. Tobias ist wohl relativ bald nach dem Unfall gefunden worden. Da es kalt war an dem Abend, hätte er andernfalls Unterkühlungserscheinungen haben müssen. Ein Autofahrer hat ihn gesehen und die Polizei etwa gegen 21.40 Uhr angerufen. Sie hat umgehend den Krankenwagen verständigt. Die Polizei geht nach wie vor davon aus, dass es ein Unfall war. Für alles andere gibt es keine Beweise.«

Romeo sprang auf meinen Schoß und wollte gestreichelt werden. Das war zwar nett, aber beim Schreiben hinderlich.

Ich legte eine Tabelle an:

zu klären schrieb ich über die linke Spalte
→ Wo war Tobias, nachdem er Sascha besucht hat?
→ Welche Geschäfte hat Tobias gemacht?
→ Hatte Tobias weitere Freunde oder sogar eine Freundin?
→ Wer hätte ein Motiv gehabt, Tobias etwas anzutun?
→ Welche Rolle spielt Porksen, der Widersacher von Pfarrer Schiffer?
→ Wie stehen die beiden Pastoren (Schiffer und Brown) zueinander?
→ Ist die Kirche der Brüder der Liebe harmlos, oder tut sie nur so?

Von Martin Schiffer weiß ich inzwischen fast alles (bis auf Blutgruppe und postkoitale Gewohnheiten, und die kenne ich nicht mal bei mir selbst), aber was ist mit Karen Tiebel-Schiffer und Tobias?

In die zweite Spalte trug ich Personen ein, die ich interviewen wollte:
→ Sascha
→ Porksen
→ Karen Tiebel-Schiffer
→ Pastor Brown von der Kirche der Brüder der Liebe
→ ggf. Freunde oder Freundin von Tobias

Bevor ich mir weitere Personen überlegen konnte, klopfte es an die Tür.

Emmchen streckte den Kopf herein: »Kiki, ich habe

morgen früh für dich einen Termin bei Bürgermeister Friedrich Spieß vereinbart.«

Ich seufzte: »Der steht nicht auf meiner Liste!«

Emmchen: »Du kannst ihn nicht übergehen, er muss informiert sein.«

Ich, leicht genervt: »Okay, also gehe ich hin.«

»Und außerdem«, grinste Emmchen über sämtliche Falten in ihrem Gesicht, »ist deine Mutter am Telefon.«

Romeo sprang von meinem Schoß und startete durch in Richtung Kühlschrank.

Ich steuerte zehn Minuten später dasselbe Ziel an. Einmal Rührei mit doppelter Portion Käse und ein Pfund Pudding zum Nachtisch, bitte. Und schönen Gruß an den Rettungsring um die Taille.

Zehn

»Schön, dass Sie wieder in Ihre alte Heimatstadt gekommen sind, Frau Kerner.«

Bürgermeister Spieß schüttelte mir herzlich die Hand. Mit seinem weißen Bart und den Fältchen um die wasserhellen Augen wirkte er wie ein gütiger Patriarch.

»Auch wenn der Anlass ein trauriger ist«, ergänzte ich.

»Ja, das ist wohl wahr.« Er räusperte sich und forderte mich auf, an einem kleinen Tisch Platz zu nehmen. »Kaffee, Frau Kerner?«

»Ja, bitte.« Die Sekretärin nahm die Bestellung auf.

»Auch bei uns ist die Zeit nicht stehen geblieben, wie

Sie sehen.« Spieß wies auf ein Plakat an der Wand. »Lachse in der Moersch« waren darauf angekündigt.

»Sie engagieren sich für den Umweltschutz«, stellte ich fest.

»Nicht nur das, Frau Kerner. Wir planen, ein Theater zu bauen. Wir gestalten das kulturelle Leben im Moersener Land.«

»Wie steht es denn mit dem kirchlichen Leben?«

Er blühte auf. »Moersens Kirchenkonzerte sind weit über die Grenzen der Stadt hinaus bekannt. Waren Sie gestern in dem Konzert mit Brahms' Deutschem Requiem? Die Kirche war bis auf den letzten Platz besetzt!«

»Leider nicht, Herr Spieß, ich hatte andere Verpflichtungen.«

»Wie schade.«

»Aber ich war morgens im Gottesdienst. Da waren noch viele, viele Plätze frei.«

Er schaute bekümmert. »Ja, der Gottesdienst ist zu einem Problem geworden. Sehr schlecht besucht in der letzten Zeit.«

»Kamen früher mehr Leute?«

»Ja, freilich. Aber seit der Herr Pfarrer Schiffer sich, nun, seinen Fehltritt erlaubt hat, ist der Besuch sehr schwach geworden.«

»Wäre es nicht christlich, den Herrn Pfarrer Schiffer gerade in seiner Krise zu unterstützen?«

Er hob die Arme. »Mir müssen Sie das nicht sagen, Frau Kerner! Ich bin ganz Ihrer Meinung. Aber die Moersener, sehen Sie, die Moersener sind nun einmal konservativ. Sie finden, ein Pfarrer, dem solch ein Fehltritt passiert, ist nicht mehr glaubwürdig.«

Die Sekretärin brachte den Kaffee auf einem Tablett. Sie schenkte mir ein.

»Sie habe ich gestern allerdings auch im Gottesdienst vermisst«, stellte ich trocken fest.

»Andere Verpflichtungen, Frau Kerner, andere Verpflichtungen!«

»Möglicherweise wäre allen gedient, wenn Herr Schiffer tatsächlich in die Politik gehen würde«, meinte ich. »Gehören Sie nicht auch zur SPD, Herr Bürgermeister? Wie sehen Sie denn die Chancen für Schiffers Bewerbung als Landtagskandidat?«

»Nun, meine Unterstützung hat er. Allerdings, nach seinem Fehltritt ...«

»... finden die Moersener, dass er als Politiker nicht mehr glaubwürdig ist«, ergänzte ich. Dann wollte ich wissen: »Welche Chancen räumen Sie eigentlich der Frau« – ich erinnerte mich nicht an ihren Nachnamen –, »der Kandidatin ein?«

»Frau Kempe? Auch sie war an dem Fehltritt beteiligt. Eine Frau als Politikerin, nun ja ...« Spieß wiegte sein Haupt.

»... kann man sich in Moersen nicht so gut vorstellen«, ergänzte ich.

»Nein, so rückständig sind wir nicht. Wir begrüßen grundsätzlich das Engagement von Frauen. Wir haben hier sogar schon eine Bürgermeisterin gehabt. Aber in diesem speziellen Fall spricht einiges dagegen.«

Ich erhob mich.

»Frau Kerner, meine Schwester hat mir mitgeteilt, dass Sie ein besonderes Anliegen haben«, sagte Spieß feierlich.

»Ihre Schwester?«, wunderte ich mich.

»Emmchen ist meine Stiefschwester. Nun«, er räusperte sich, »sie sagte mir, dass Sie sich hier ein wenig umhören wollen.«

Erwartungsvolle Pause.

»Ja, das würde ich gerne«, bestätigte ich.

»Ich habe nichts dagegen«, erlaubte er großzügig. »Wir haben nichts zu verbergen. Wir würden es allerdings begrüßen, wenn Sie in positiver Weise über unsere schöne Stadt berichten.« Er gab mir eine Pressemappe mit Hochglanzbroschüren. »Sie arbeiten doch beim Fernsehen. Sicher wäre Moersen als aufstrebende Provinz- und Medienstadt einen Bericht wert. Wir würden Ihnen gerne zur Verfügung stehen.«

Ich reichte ihm die Hand.

»Herzlichen Dank, Herr Bürgermeister. Allerdings arbeite ich beim Berliner Stadtfernsehen. Andere Zielgruppe!«

Ich lächelte ihn an und ging.

Auf zur nächsten Station.

Mit dem von meiner Mutter geliehenen Peugeot fuhr ich nach Merkelklau, einem Vorort etwa zwölf Kilometer von Moersen entfernt. Mobilität war im Moersener Land gleichzusetzen mit Automobil.

Ich betrat die Firma Porksen-Stahl um zehn Minuten vor elf. Der Firmeninhaber hatte für elf Uhr bitten lassen.

Vor die leibhaftige Begegnung mit Augenbrauen-Porksen hatte die Firmenhierarchie das Treffen mit der PR-Managerin gesetzt. Sie stellte sich mit dem Namen Nielsen vor, war etwa in meinem Alter und trug ein marineblaues Kostüm mit kniekurzem Rock und vermutlich naturblondes Haar.

Sie begrüßte mich mit professioneller Herzlichkeit: »Guten Tag, Frau Kerner. Schön, dass Sie sich für die Firma Porksen-Stahl interessieren. Was kann ich für Sie tun?«

Porksen-Stahl, so erklärte mir Frau Nielsen, habe sich von einem mittelständischen Familienbetrieb zu einem modernen Unternehmen gewandelt. Sie drückte mir eine umfangreiche Mappe mit Broschüren in die Hand. Unser Leitbild, unser Logo, unsere Unternehmensphilosophie, unser Profil. Corporate identity, corporate design.

Nielsens Handy klingelte. »Ja, vielen Dank, ich werde es ausrichten.«

Dann, zu mir: »Herr Porksen lässt sich entschuldigen, er ist erst in einer halben Stunde frei. Darf ich Sie solange durch die Firma führen?«

Sie geleitete mich durch große Hallen mit riesigen Maschinen, die einsam vor sich hin arbeiteten. In den Büros war es deutlich belebter.

»Das meiste wird heute am Computer gemacht. Dort arbeiten auch unsere Ingenieure und Techniker«, erklärte Frau Nielsen.

Vor einem der Bildschirme entdeckte ich Sascha, Tobias' Kumpel.

»Hallo, Sascha«, begrüßte ich ihn.

»Hallo«, sagte er fast unhörbar und starrte auf die Computertastatur.

»Ich habe noch einige Fragen an dich«, informierte ich ihn.

»Ich habe Ihnen alles gesagt, was ich weiß«, meinte er unsicher.

»Ich will dich gar nicht zu den Geschäften befragen«, log ich, »aber ich weiß fast gar nichts über Tobias, nichts über seine Freunde, seine Hobbys und so weiter. Du bist da im Moment meine einzige Informationsquelle.«

Sascha senkte, wenn möglich, den Kopf noch tiefer über die Tastatur. Die Nasenspitze berührte beinahe die Leertaste.

»Ich komme heute Abend gegen halb sieben bei dir vorbei«, kündigte ich an.

Kein Protest, aber auch keine Zustimmung.
»Also, bis dann!«

Schließlich führte PR-Managerin Nielsen mich zum Büro des Firmeninhabers.

»Kerner«, stellte ich mich dem Firmenboss Porksen vor. Ich erinnerte mich daran, dass wir uns noch nicht direkt begegnet waren und er eigentlich nicht wissen konnte, wer ich war. Eigentlich.

»Schön, dass ich Sie nun auch persönlich kennen lerne«, begrüßte er mich mit seiner klangvollen, dunklen Stimme. »Sind Sie die Tochter von Bettina Kerner?«

Ich nickte. Mein Blick fiel auf ein gerahmtes Bild an der Wand. Es zeigte ein Mosaik, das einen Fisch darstellte. Das Erkennungszeichen der frühen Christenheit.

»Was kann ich für Sie tun, Frau Kerner?« Er gab seiner Pressechefin einen Wink. Sie verabschiedete sich.

Porksen lud mich ein, auf einem der modern designten Besucherstühle Platz zu nehmen. Er selbst blieb hinter seinem Schreibtisch auf einem Stuhl sitzen, der seine geringe Körpergröße ausglich.

»Ich habe da einige Fragen im Zusammenhang mit den tragischen Ereignissen, die die Familie Schiffer betreffen«, begann ich.

Seine markanten Augenbrauen zogen sich zur Nasenwurzel hin.

Ich zog einen der Fotoabzüge der Detektei Schneider aus meiner Tasche. »Haben Sie die in Auftrag gegeben, Herr Porksen?«

Er griff nach den Bildern. »Die sind ja schon Monate alt«, meinte er wegwerfend.

»Sozusagen verjährt«, ergänzte ich.

Ich zog weitere Abzüge aus der Tasche. »Diese hier sind aktueller!« Sie zeigten den Pfarrer mit seiner Frau, seinem Sohn und auf dem dritten Bild die komplette Familie. Karen Tiebel-Schiffer, Martin Schiffer, ihr Sohn Tobias und ihre Tochter Susanne.

Er warf einen flüchtigen Blick darauf. »Die kenne ich nicht. Die sind nicht von mir! Und auch nicht von mir in Auftrag gegeben.«

»Nein? Von wem denn?«

»Frau Kerner!« Seine sonore Stimme klang ungehalten.

»Dann zeigen Sie mir doch Ihre Fotos«, provozierte ich.

»Ich denke ja nicht daran!«

Ich lächelte tückisch. Reingelegt. »Also haben Sie aktuelle Fotos. Sie schnüffeln immer noch hinter dem Pfarrer her.«

»Frau Kerner, ich muss doch sehr bitten! Kümmern Sie sich um Ihre eigenen Angelegenheiten!«, sagte er mühsam beherrscht.

»Was ist auf den neuen Fotos zu sehen?«

Keine Antwort.

Ich änderte meine Taktik. Ich schlüpfte in die Rolle der Verständnisvollen: »Ich kann Ihren Zorn verstehen. Immerhin ist Herr Schiffer Pfarrer, und da muss er ein Vorbild für seine Gemeinde sein. Er missachtet das Gebot ›Du sollst nicht ehebrechen‹. Das sollte bei einem Pfarrer nicht vorkommen.«

Porksen zog die buschigen Augenbrauen noch enger zur Nase hin. Die Hornbrille rutschte mehrere Millimeter nach unten.

»Das können Sie wohl sagen.« Er wies auf die Bibel auf seinem Schreibtisch: »Das« – er legte die Hand auf den schweren Lederdeckel – »ist das Wort Gottes. Und daran haben wir als Christen uns zu halten. Und die Pfarrer ebenfalls! Ohne Wenn und Aber! Wir sollen der Welt ein Beispiel sein. Salz der Erde, Licht der Welt.«

»Und er betrügt seine Frau immer noch!«, schoss ich ins Blaue.

»Ja. Ich weiß«, sagte er dumpf.

»Sie haben Fotos?«, insistierte ich.

Porksen beachtete meine eingeworfene Frage nicht. Er schlug die Bibel auf. »Wer eine Frau ansieht, sie zu begehren, der hat schon mit ihr die Ehe gebrochen in seinem Herzen«, zitierte er.

»Richtet nicht, auf dass ihr nicht gerichtet werdet«, murmelte ich. »Hat Jesus auch gesagt. Ein paar Verse später.«

Porksen ging darauf nicht ein.

Ich wechselte das Thema. »Der Sohn, Tobias, kannten Sie ihn eigentlich gut?«

Porksen nickte. »Er war früher mit meinem Sohn befreundet. Ein feiner Junge. Sehr sensibel.«

»Tobias war nicht damit einverstanden, wie sein Vater sich verhielt?«

Der Fabrikant schüttelte den Kopf. »Ganz und gar nicht. Wenn Sie mich fragen, der Vater hat den Sohn auf dem Gewissen.«

»Das ist eine harte Anschuldigung!«

»Tobias war nicht wie manche anderen jungen Leute. Nicht so cool, oder wie ihr heute dazu sagt. Er war äußerst empfindsam. Diese Geschichte mit seinem Vater hat ihn sehr mitgenommen.«

»Was halten Sie eigentlich von der Kirche der Brüder der Liebe?«, wollte ich wissen.

»Sehr nett, die jungen Menschen. Sehr ernsthaft. Und so engagiert! Auch mein Sohn geht dort in den Gottesdienst.« Er lächelte.

Ich erhob mich. »Vielen Dank, Herr Porksen«, sagte ich.

»Gern geschehen, Frau Kerner.« Er stand auf und

streckte mir die Hand entgegen, kam aber nicht aus seiner Deckung hinter dem Schreibmöbel hervor. Dann erhellte ein flüchtiges Lächeln sein Gesicht mit den buschigen Augenbrauen. »Sie kennen sich übrigens gut aus in der Bibel.«

Ich ergriff seine Hand und drückte sie kurz. »Kein Wunder. Ich habe schließlich Theologie studiert.«

Elf

Ich umrundete den Marktplatz. Einmal, zweimal, dreimal, immer in großem Bogen herum um das Ungetüm von postmodernem Brunnen.

Noch eineinhalb Stunden bis zum nächsten Termin. Abends war ich mit Sascha verabredet. Was brachte das Ganze? An die entscheidenden Informationen kam ich nicht heran. Über Tobias wusste ich immer noch so gut wie nichts.

Ich beschloss, etwas zu essen. Allerdings nicht im *Alten Markt*.

Im *Café am Markt* gab es ein günstiges Tagesgericht, angepriesen auf einer Schiefertafel.

Vorher noch eine letzte Runde um den Brunnen. Ich beschleunigte meine Schritte und stolperte dabei fast über ein Mädchen mit langen dunklen Haaren.

»Hoppla!«, sagte ich, »tut mir Leid!«

Das Mädchen sah mich mit großen Augen an. »Du, Mami, warum rennt die Frau so?«, wandte sie sich an ihre Begleitperson wenige Schritte hinter ihr. Ihre Mutter offensichtlich. Sie hatte ebenfalls dunkles Haar und zwei Grübchen an den Mundwinkeln. Sie kam mir bekannt vor.

Natürlich, Regina Kempe. Schiffers Geliebte.

»Guten Tag«, grüßte ich unverbindlich.

»Guten Tag«, erwiderte Frau Kempe ebenso unbeteiligt und wandte sich an ihre Tochter. »Komm, wir müssen weiter!«

Wohin? Zum Pfarrhaus am Rand des Marktes?

So eine Gelegenheit bekam ich kein zweites Mal: »Sind Sie nicht Frau Kempe?«

»Ja«, sagte sie mit deutlicher Zurückhaltung.

»Sie kennen Pfarrer Schiffer?«, tastete ich mich vor.

Sie explodierte unvermittelt. »Jetzt fangen Sie nicht auch noch damit an! Ich bin das Spießrutenlaufen leid! Was habe ich denn getan? Bin ich eine Verbrecherin, oder habe ich die Pest oder was?« Sie nahm ihre Tochter bei der Hand. »Komm, Jessica.«

»Entschuldigung«, stotterte ich verdattert. »Sie haben mich da wohl missverstanden. Ich meine, äh, ich recherchiere den Unfall von Tobias, und ich wollte mich bei allen erkundigen …«

Jessica hüpfte von einem Bein auf das andere. »Mami, warum schreist du so? Bist du böse?«

Ich versuchte es noch einmal. »Wenn Sie mir vielleicht sagen könnten, wo ich Sie erreiche, ich will doch wirklich nur mit Ihnen reden.«

»Nein.« Sie zog ihre Tochter am Arm und ging mit eiligen Schritten davon.

Ich drehte noch eine letzte Runde um den Brunnen und setzte mich dann in das Café.

Einmal Süppchen hinter Spitzengardinen, bitte. Und wieder hatte ich nichts erreicht.

»Kirche der Brüder der Liebe«, las ich auf dem Schild an der Hauswand. Ein mehrstöckiges Haus, modernisiert und vor nicht allzu langer Zeit mit einem frischen Anstrich versehen. Es lag am Rande einer Neubausiedlung, nicht weit vom Gewerbegebiet Ost entfernt. Im Schaukasten standen die Veranstaltungen angeschlagen: Sonntagnachmittag Gottesdienst, Bibelabende und Gospelchor. Ebenso die Sprechstunden des Pastors. Mittendrin prangte das Logo, das Herz, dessen Spitze in ein Kreuz auslief. Die Inneneinrichtung war nobel: Breite Treppen führten nach oben zum Büro des Pastors.

Pünktlich zu Beginn der Sprechstunde klopfte ich an seine Tür.

Brown telefonierte. Mit einer Handbewegung lud er mich ein, näher zu kommen und an einem kleinen Tisch Platz zu nehmen.

Während er weiter in den Hörer sprach, blätterte ich eine der Broschüren auf dem Tisch durch.

»Unsere Wohngruppe« wurde mit einem Vierfarbfoto und professionellem Layout vorgestellt. »Der Glaube an Jesus Christus gibt unseren Bewohnern Halt«, las ich. Vier junge Männer unter einem Holzkreuz an der Wand lächelten in die Kamera. »Seit 1998 betreibt die Kirche der Brüder der Liebe eine Einrichtung für Menschen mit Drogenproblemen.« Ich blätterte die Seite in dem Prospekt um. Auf der nächsten Seite waren Kinder und Teenager abgebildet. Eine Frau in mittleren Jahren hatte fürsorglich die Arme um zwei der Kleinsten gelegt. »Unsere Familie für Kinder aus schwierigen Verhältnissen« stand darunter.

Der Pastor legte den Hörer auf und kam um den Schreibtisch herum zum Besuchertisch. Heute präsentierte er sich im legeren Look mit Jeans und blauem Hemd. Er setzte sich mir gegenüber.

Ich kam gleich zur Sache. »Herr Brown, wie lange war Tobias Schiffer in Ihrer Kirche?«

»Das ist schwer zu sagen. Er war involved – wie sagt man – engagiert ungefähr für zwei, drei Monate. Danach kam er noch ab und zu.« Er schwieg einige Sekunden lang. »Jetzt hat Gott ihn zu sich genommen«, fügte er hinzu und faltete die Hände auf dem Tisch.

Eigenartige Umschreibung eines tödlichen Unfalles.

Ich schluckte. »Wann genau war Tobias Schiffer bei Ihnen in der Kirche?«, fragte ich.

»Was haben wir jetzt? März?« Er legte die Stirn in Falten. »Vielleicht Weihnachten, etwas danach? Nein, ich weiß nicht so genau.« Sein Satzbau verriet immer noch seine amerikanische Herkunft.

Er reichte mir unvermittelt die Hand: »Du kannst mich Andy nennen.«

»Vielen Dank«, sagte ich verwirrt. »Ich bin die Kiki.« Ich verfolgte weiter meinen Kurs: »Wie wird man Mitglied bei Ihnen?«

»Oh, die richtigen Mitglieder machen einen Glaubenskurs, und sie werden begleitet, es dauert etwas länger bis zur Entscheidung. Manche wollen sich taufen lassen als ein sichtbares Zeichen.«

»Taufen lassen? Auch wenn sie als Kinder schon getauft wurden?«

Er zuckte mit den Schultern. »Manche wollen das.«

»Tobias auch?«

»Tobias, glaube ich, war nicht bei uns getauft. Ich weiß nicht alles über jeden, diese Gemeinde ist zu groß geworden. Wir haben Betreuer unter den Mitgliedern, die wissen mehr. Willst du mit einem sprechen?«

Ich nickte. »Gerne.«

Er notierte eine Telefonnummer und eine Adresse. »Markus kannte den Tobias am besten.«

»Ach, Andy, noch eine Frage. Was für ein Verhältnis hast du zu dem Vater, zu Martin Schiffer?« Das Du kam mir schwer über die Lippen.

»Oh, ich habe nichts gegen ihn.«

»Ihr habt euch doch angeschrien bei der Veranstaltung!«

Er grinste. »Oh, nun ja, der Pfarrer manchmal – wie sagt man – er schüttet das Kind mit der Badewanne aus. Ich finde ihn schon okay, aber es ist etwas – wie sagt man – ein Wettstreit zwischen uns. It's a challenge!«

Gar nicht weit von der Kirche entfernt, in der Neubausiedlung, sollte Markus Meier wohnen. Unter der angegebenen Adresse fand sich ein Reihenhaus mit schmalem Vorgarten. Fünf Namen standen auf dem Schild neben der Klingel. Ich drückte auf den Knopf.

Einige Sekunden später hörte ich Schritte. Ein junger Mann mit stoppelkurzen schwarzen Haaren öffnete die Tür.

»Guten Tag. Ich wollte zu Markus Meier. Ist er zu Hause?«

Der Stoppelhaarträger wandte sich zum Treppenhaus und rief hinauf: »Markus, Besuch für dich!«

Ein schlanker, filigran gebauter Jüngling mit Prinz-Eisenherz-Frisur erschien. Ich schätzte sein Alter auf Anfang bis Mitte zwanzig. Er war auffallend elegant gekleidet: ein naturfarbenes Hemd mit gerüschter Knopfleiste und gefältelten Manschetten zu dunklen, gut sitzenden Samthosen.

»Hallo, sind Sie Herr Meier?«

»Ja, der bin ich. Was kann ich für Sie tun?«

»Ich würde gerne kurz mit Ihnen sprechen. Aber das kann ich Ihnen besser drin erklären.«

Mit einer eleganten Handbewegung wies er auf das

Wohnungsinnere. Der Flur mündete in einen großzügigen Wohn- und Essbereich mit Kamin. Nobel.

Wir setzten uns. »Herr Meier, Pastor Andy Brown hat mir erzählt, dass Sie Tobias sehr gut kannten.«

»Ja, das stimmt. Ich war sein Betreuer.«

»Das müssen Sie mir erklären, Herr Meier.« Ich drückte mich schon fast genauso gewählt aus wie der gepflegte junge Mann, der mir gegenübersaß. »Was bedeutet das genau, sein Betreuer?«

Meier stand auf und ging zu einem kleinen Tisch an der Wand. Darauf lag eine Bibel neben einem verblühten Weihnachtsstern und einer dicken Kerze. Darüber hing ein Holzkreuz. Ich erkannte das Kreuz aus der Broschüre wieder. Offensichtlich handelte es sich um eine Art Hausaltar.

Markus Meier griff nach einem dicken, in Kunstleder gebundenen Buch, das hinter der Bibel platziert war. Er legte es auf den Tisch. »Das ist unser Wohngruppentagebuch«, erklärte er.

»Wohngruppe? Ist hier die Wohngruppe für die Drogenabhängigen?«, fragte ich.

»Ja, wir haben Drogenabhängige, aber hier leben auch andere, ganz normale Leute.«

Aha. Die Drogenabhängigen wurden nicht unter »normal« eingestuft.

»Und Tobias hat auch hier gewohnt«, riet ich drauflos.

»Ja, er hat für einige Wochen hier gelebt.« Er öffnete das in Kunstleder gebundene Buch mit seinen bis in die Fingerspitzen gepflegten Händen. Er blätterte. »Vom 5. Dezember bis zum 26. Januar hat er hier gewohnt. Danach hat er seine eigene Wohnung bezogen.«

»Und Sie waren sein Betreuer?«

»Ich habe ihn während seiner Krise begleitet. Mehrmals die Woche hat er mir abends von seinen Problemen erzählt.«

Er blätterte wieder in dem Buch.

»Wie, und da steht alles drin? Auch über die Krise von Tobias?«

»Da steht selbstverständlich nicht alles drin. Hier steht nur, wann sich wer mit wem getroffen hat.« Seine Stimme klang herablassend.

Ich ärgerte mich über seine Arroganz. Aber schließlich wollte ich etwas von ihm und nicht umgekehrt.

»Welche Funktion hatten Sie als sein Betreuer? Haben Sie ihm die Beichte abgenommen?«

»Wir nennen es nicht Beichte. Es geht allerdings darum, das eigene Gewissen zu erforschen und vor Gott und dem Betreuer die Schuld zu bekennen.«

»Hat denn in der Kirche der Brüder der Liebe jeder einen Betreuer?«, wollte ich wissen.

»Jeder Mann hat einen geistlichen Betreuer und jede Frau eine geistliche Betreuerin.«

Es gab also doch Schwestern in der Kirche der Brüder der Liebe, trotz des exklusiv männlichen Namens.

»Am Anfang bekommt der Bewerber mehrmals die Woche geistliche Unterweisung bei dem Betreuer. Das schließt den ersten Glaubenskurs mit ein. Nach zwei Monaten entscheidet der Betreuer, ob der Bewerber zur nächsten Stufe zugelassen wird«, leierte Markus Meier herunter. Es klang wie auswendig gelernt.

»Hat denn wirklich jeder einen Betreuer? Sie auch?«

Er nickte. »Selbstverständlich. Ich betreue derzeit drei Bewerber. Mit meinem Betreuer rede ich über einige der Probleme, die ich als Betreuer mit den Bewerbern habe.«

Ich äußerte meine Vermutung: »Und wer ist der oberste Betreuer? Pastor Andy Brown?«

Meier nickte.

So hatte ich mir das vorgestellt. Auf diese Weise erfuhr der große Guru alles Wichtige in seiner Gemeinde. Das perfekte Überwachungssystem.

»Hatte Tobias Schiffer Probleme während der Zeit, als er hier wohnte?«

Meiers Gesicht blieb ausdruckslos. »Sie werden verstehen, dass ich darüber mit Ihnen nicht reden kann.«

Nein. Nur mit dem großen Guru.

»Wie lange wohnen Sie schon hier?«

»Ich wohne seit drei Jahren hier.«

Der Stoppelhaarige betrat das Wohnzimmer.

»Markus, wir sind für fünf Uhr verabredet.«

Ein Wink mit dem Zaunpfahl. Die große Wanduhr zeigte drei Minuten vor fünf an.

»Ja, dann ... wenn ich weitere Fragen habe, kann ich dann wiederkommen?«

Meier nickte. »Am besten, Sie rufen vorher an.«

Er erhob sich und ging mir voraus zur Tür. Er hatte einen leicht wiegenden Gang.

Eine Vermutung verdichtete sich zur Gewissheit. »Sind Sie schwul?«, platzte ich heraus.

Markus Meier würdigte mich keiner Antwort.

Zwölf

In Emmchens Wohnung duftete es nach gegartem Gemüse mit überbackenem Käse. Maja deckte den Tisch mit Goldrandtellern und Silbergabeln. Fehlten nur noch die Servietten.

Ich pfefferte meine Tasche in die Ecke.

»Hallo!«

»Hallo, Kiki!« Emmchens Gruß klang erfreut, Majas eher kühl.

»Wie war dein Tag?«, fragte Emmchen während des Essens.

»Scheiße«, sagte ich sehr direkt. »Tausend Interviews, aber wenig Informationen. Morgens Termin beim Bürgermeister, du erinnerst dich?«

Emmchen nickte und schob ihre dicke Brille auf der Nase eine Etage höher.

»Er hat mir ein Kilo Prospekte in die Hand gedrückt und mir Moersen angepriesen wie ein Vertreter seinen garantiert effektiven Dampfstaubsauger. Ich soll ein Fernseh-Feature gestalten über diese wundervolle, aufstrebende Mittelstadt. Dann war ich bei Porksen und habe herausgefunden, was ich schon wusste: dass er den Pfarrer hasst und ihm einen Detektiv auf die Fersen gesetzt hat. Danach habe ich die Geliebte oder Exgeliebte des Pfarrers getroffen. Die wollte gar nicht mit mir reden. Der amerikanische Pastor hat mir auch nichts Wesentliches erzählt. Diese Kirche der Brüder der Liebe hat übrigens Wohngruppen, wusstet ihr das?«

Emmchen nickte wieder. Maja schwieg immer noch.

»Also, in so einer Wohngruppe war ich auch. Ziemlich undurchsichtig, die ganze Sache.«

Ich schob mir eine Gabel voll Gemüseauflauf in den Mund.

»Dann wollte ich zu Sascha, Tobias' Kumpel. Auf dem Weg dorthin hat das Auto gebockt.«

»Und? Hast du es wieder in Gang gebracht?«

Ich schüttelte den Kopf. »Ich doch nicht. Ich kann einen Ottomotor kaum von einer Sitzbadewanne unterscheiden. Aber zufällig kam Jürgen Spieß vorbei, und der hat mir geholfen. Wahrscheinlich ist es die Batterie, morgen fahre ich in die Werkstatt. Jürgen sagte, er könne mir auch noch Material über die amerikanische Kirche geben.« Ich monologisierte weiter: »Dann war ich bei Sascha. Der wohnt im ›Hotel Mama‹, Reihenhaus mit Gartenzwerg und Plastikteich im Vorgarten inklusive. Ich kam wegen der Autopanne zu spät, und Sascha musste gleich darauf weg. Er war mit Freunden verabredet. Harry Potter spielen.« Ich schüttelte den Kopf. »Wie die Kinder, dabei sind sie alle weit über zwanzig. Wenigstens hat er mir noch erzählt, dass Tobias eine Freundin hatte. Ruth heißt sie.«

Ich nahm einen Schluck Rotwein.

Emmchen schmunzelte. »Da hast du doch eine ganze Menge herausgefunden. Warum bist du so unzufrieden?«

»Ja. Weshalb bist du so unglücklich? Fliegen der Starjournalistin dieses Mal nicht alle Herzen zu?«, stichelte Maja.

Ich haute auf den Tisch. Leider lag eine Gabel zwischen meiner Faust und der Tischplatte. Aua.

Kater Romeo schreckte aus seinem Schlaf hoch. Boxer Miles erhob sich und stellte die Ohren auf.

»Maja, verdammt, sag endlich, was los ist! Was hast du plötzlich gegen mich?«

»Wenn du's genau wissen willst: Mich kotzt dein ganzes Getue an. Du platzt hier rein, führst dich auf wie Queen Mum und säufst genauso viel. Du lässt dich von vorn bis hinten bedienen, laberst alle mit deinem Zeug voll und kommst dir auch noch großartig vor als selbst ernannte Privatdetektivin!« Ich hatte Maja noch nie zuvor so wütend erlebt. Ihre Augenbrauen waren unter dem dunklen, geraden Pony verschwunden, und ihr Gesicht war ganz blass geworden.

»Langsam, langsam!«, beschwichtigte Emmchen. Sie

schob ihren Teller zurück und sah uns beiden in die Augen. »Maja, kann es sein, dass du ein wenig eifersüchtig bist auf deine Freundin? Weil sie hier Kontakte hat, Leute kennt, weil sie einen interessanten Job hat? Kann es sein, dass du Angst hast, sie nimmt dir etwas weg? Meine Wohnung oder meine Zuneigung?«

»Sie macht sich so breit hier«, beschwerte Maja sich. »Und sie ist so egozentrisch.«

Ich musste lachen: »Maja, ich war schon immer egozentrisch. Und chaotisch und unordentlich und tollpatschig. Aber ich habe auch meine guten Seiten. Ich bin zum Beispiel recht unterhaltsam, und man langweilt sich nicht so schnell mit mir.«

»Davon habe ich etwas«, knurrte Maja, aber sie wirkte halbwegs besänftigt.

»In spätestens zwei Wochen bin ich wieder weg«, versprach ich. »Außerdem brauche ich euch, ich komme allein nicht weiter! Diese Moersener Männer sind ungefähr so wahrhaftig wie ein Grünen-Politiker, der den Krieg gegen Afghanistan als unvermeidlichen Akt für den Frieden darstellt und dabei an seinen Dienstwagen denkt.«

Emmchen nickte bedächtig.

»Sie lügen nicht direkt, aber sie sagen auf keinen Fall, wie es wirklich ist, und vor allem nicht, was dahinter steckt. Du spürst, dass sie etwas zu verbergen haben, und zwar etwas, das faul ist.« Ich zog die Nase hoch und erschnüffelte einen imaginären Duft: »Du riechst förmlich den Misthaufen unter dem Fenster, aber du kannst ihn nicht sehen. Und deshalb kannst du nichts beweisen. Könnt ihr mir folgen?«

»Kein Problem«, sagte Maja.

»Es sind reine Machtspiele. Aber ich kenne die Spielregeln nicht, nach denen ihr hier in Moersen spielt.«

»Sie sagen nicht die Wahrheit. Man kann sie höchstens dazu bringen, immer dreister zu lügen«, brachte Emmchen es auf den Punkt, und ich wusste nicht, ob sie die Politiker im Allgemeinen oder die Moersener speziell meinte.

»Wie schätzt du eigentlich Jürgen ein?«, wandte ich mich an sie.

Emmchen stand auf, um sich den Whisky aus der Bar zu holen. »Jürgen Spieß ist in Ordnung. Wenn er dir Informationen gibt, sind sie einwandfrei und korrekt. Du kannst dich auf ihn verlassen.«

»Gut zu wissen. Aber in dieser Geschichte spielen ja auch Frauen mit. An die komme ich überhaupt nicht heran. Die Geliebte, Regina Kempe, ist ausgeflippt, als sie mich gesehen hat. Und mit Karen Tiebel-Schiffer habe ich noch kaum drei Sätze geredet. Ich komme nicht weiter«, jammerte ich.

Emmchen goss sich zwei Daumen breit Whisky ein. »Ich lade sie in den nächsten Tagen ein. Was die Hintergründe betrifft, da kann ich dir weiterhelfen. Wenn es notwendig ist, kann ich einigen der Honoratioren auf den Zahn fühlen. Ich weiß ziemlich viel über sie!« In ihren blauen Augen funkelte es boshaft, und sie sah gar nicht mehr wie eine harmlose alte Dame aus. »Und Maja wird darauf achten, dass wir beide nicht vor lauter Bäumen den Wald vergessen!« Sie nickte meiner Freundin zu, die schon wieder kurz davor war, sich in ihren Schmollwinkel zurückzuziehen. Was für eine geschickte Diplomatin Emmchen doch war!

»Aber nur, wenn Kiki nicht nachher ein tolles Buch schreibt und den ganzen Ruhm alleine absahnt«, knurrte Maja.

»Keine Angst. Ich werde dir eine der Figuren widmen«, versprach ich. »Wie wäre es, wenn ich die Ehefrau von Gotthard Spieß Maja nennen würde? Mit Faltenrock und Glockenhut?«

Maja quiekte auf. Romeo sprang entsetzt hoch und entwich durch die Katzenklappe. Wir lachten. Endlich entspannte sich die Atmosphäre.

Dreizehn

Die folgende Nacht bescherte mir wirre Träume. Zwei Männer mit blonden Haaren kamen auf mich zu. Der eine sagte: »Lass die Finger davon, sie fressen dich auf.« Der andere bot mir galant seinen Arm und sagte: »Du schaffst das, ich helfe dir.« Er führte mich in ein Reihenhaus, in dem langhaarige Sektenanhänger sich zu esoterischer Musik wiegten. »Komm, hier wirst du glücklich, komm, hier wirst du glücklich«, sangen sie wie ein Mantra unzählige Male vor sich hin. »Du musst nur nach unseren Regeln leben, Regeln leben, Regeln leben …« Mit Polypenarmen griffen sie nach mir und versuchten, mich zu fangen. Ich wollte weglaufen, aber meine Füße hafteten am Boden fest. Dann war ich wieder mit Mark zusammen, aber er trug plötzlich einen Bart und hatte Jürgens Augen.

Schweißgebadet wachte ich auf.

Im Bad war ich gerade bei meinem Selbstaufmunterungs-Morgenritual (»Ich freue mich auf den neuen Tag« und so weiter), als Emmchen klopfte und mich ans Telefon rief.

»Ein Mark Sowieso!«

Vor Schreck rutschte mir bei der Dosierung des Eau de Toilette der Finger aus. Ich duftete wie eine ganze Parfümerie, als ich das Bad verließ. Oder stank wie ein Nachtclub, je nach Betrachtungsweise.

»Hallo?«, rief ich munter in den Hörer.

»Kiki?«, kam es zurück.

»Ja, hallo, Mark, bist du es?«

Er lachte leise, wie zu Beginn unserer Affäre. »Ja natürlich, hast du jemand anders erwartet?« Eine Gänsehaut lief mir den Rücken herunter. Mark, der Charmeur. Tat es ihm Leid, dass er mich abserviert hatte?

»Kiki, wann kommst du wieder nach Berlin?«

Hatte er Sehnsucht nach mir? Wollte er noch einmal reden oder sogar mehr?

»Ich weiß nicht, du. Es kann noch ein paar Tage dauern, ich habe hier zu tun.«

»Schade, wirklich schade. Ich hätte da ein Thema für dich ...«

»Ach, und ich dachte schon, du hättest Sehnsucht!«, flirtete ich.

Wieder das Lachen mit dem gewissen Etwas. »Das natürlich auch. Du meldest dich?«

»Aye, aye, Sir!«

Wir legten beide gleichzeitig den Hörer auf. Ich war ziemlich verwirrt.

Als Nächstes wandte ich mich der Garderobenfrage zu. Was sollte ich zur Beerdigung von Tobias Schiffer tragen? In Moersen nicht nur eine Frage von Kleidung, sondern auch von Etikette.

Das kleine Schwarze hatte ich in Berlin gelassen. Meine Lederhose bekam ich nicht mehr zu – das gute Essen in Moersen! –, Leggings oder Minikleid erschienen unpassend. Emmchen fand schließlich einen ausrangierten schwarzen Persianer in ihrem Kleiderschrank, der so herrlich unmodern war, dass er als potenzieller Trendsetter unter Kultverdacht stand.

Wir stiegen in das Auto meiner Mutter, das wunderbarerweise sofort ansprang, und fuhren zum Friedhof. Die Kapelle war bis auf den letzten Platz besetzt. Wieder waren sie alle erschienen, angefangen beim Bürgermeister bis hin zu seinem Bruder Gotthard Spieß mit Ehefrau, der Reporter Jürgen Spieß war mit einer stämmigen Blondine erschienen. Sogar Porksen war da. Markus Meier von der Kirche der Brüder der Liebe saß in der vorletzten Bank. Er rückte ein Stück und machte Emmchen Platz. Vorne saßen Martin Schiffer und Karen Tiebel-Schiffer mit Susanne, der Tochter. Eine junge Frau mit verquollenem Gesicht und hennagefärbten Haaren saß in der zweiten Reihe und schluchzte zum Gotterbarmen. Ich vermutete, das war Ruth, Tobias' Freundin.

Die Beerdigungsansprache hielt eine junge Frau im Talar. Sie war noch keine dreißig. Wahrscheinlich befand sie sich noch in der Ausbildung, war also Vikarin. Das war ich vor einigen Jahren auch gewesen, bevor ich begonnen hatte, als Journalistin zu arbeiten. Die Kirche hatte sich nicht entschließen können, mich als Pfarrerin zu übernehmen. Zu viele Bewerber. Vor allem zu viele Bewerberinnen. Die wurden doch immer wieder gerne ausgesiebt.

»Wachet auf, ruft uns die Stimme«, sang die Gemeinde voller Inbrunst, und über dem Keyboard schwebten die zarten Töne einer Geige. Ich sah mich um und erkannte den Violinisten, der bei Tiebel-Schiffers Konzert mitgewirkt hatte.

»Gott segne deinen Ausgang und deinen Eingang, von nun an bis in Ewigkeit«, beendete die junge Frau die Zeremonie in der Kapelle. Sie schlug das Segenszeichen über dem Sarg und schritt vor dem Trauerzug her über die Schwelle der Kapellentür. Hinter ihr kamen die Sargträger. Danach die Familie des Verstorbenen. Mit geschwollenen Augen der Vater, mit ausdruckslosem Gesicht die Mutter, weinend die Schwester. Die Gemeinde folgte schweigend. Der Sarg wurde auf einen Wagen geladen, und so ging es über die schmalen Friedhofswege zum offenen Grab.

Es nieselte. Einige Schirme spannten sich auf.

Ich ging neben Jürgen Spieß her. »Meine Frau«, hatte er die stämmige Blondine vorgestellt und mir zugenickt. Ich wies auf die weinende junge Frau mit den Hennahaaren und fragte leise: »Ist das Tobias' Freundin?« Jürgen nickte.

»Asche zu Asche, Erde zu Erde, Staub zu Staub«, sagte die Pastorin am Grab und schaufelte Erde auf den Sarg. Danach schaufelten die Angehörigen. Blumen flogen hinterher.

Emmchen ging zu Karen Tiebel-Schiffer und nahm sie in den Arm.

Ich entfernte mich lautlos und wartete am Friedhofstor.

Tobias' Freundin kam zehn Minuten später.

Ich stellte mich ihr in den Weg. »Entschuldigung, ich weiß, dass das jetzt nicht der beste Moment ist, aber ich muss Sie dringend sprechen.«

Sie hatte ein hübsches, wenn auch etwas rundliches Gesicht mit einer Stupsnase und großen Augen, die vom Weinen gerötet waren. Mit denen sah sie mich jetzt groß an.

»Sie sind doch Ruth, Tobias' Freundin?«

»Exfreundin«, antwortete sie automatisch. »Wir haben uns vor einigen Wochen getrennt.«

»Warum?«

»Ach, das ist eine komplizierte Geschichte. Mehrere Gründe. Wie viel wissen Sie von Tobias?«

»Noch nicht allzu viel«, gestand ich. »Ich weiß, dass er eine Zeit lang bei dieser Kirche der Brüder der Liebe gewohnt hat.«

Es fing stärker an zu regnen. Ich hatte keinen Schirm dabei. »Sollen wir in der Kapelle weiterreden?«, schlug ich vor.

Sie folgte mir willenlos. Der Hausmeister war schon dabei, die Blumen zu entfernen. Wahrscheinlich gab es demnächst eine weitere Beerdigung.

»Ja, genau, und die haben ihm einen Floh ins Ohr gesetzt.« Sie sagte wirklich Floh ins Ohr!

»Irgendwie passte es ihnen wohl nicht, dass wir zusammen waren, weil ich ja nicht zu dieser Kirche gehörte. Sie haben gesagt, er müsse warten, bis ihm die richtige Frau zugeführt wird.«

Ich schüttelte den Kopf. »Sie tun immer so locker ...«

»Hören Sie auf! Die sind völlig straff durchorganisiert!«

Sie brach wieder in Tränen aus.

»Wenn Sie jetzt lieber nicht reden möchten ...«

»Das fällt Ihnen aber früh ein«, sagte sie mit einem Anflug von bissigem Humor. »Wenn ich schon angefangen habe, kann ich auch weitermachen. Also: Tobias und ich waren fast zwei Jahre zusammen. Und wir hatten noch keinen Sex!« Sie sah mich herausfordernd an.

»Wollten Sie nicht? Oder wollte er nicht?«, fragte ich interessiert.

»Am Anfang wollte er nicht. Wissen Sie, es gibt doch da diese Bewegung aus Amerika, ›True love waits‹, kein Sex vor der Ehe, und da hat er mitgemacht.«

»Die Kirche der Brüder der Liebe unterstützt diese Bewegung?«, mutmaßte ich.

»Ja, das auf jeden Fall auch. Wir waren ja immer wieder mal da im Gottesdienst, das waren fast alle jungen Leute in Moersen«, sagte sie entschuldigend. »Am Anfang fand ich das übertrieben, aber dann hielt ich es auch für eine gute Idee.«

»Zu warten mit dem Sex.«

»Ja, genau. Es gibt ja auch noch andere Dinge im Leben«, sagte sie hoheitsvoll.

Sie schwieg für einen Moment. Ich sah sie erwartungsvoll an.

»Bloß, dass er Sex hatte. Mit einer anderen Frau!«, brach es aus ihr heraus.

»Wie bitte?«

Sie fing wieder an zu weinen. »Ja, mit einer anderen Frau. Verheiratet auch noch! Vorvorigen Sommer, kurz nachdem wir uns kennen gelernt haben.«

»Wie haben Sie davon erfahren?«

»Er hat es mir gesagt, vor genau ...« – sie sah auf ihre Uhr –, »vor genau fünf Wochen und drei Tagen.«

»Und dann habt ihr euch getrennt.«

Sie schüttelte den Kopf. Die Hennahaare flogen. »Nein, noch nicht sofort. Erst später, nachdem ... ach, ist ja auch egal.«

Der Hausmeister hatte die Kränze an einen anderen Ort gebracht und fegte nun die letzten Blätter zusammen.

»Ich schließe hier gleich ab«, kündigte er an.

Ich ignorierte ihn. »Wie haben Sie denn erfahren, dass er mit einer anderen Frau etwas hatte?«, wollte ich wissen.

»Die in dieser Kirche der Brüder, die haben wohl Druck gemacht, und er hat das seinem Betreuer gebeichtet. Dann hat er in dieser Wohngruppe ein Schuldbekenntnis abgelegt ...«

»Wie bitte?«

»Ja, und dieser, dieser ...«

»Scheinheilige Schönling Markus«, half ich aus.

Sie lächelte gequält. »Genau, dieser scheinheilige Markus hat gesagt, Tobias solle mir die ganze Geschichte erzählen und mich um Vergebung bitten.«

»Klar. Nachdem ohnehin schon alle es wussten. Beziehungsweise die ganze Kirche der Brüder der Liebe.«

Die Tränen rollten wieder. »Sie wollten uns auseinander bringen.«

Ich legte eine Hand auf ihren Jackenärmel. »Du hast ihn sehr gern gehabt, oder?«, sagte ich und ging unvermittelt zum Du über.

Sie nickte und schniefte. In ihrer Hilflosigkeit wirkte sie sehr jung. Eher wie siebzehn als wie einundzwanzig.

»Hast du schon einmal daran gedacht, dass es nicht nur diese Kirche war, die euch auseinander bringen wollte? Sondern dass jemand womöglich ein persönliches Interesse daran hatte?«

Sie schaute mich wieder mit geröteten Augen an. »Sie meinen Markus Meier?«

Ich nickte. »Zum Beispiel.«

Der Hausmeister räusperte sich. Wir hatten keine Chance, unser Gespräch fortzusetzen.

Wir gingen zur Kapellentür. »Sagst du mir, wie ich dich erreichen kann?«

Sie nickte wieder und zog eine Visitenkarte aus der Brieftasche. Telefon privat und dienstlich, Fax und E-Mail standen darauf. Generation @.

Die Autowerkstatt, die meine Mutter mir empfohlen hatte, lag außerhalb von Moersen. Ich lenkte den Peugeot zu dem Kreisel, an dem der Durchgangsverkehr um die Stadt geleitet wurde. Ich bog ab in Richtung Oberholzbach. Hinter mir fuhr ein dunkler Mercedes, der mich schon eine ganze Zeit lang verfolgte. Ich machte den Test. Auf freier Strecke fuhr ich extra langsam. Der Mercedes überholte mich nicht, sondern blieb hinter mir. Ich beschleunigte, bremste ab. Im Rückspiegel sah ich den dunklen Wagen immer noch. Jetzt verbreiterte sich die Ausfallstraße. Ganz klar, der Fahrer hätte an mir vorbeiziehen können. Tat er aber nicht.

Er beschattete mich.

Ich wartete, bis ich etwas dichter an die Häuser des nächsten Vorortes herangekommen war. Dann fuhr ich das Auto rechts heran und hielt. Der Mercedes bremste hinter mir. Ich stieg aus. Der andere Fahrer stieg auch aus. Er kam mir bekannt vor. Einen Augenblick musste ich überlegen, dann fiel es mir wieder ein.

Wir gingen aufeinander zu.

»Guten Tag, Herr Schneider«, grüßte ich.

Wenn er überrascht war, so zeigte er es nicht. »Guten Tag, Frau Kerner.« Ein Gesicht mit einem verschlagenen Ausdruck und kleinen Augen. Privatdetektiv Schneider war mir vom ersten Augenblick an unsympathisch.

»Was kann ich für Sie tun, Herr Schneider?«, fragte ich übertrieben freundlich.

Er kam etwas näher heran. »Sehen Sie, Frau Kerner«, sagte er in einem Ton, den er wohl für vertraulich hielt. Ich fand ihn schleimig. »Wir in Moersen sehen es nicht so gerne, wenn Fremde sich in unsere Angelegenheiten einmischen. Sicher haben Sie in Berlin genug zu tun. Fahren Sie wieder zurück und nehmen Sie Ihr Leben dort wieder auf.«

»Herr Schneider, für wen arbeiten Sie?«, wollte ich wissen. »Sie haben ja schon einmal einen Auftrag für Porksen angenommen und hinter dem Pfarrer hergeschnüffelt. Wer ist dieses Mal der Auftraggeber? Wieder Porksen?«

Er lächelte überheblich: »Meine Kunden verlassen sich auf meine Diskretion.«

Unter dem dunklen Anzug quollen feucht-stickige Körperdünste hervor, vermischt mit dem künstlichen Aroma eines aufdringlichen Eau de Toilette. Mir kam der Kaffee hoch.

»Mein Kunde bietet Ihnen eine bestimmte Summe dafür an, dass Sie Moersen möglichst bald verlassen.« Er zog einen Scheck aus seiner Brieftasche. »1000 Euro. Dann können Sie sich noch ein wenig Urlaub leisten, bevor Sie wieder zurückkehren in Ihren Alltag in Berlin«, sagte er gönnerhaft und schaute mitleidig auf den taubenblauen Kleinwagen meiner Mutter. Warum mussten Frauen auch immer die Joghurtbecher fahren und Männer die PS-starken Statussymbole. Männern wie Schneider fiel ja nicht einmal auf, wie wenig ihr Ersatzpimmel über das Fehlen von Persönlichkeit und Intelligenz hinwegtäuschen konnte.

Schneider versuchte es noch einmal. »Für Sie ist das doch eine ganze Menge Geld. Fahren Sie in die Karibik, da ist das Wetter auch besser, machen Sie zwei Wochen Urlaub in einem Club und spannen Sie einmal so richtig aus. All inclusive, das ist ja jetzt wohl modern!« Er hielt mir den Scheck hin. »Hier, bitte, nehmen Sie! Und sobald Sie Moersen verlassen haben, schicken wir Ihnen noch einen Scheck nach Berlin. Sie sind Freiberuflerin?«

»Wie Sie auch, Herr Schneider«, konterte ich.

Sein kleines Gesicht mit den Schweinsäuglein verzog sich. »Ich bin Unternehmer«, verbesserte er. »Aber nehmen Sie doch den Scheck, Frau Kerner. Mein Kunde meint es gut mit Ihnen.«

»Und wenn ich nicht will?«

»Dann, ja, dann kann es unangenehm für Sie werden.«

Also gut, wenn es ihm denn ein Herzensanliegen war. Ich nahm das Stück Papier. Geld stinkt nicht.

»Ach, und, Herr Schneider?«

»Ja, bitte?«

»Ich habe Probleme mit dem Wagen. Könnten Sie so lange warten, bis er angesprungen ist? Möglicherweise brauche ich Starthilfe.«

»Ich bin mir nicht sicher, ob das geht. Ich fahre einen Turbo-Diesel, damit kann ich Ihrem Benziner wohl nicht auf die Sprünge helfen.«

Gott, war dieser Mann dumm. Oder tat er nur so?

Ich wandte mich ab und stieg in den niedlichen kleinen Wagen meiner Mutter. Er sprang sofort an. Im Rückspiegel sah ich, dass Schneiders Mercedes streikte. Der große, schwere Wagen bewegte sich keinen Meter fort.

Das tat mir aber Leid für Herrn Schneider. Grinsend schaltete ich in den dritten Gang und gab Gas.

Vierzehn

Gut gelaunt parkte ich den Wagen mit ausgewechselter Batterie zwei Stunden später neben Jürgens Reihenhaus. Er lotste mich am Wohnzimmer vorbei direkt in sein Arbeitszimmer. Computer, mehrere Meter Ordner und eine Bücherwand dominierten den Raum.

Kurz erzählte ich ihm von meinem Erlebnis mit Moersens Privatdetektiv.

»Also doch«, meinte er nachdenklich, »es geht bei der

ganzen Geschichte um mehr als um Tobias' Unfall und die Pfarrfamilie. Eindeutig.«

»Hattest du das vermutet?«

»Ja«, nickte er. »Ich bin da einer heißen Sache auf der Spur.«

»Erzähl mal.«

Aber Jürgen behielt seine Informationen für sich. Zwischendurch kam seine Frau und tischte Tee und selbst gebackenen Kuchen auf. Ein Junge steckte seinen Blondschopf zur Tür herein und beanspruchte die Hilfe seines Vaters bei einer kniffligen Mathematikaufgabe. Familienleben live.

Schließlich erklärte Jürgen, er würde mich einweihen, sobald er Genaueres wüsste. Es ginge um die Kirche der Brüder der Liebe, aber nicht ausschließlich um sie.

»Um Porksen?«, vermutete ich.

Er wiegte den Kopf. »Kann sein, muss aber nicht sein. Die Kirche der Brüder der Liebe hat sich in Moersen inzwischen fest etabliert. Eine Zeit lang gab es Gerüchte, dass intern dort einiges im Argen liegt.«

Den Eindruck hatte ich auch.

»Der Pastor, Andy Brown, kam vor dreizehn Jahren nach Moersen. Er hatte vorher bei einer größeren baptistischen Kirche in den USA als Pastor gearbeitet. Es hieß, Brown sei den Baptisten zu scharf und zu extrem gewesen. Deswegen hätten sie sich von ihm getrennt. Er kam nach Deutschland und gründete hier seine Gemeinde. Ich habe damals einen Artikel darüber veröffentlicht.«

»Eigentlich schon eine beachtliche Leistung, auszuwandern und eine Gemeinde aus dem Boden zu stampfen.«

»Oh, er hatte seine Frau und vielleicht zehn oder fünfzehn Anhänger dabei.«

Jürgen lehnte sich zurück und zog einen Ordner aus

dem Regal. »Hier. Da habe ich mehr Informationen. Einige Praktiken der Kirche der Brüder der Liebe waren damals ziemlich umstritten. Öffentliche Beichten und anderes mehr.« Jürgen nahm etwa zehn Blätter aus dem Ordner und legte sie in sein kombiniertes Fax-, Drucker- und Kopierzentrum. Die Kopien händigte er mir anschließend aus.

»Inzwischen redet kein Mensch mehr über diese Praktiken. Ich bin auch nicht auf dem Laufenden. Kannst du mal etwas mehr über die internen Strukturen herausfinden? Mit Mitgliedern sprechen, schauen, ob es Aussteiger gibt, und so weiter?«

»Was hat das mit Tobias' Unfall zu tun?«

»Möglicherweise gar nichts, vielleicht eine Menge. Es gibt Verbindungen. Ganz sicher weiß ich es nicht. Wenn sich meine Geschichte mit deiner verbindet und das Puzzle sich zusammenfügt, dann müssen sich einige Leute in Moersen warm anziehen. Wenn nicht, dann haben wir eine Möglichkeit ausgeschlossen.«

»Ich habe Porksen heute gefragt, was er von der Kirche der Brüder der Liebe hält. Er äußerte sich recht positiv.«

Jürgen nickte. »Und es ist nicht bei Lippenbekenntnissen geblieben. Er hat auch ein paar Mal das Scheckbuch gezückt.« Jürgen betätigte einige Tasten auf seinem Computer. »Kirche der Brüder der Liebe«, erschien auf dem Bildschirm. »Eine professionelle Homepage.« Er klickte den Button »Sponsoren« an. Dort erschien Porksens Firmenlogo.

»Eine Kirche zu unterstützen ist nicht verboten«, sagte ich nachdenklich.

»Da hast du Recht. Aber wenn ein Fabrikant, gleichzeitig Ratsherr und mit dem Pfarrer verfeindet, eine kleine amerikanische Kirche unterstützt, lohnt es sich vielleicht schon, genauer hinzuschauen.«

»Kannst du dir eine kritische Berichterstattung leisten als Journalist des *Moersener Tagblattes*?«

»Was heißt können? Ich muss, schon allein von meiner Berufsehre her.«

Ich wurde nicht schlau aus Jürgen. Einerseits wirkte er aufgeschlossen und hatte Courage. Andererseits empfand ich dieses Reihenhaus und seinen Lebensstil als Inbegriff der Spießigkeit. Und sein Gerede von Regeln und Ehre machte es nicht besser. Oder trafen bei uns beiden unterschiedliche Lebensentwürfe aufeinander, und einer war so gut wie der andere? Welches Recht hatte ich, Jürgens Lebensweise zu kritisieren? Der zarte Zauber zwischen uns war in seinem Reihenhaus-Wohnwürfel jedenfalls verschwunden. Eigentlich auch besser so.

Um kurz nach fünf stand ich vor Emmchens Wohnung und öffnete die Tür mit dem Schlüssel, den sie mir gegeben hatte.

Emmchen saß mit gefurchter Stirn tief über einen bunten Prospekt gebeugt. Als ich näher kam, sah ich, dass es sich um ein italienisches Restaurant mit Lieferservice handelte. »Wir bekommen Besuch. Ich muss das Essen bestellen«, kündigte sie an. »Hilf mir doch bitte mal. Du weißt, ich sehe so schlecht.«

»Eine Dinnereinladung? Und das am Tag der Beerdigung?«, zweifelte ich.

»Ein Leichenschmaus. In fast allen afrikanischen Kulturen gibt es ein großes Fest, wenn jemand gestorben ist.«

Na denn. Spielen wir ein wenig Afrika.

»Wer kommt? Der Bürgermeister, der Pfarrer und der Privatdetektiv?«

Emmchen gluckste: »Probier es mal mit der Schwester des Bürgermeisters, der Pfarrfrau nebst Anhang und der ehrenamtlichen Detektivin aus Berlin. Nur nette Gäste!«

Zwei Stunden später klingelten sie an der Tür: Karen Tiebel-Schiffer mit Tochter Susanne. Ihnen auf dem Fuß folgte meine Mutter. Maja musste mir die Begeisterung vom Gesicht abgelesen haben. Sie bemerkte schadenfroh: »Du sitzt neben ihr.«

Alle nahmen an dem festlich gedeckten Tisch mit Servietten und silbernen Kerzenleuchtern Platz.

Ich wartete schicksalsergeben auf die erste kritische Bemerkung meiner Mutter. Sie folgte prompt: »Kind, musstest du denn Jeans tragen auf der Beerdigung? Das ist hier in Moersen nicht üblich.«

»Dir auch einen schönen Abend!«, grüßte ich freundlich. »Wie komme ich zu der Ehre, dass wir uns hier treffen?«

Ihr Sinn für Ironie war seit jeher unterentwickelt gewesen, also antwortete sie, ohne eine Miene zu verziehen: »Ich kenne Karen. Ich singe bei ihr im Chor mit, und neuerdings bin ich Vorsitzende des Theatervereins.«

»Die Theatergruppe leitet Frau Tiebel-Schiffer?«

Meine Mutter nickte.

Warum nicht die Beziehungen meiner Mutter nutzen? Sie konnte mir dabei helfen, einen Kontakt zu Karen Tiebel-Schiffer herzustellen. Die Pfarrfrau – eigentlich war sie viel mehr als das, eine begabte Musikerin! – saß mir gegenüber und schaute gelangweilt-distanziert wie eh und je. Ich bekam keinen Zugang zu ihr.

Emmchen räusperte sich und schlug mit dem Löffel gegen ihr Sektglas.

»Liebe Freundinnen«, begann sie, »es ist ungewöhnlich, sich zu einem feierlichen Leichenschmaus zusammenzufinden. Eigentlich müssten wir jetzt jede in unserer Wohnung sitzen und einsam trauern. Das Leben geht weiter auch nach dem Tod eines geliebten Menschen, das habe ich selbst vor etlichen Jahren erfahren.« Sie räusperte sich. »Inzwischen weiß ich: Der Tod gehört zum Leben. Ebenso wie die Trauer dazugehört. Nun ist« – sie räusperte sich wieder – »ein sehr junger Mensch gestorben, Tobias Schiffer. Ich weiß keine Worte des Trostes in dieser Situation. Vermutlich gibt es keine angemessenen Worte dafür. Wir bleiben zurück und sind ratlos und zornig.« Sie hielt kurz inne. »Und trotzdem oder gerade deshalb möchte ich nun mit euch anstoßen, wie man es in Israel tut: L'Chaim, auf das Leben!« Sie hob ihr Glas.

Wir prosteten uns zu. Ich beobachtete aus den Augenwinkeln, wie meine Mutter zusammenzuckte. Dachte sie daran, dass ihr geschiedener Mann, mein Vater, jetzt in Israel lebte? Im Hintergrund war Giora Feidmans Klarinette zu hören.

Karens Gesicht blieb ausdruckslos. Das änderte sich auch nicht, als die Antipasti aufgetischt wurden. Karen verschmähte das Essen nicht, auch wenn sie nur eine kleine Portion nahm.

Als zweiten Gang gab es mit Spinat gefüllte Tortellini und Walnuss-Sauce. Dazu reichte Emmchen einen italienischen Weißwein.

Meine Mutter erzählte mir von ihrem Job als Chefsekretärin bei einer ortsansässigen Tiefbaufirma. Ehrlich gesagt, hatte ich mich nie besonders für ihren Beruf interessiert. Aber jetzt ließ mich der Name »Spieß« aufhorchen. »Welcher Spieß?«, fragte ich.

»Gotthard Spieß, der Bruder des Bürgermeisters«, antwortete sie. »Sein Sohn Heinz ist der Juniorchef. Er war übrigens oft mit Tobias Schiffer zusammen, solange er noch in der Firma war.«

»Was heißt, solange er noch in der Firma war? Du meinst, als er noch lebte?«

Meine Mutter schüttelte den Kopf. »Nein, er hat schon vor einigen Monaten bei uns aufgehört, ungefähr um die Weihnachtszeit.«

»Was hat er denn beruflich gemacht?«, fragte ich leise, damit Tobias' Mutter nichts hörte.

»Er war Lehrling, er hat bei uns eine Ausbildung zum Industriekaufmann gemacht.«

Ich nahm noch eine Gabel voll mit den köstlichen Tortellini. Wenn ich mich nicht bald bremste, würden mir meine Jeans demnächst auch nicht mehr passen.

»Warum hat er denn die Lehre abgebrochen?«, fragte ich.

Meine Mutter tupfte sich mit der Serviette den Mund ab. Auberginefarbene Lippenstiftspuren blieben auf dem hellen Papier zurück.

»Mein Chef hat ihn entlassen, wegen Unzuverlässigkeit. Im letzten Herbst ist er oft zu spät gekommen. Dann kamen die Krankmeldungen, und schließlich hat einer der Mitarbeiter ihn in der Stadt getroffen, obwohl er krankgeschrieben war. Daraufhin hat Spieß ihm gekündigt.«

Maja trug die Teller ab. Ich zündete mir eine Zigarette an.

»Was war Tobias für ein Mensch? Ich habe ihn ja nur als Jugendlichen gekannt, kaum in der Pubertät.«

Meine Mutter zeigte auf die Zigarettenpackung. »Gibst du mir auch eine?«

Ich bot ihr eine an und versuchte, meine Verwunderung nicht zu zeigen. Noch vor wenigen Jahren hatte sie gemeckert, wenn ich rauchte.

»Tobias war eher ein ruhiger Typ«, erklärte sie. »Chic gekleidet, ernsthaft, zurückhaltend.«

»Also so ein Sasha-Typ?«

»Wer ist das?«

Lag wirklich nur eine Generation zwischen uns? »Dieser Sänger aus dem Ruhrgebiet, der kein Schnulzen-Schmitz mehr sein will. Weißt du, wie Tobias die Ehekrise seiner Eltern aufgenommen hat?«

Meine Mutter blies den Rauch durch die Nase. »Er hat nicht darüber geredet«, stellte sie fest, »und seine Mutter auch nicht.« Sie wies mit einer angedeuteten Kopfbewegung zu Karen Tiebel-Schiffer hin.

Die wischte mit einem Stück Weißbrot die Tunke auf, als könnte sie alles Unglück, das innerhalb weniger Monate über sie hereingebrochen war, durch diese Handlung eliminieren. Ich war fasziniert von der Heftigkeit ihrer Bewegungen. Es war das erste Mal, dass ich Emotionen an ihr wahrnahm.

Dann schlug sie mit der Gabel an ihr Weinglas. Alle blickten sie an.

»Liebe Freundinnen«, begann sie. »Ich muss euch jetzt etwas mitteilen.«

Die Spannung stieg.

»Wenn es einem so beschissen geht, dass es kaum noch schlimmer werden kann, dann muss endlich etwas passieren!« Ihre graublauen Augen unter dem blonden Pony blitzten. »Über zwanzig Jahre habe ich treu und doof meinen Job als Pfarrfrau versehen. Mit dem Ergebnis, dass mein Mann sich anderweitig umgetan hat, als ich mir etwas Eigenes gesucht habe, vielmehr, als ich etwas wieder stärker betrieben habe, das ich durch die Familie vernachlässigt hatte: die Musik!« Ihre Stimme klang scharf wie eine Rasiermesserklinge.

»Martin und ich haben es nach seinem Seitensprung noch einmal miteinander probiert, wie man so schön sagt. Hauptsächlich wegen Tobias. Was hat es gebracht?«

Sie beantwortete die Frage nicht, die ohnehin nur rhetorisch war.

»Ich will nicht mehr mit einem Mann zusammenleben, der sich zu seiner Freundin schleicht, obwohl der gemeinsame Sohn« – sie schluckte – »noch nicht einmal unter der Erde liegt. Und der dann mit einem Blumenstrauß wieder ankommt und meint, nur weil er sich selbst Leid tut, müsste ich ihn ebenfalls bedauern!«

Emmchens zerknittertes Gesicht drückte Wissen, Verständnis und etwas, das ich nicht benennen konnte, aus. Sie nickte langsam.

»Und deshalb«, schloss Karen ihre Rede, »werde ich Martin verlassen.« Wie zur Bestätigung nahm sie einen Schluck Wein aus dem Glas.

»Du darfst gerne hier bei mir wohnen«, bot Emmchen an. »Du musst heute Abend gar nicht mehr ins Pfarrhaus zurück.«

»Danke«, sagte Karen erleichtert. »Ehrlich gesagt, hatte ich darauf gehofft.«

Nach ihrer Rede sackte Karen wieder in sich zusammen. Ihr Gesicht erstarrte zur Regungslosigkeit. Offensichtlich ihre Art, mit dem Tod ihres Sohnes umzugehen.

Zwei Stunden später standen alle, die unter dreißig waren – oder fast –, in der Küche und räumten auf. Maja und ich waren verpflichtet worden, Susanne hatte sich freiwillig gemeldet. Ich spülte das nichtspülmaschinengeeignete Goldrandgeschirr. Maja kratzte die Essensreste von den Platten. Romeo strich maunzend um unsere Beine und machte sich schließlich über die letzte Portion Carpaccio her. Susanne schob ihm einen Teller unter das Fleisch: »Sollst schließlich auch nicht leben wie ein Hund«, kommentierte sie, was der Kater glücklicherweise nicht verstand. Der Hund des Hauses hatte bereits seine Schlafstätte aufgesucht. Sein Frauchen Emmchen ebenfalls. Meine Mutter unterhielt sich noch mit Karen an der leer geräumten Festtafel.

Wir duzten uns nun alle, und im Laufe dieses denkwürdigen Abends war tatsächlich so etwas wie ein Gefühl von Frauensolidarität aufgekommen. Altmodisch und anheimelnd wie in den achtziger Jahren. Das schloss sogar meine Mutter mit ein.

»Wann fährst du wieder zurück nach Bremen, zum Studium?«, fragte ich Susanne.

»Ein paar Tage bleibe ich wohl noch«, antwortete sie, »die Frage ist nur, wo. Mein Vater ist scheußlich deprimiert, eigentlich sollte ich bei ihm bleiben. Aber dieses Pfarrhaus ist im Moment wirklich ein frustrierender Ort!« Sie schüttelte sich. »Groß, unheimlich und leer.«

»Ist dein Vater bei seiner Freundin?«

Sie zuckte mit den Schultern. »Ach, was weiß ich.«

»Du findest es okay, wenn deine Eltern sich trennen?«

Sie warf ihre sandfarbene Mähne in den Nacken. »Mir doch egal, sie sind schließlich erwachsen.« Es klang ein wenig trotzig. »Hauptsache, meine Mutter lässt sich nicht immer so verarschen. Jahrelang hat sie zurückgesteckt, jetzt ist sie auch mal dran.«

»Tobias hat wohl Probleme damit gehabt, dass deine Eltern sich nicht mehr verstehen.« Nicht sehr einfühlsam, diese Bemerkung, aber Journalistinnen können nicht immer taktvoll sein.

»Tobias, ach der.« Sie machte eine wegwerfende Handbewegung. Ihr Blick schweifte ab. Dann ließ sie plötzlich das Glas fallen, das sie in der Hand hielt. Es fiel zu Boden und zerschmetterte. »Scheiße, Mann, so eine Scheiße, dass er tot ist!«, sagte sie heftig und stürmte aus dem Raum. Ich wollte hinter ihr herlaufen. Maja hielt mich zurück. »Lass sie. Ich glaube, wir können ihr jetzt nicht helfen.«

Die Tür knallte ins Schloss.

Fünfzehn

Endlich kam ich dazu, die Berichte zu lesen, die Jürgen mir kopiert hatte. Das Protokoll, das ich in der Hand hielt, war fast sechs Jahre alt. Eine junge Frau, deren Name nicht genannt wurde, hatte darin ihre Erlebnisse mit der Kirche der Brüder der Liebe festgehalten.

»Ich bin zur Kirche der Brüder der Liebe gekommen, als ich fünfzehn war. Meine Eltern hatten sich scheiden lassen. Ich blieb bei meiner Mutter. Meine Mutter lernte einen anderen Mann kennen. Sie heiratete ihn. Mit meinem Stiefvater verstand ich mich nicht. Deshalb bin ich von zu Hause weggelaufen. Ich war dann in Berlin und habe dort mit anderen Jugendlichen auf der Straße gelebt. Wir haben gebettelt.« Wahrscheinlich war sie eine der abgemagerten Gestalten mit bunten Haaren und Hunden gewesen, die mir manchmal am Berliner Bahnhof Friedrichstraße begegnet waren.

Ich schenkte mir Kaffee nach. Maja war vor einer halben Stunde zu ihrer Suchtberatungsstelle aufgebrochen. Meine Mutter hatte sich nachts um zwei Uhr ein Taxi bestellt und war nach Hause gefahren. Emmchen, Karen und Susanne hatten sich in der Wohnung verteilt.

Die Wanduhr schlug zweimal. Halb zehn.

Ich las weiter.

»Die Polizei hat mich wieder zurückgebracht zu meiner Mutter. Ich bin wieder ausgerissen. Dann hat sich jemand vom Jugendamt um mich gekümmert, und sie haben dann eine neue Stelle für mich gesucht. Ich bin in ein Wohnheim für Mädchen gekommen. Es gehörte zur Kirche der Brüder der Liebe. Dort schlief ich mit einem anderen Mädchen in einem Zimmer.

Wir waren insgesamt sechs Mädchen in dem Haus. In einem anderen Haus wohnten Jungen und Männer. Wir gingen oft dahin zum Singen und Beten. Ich habe mich in einen der Jungen verliebt. Das habe ich meiner geistlichen Betreuerin gesagt. Wir haben lange darüber gesprochen. Danach haben wir in einer Weihestunde alle zusammen darüber geredet. Der Junge war auch dabei. Wir haben lange gebetet. Dann hat meine Betreuerin gesagt, sie hätte von Gott die Antwort bekommen. Wir sollten nicht zusammen sein. Ich habe mich mit dem Jungen einige Male heimlich getroffen. Wir haben uns geküsst. Dann haben sie uns erwischt, und ich durfte zwei Monate nicht mehr ausgehen.«

Ich trank einen Schluck Kaffee und überlegte. Ein Eingriff in die Intimsphäre war dieser Umgang mit den Gefühlen von Jugendlichen allemal. Mehr noch, die Kontrolle von Sexualität bedeutet, Macht über Menschen zu ergreifen und auszuüben.

»Ich habe dann nicht mehr Tagebuch geschrieben und auch meiner geistlichen Betreuerin nicht mehr alles erzählt.«

Sehr klug, dieses Mädchen. Sie verweigerte sich.

Es kam noch schlimmer.

»Dann durfte ich gar nicht mehr ausgehen und musste zur Strafe die Kurse alle auswendig lernen. Jede Woche wurde ich geprüft. Manchmal wusste ich die Antworten. Wenn ich sie nicht wusste, musste ich das ganze Wochenende auf meinem Zimmer bleiben. Die geistliche Betreuerin brachte mir Essen. Ich durfte mit niemandem reden.«

Eine Art Isolationshaft. Warum hatte das Jugendamt nicht eingegriffen?

»Als ich siebzehn war, kam ich da weg. Ich kam in eine Einrichtung für betreutes Wohnen. Da waren Jungen und Mädchen in einem Haus, und es ging mir besser. Ich wurde auch nicht mehr so stark kontrolliert. Ich habe vorher nicht an Gott geglaubt. Jetzt bin ich aus der Kirche ausgetreten.«

Das Protokoll endete an dieser Stelle. Ich hätte gerne gewusst, was aus der jungen Frau geworden war. Sie musste inzwischen über zwanzig Jahre alt sein. Wahrscheinlich lebte sie gar nicht mehr in Moersen.

Ich blätterte die Unterlagen weiter durch. Es fand sich ein Zeitungsartikel von Jürgen Spieß über diese Geschichte darin. Pastor Andy Brown von der Kirche der Brüder der Liebe hatte die Vorwürfe von sich gewiesen. »Dieses Mädchen war sehr, sehr schwierig. Sie hat oft gelogen«, machte er die Zeugin unglaubwürdig.

Das Telefon schellte. Ich hielt inne. Es klingelte weiter. Schließlich hörte es auf.

Dann blätterte ich die Biographie des amerikanischen Pastors durch. Geboren 1960 in Midwest-City/Oklahoma, hatte er nach dem College eine baptistische Bibelschule besucht. Von 1983 bis 1988 arbeitete er als Prediger in Oklahoma. 1990, kurz nach dem Mauerfall, beschloss er, sein Tätigkeitsfeld nach Deutschland zu verlagern, und zog nach Moersen. »Großdeutschland ist ein Missionsland«, hatte er damals angegeben. »Gott will diesen Krieg gegen den Satan gewinnen.«

Das Telefon schellte wieder. Ich war genervt und hob ab. »Hier Kiki Kerner, bei Emmchen«, meldete ich mich.

»Pfarrer Martin Schiffer«, tönte mir eine wohlklingende Stimme entgegen. »Guten Morgen, Kiki, ist meine Frau bei euch?«

»Hallo, Martin. Ich habe Karen heute noch nicht gesehen, und ich würde sie auch nicht gerne wecken, falls sie noch schläft. Kann ich etwas ausrichten?«

»Nein, eigentlich nicht. Oder doch, es geht darum,

dass wir Tobias' Wohnung noch ausräumen müssen. Ich muss allerdings in einer Viertelstunde zur Dienstbesprechung und bin danach schwer erreichbar.«

»Rufst du von zu Hause an?«

»Ich, ähm, nein, von woanders. Ist meine Tochter denn zu sprechen?«

Martin Schiffer gab sich ganz als Familienvater.

»Nein, auch nicht.«

Er räusperte sich. »Ich würde sie gerne noch sehen, bevor sie wieder fährt.«

»Komm doch nachher vorbei«, lud ich ihn großzügig ein, nicht ganz uneigennützig. Mit Martin würde ich sowieso noch sprechen müssen.

Ich hörte Schritte auf dem Parkettboden tappen. Kurze Zeit später zeigte sich Susannes Gesicht über einem Flanellschlafanzug. »Dein Vater hat gerade angerufen, er würde dich gerne noch sehen«, informierte ich sie.

Susanne verdrehte die Augen und schenkte sich einen Kaffee ein.

Ich verzog mich in mein Zimmer und erarbeitete eine Strategie für den kommenden Tag.

»Was hat Tobias in seinen letzten Wochen getan? Zu wem hatte er Kontakt?« stand als Frage groß auf dem Bildschirm meines Laptops.

Ich listete alle Informationen auf, die ich hatte.

→ Tobias Schiffer, geboren am 14. März 1980, gestorben am 16. März 2002, beerdigt am 26. März.
→ Autounfall am 15. März gegen 21.30 Uhr.
→ Ursache: Bremskraftverstärker defekt, Fremdverschulden nicht auszuschließen.
→ Vom 5. Dezember bis zum 26. Januar in Wohngruppe Kirche der Brüder der Liebe.

→ Schluss gemacht mit seiner Freundin Ruth vor einigen Wochen, wann genau?
→ Lehre abgebrochen, wann genau?
→ Kontakte: Sascha, Ruth, Markus Meier, weitere?
→ Hinweis auf Geschäfte. Welche?

Es half alles nichts. Ich musste meine wenigen Kontaktpersonen erneut aufsuchen.

Das Telefon läutete schon wieder.

Kurze Zeit später steckte Susanne den Kopf zur Tür herein.

»Kiki, für dich. Ein Mark aus Berlin.«

»Sieh an, das Fräulein Kerner! Dieses Mal nicht alleine unterwegs auf Moersens unsicheren Straßen!« Gotthard Spieß lupfte – zumindest imaginär – seinen Hut und lächelte mich wohlgefällig an. Mir gefiel es weniger, dass er mich an unsere erste Begegnung vor der *Mohrenapotheke* erinnerte. Die Umstände waren nicht sehr angenehm gewesen. »Schön, dass Sie uns besuchen kommen. Bitte setzen Sie sich doch!«

Er wies auf einen der Kunstlederstühle in seinem Büro. Die Umgebung war hier weniger feudal als in Porksens Stahlfirma. Keine Hochglanzbroschüren mit Leitbild. Man konnte den Baustellenstaub förmlich noch riechen.

»Meinen Sohn Ben haben Sie ja auch schon kennen gelernt!« O ja. Bei Emmchen im Bad unten ohne. Ich wurde rot vor Scham. Gotthard Spieß strahlte wie ein Honigkuchenpferd. »Mein ältester Sohn, Heinz, arbeitet in meiner Firma«, sagte er stolz und musterte entzückt meine schwarz bestrumpften Beine unter Emmchens altem Persianer.

»Ich würde gerne mit ihm sprechen, Herr Spieß«, tat ich meine Absicht kund.

»Einen Moment, bitte!« Er gab seiner Sekretärin im Nebenzimmer ein Zeichen. »Das ist«, wollte er vorstellen, dann fiel ihm auf, dass eine Vorstellung in diesem Fall wirklich nicht nötig war.

»Hallo, Mama«, begrüßte ich sie. »Jetzt lerne ich endlich mal deinen Arbeitsplatz kennen.« Selten so dummes Zeug geredet.

»Hallo, Kiki!«

Wir zwinkerten uns zu. Spieß schaute erfreut von der Tochter zur Mutter und wieder zurück und fühlte sich ganz offensichtlich als Hahn im Korb.

Gotthard Spieß' Sohn Heinz war ähnlich vierschrötig wie sein Vater. Eine gewisse Familienähnlichkeit war unverkennbar. Gedrungener Körperbau, kurze Beine und schwerfällige Bewegungen. Das gute Moerser Bier und die dicken Würstchen hatten bereits Spuren hinterlassen. Er musste ungefähr in meinem Alter sein.

»Tobias Schiffer.« Er starrte vor sich hin. »Ein tragischer Fall.«

»Sie waren mit ihm befreundet?«

»Wir waren Arbeitskollegen und haben zusammen Mittag gemacht und manchmal auch abends ein Bier getrunken. Er tat mir Leid. Auch, weil seine Eltern sich nicht verstanden.«

»Sie wissen, dass er für einige Wochen bei der Kirche der Brüder der Liebe gewohnt hat?«

»Er wusste nicht, wo er hinsollte.«

»Warum hat Ihr Vater ihn entlassen?«

Heinz fasste sich nervös ans Kinn. »Er kam zu spät und einige Male auch gar nicht. Wir müssen auch an den Betrieb denken, das geht so nicht.«

»Wann hat Ihr Vater ihn entlassen?«

»Das war im Januar irgendwann ...«

»Wann genau, wissen Sie das?«

»Das Datum, nein, weiß ich nicht. Kurz nach den Weihnachtsferien. Eher Anfang Januar.«

»Haben Sie ihn danach noch gesehen?«

»Ja, vielleicht« – er strich sich durch sein dünnes, sandfarbenes Haar –, »ja, ich glaube schon. Einmal auf der Straße, am Markt, ja.«

»Haben Sie mit ihm gesprochen?«

»Na ja, man kennt sich schließlich.«

»Worüber?«

Er strich wieder durch sein dünnes Haar. »Worüber?«, wiederholte er, und sein Gesichtsausdruck wirkte nicht besonders intelligent. »Über nichts Besonderes, glaube ich.«

»Über das große Geschäft, das er machen wollte?«, schoss ich ins Blaue.

»Wie kommen Sie darauf?« Sein Gesichtsausdruck glich dem eines Karpfens, der merkt, dass nicht alle Lebewesen ihm wohlgesonnen sind, sondern dass es auch Jäger unter den Fischen gibt.

»Was für ein Geschäft wollte er machen?«, beharrte ich.

»Ich weiß nichts«, beeilte er sich zu versichern. Weil er ein ehrlicher oder vielleicht auch nur einfältiger Mensch war, wurde er rot.

An der halb offenen Bürotür hörte man Schritte. Es klopfte. Fabrikant Porksen trat ein.

»Bist du so weit, Heinz? Sonst gehen wir schon einmal vor.« Aha. Offensichtlich bestand eine enge Verbindung zwischen den Firmenleitungen Porksen und Spieß.

»Ich muss jetzt leider gehen.« Heinz Spieß atmete erleichtert auf.

»Ach, guten Tag, Herr Porksen!«, strahlte ich den Stahlfabrikanten an. »Schön, dass ich Sie treffe. Ich hätte Sie sonst noch angerufen. Habe ich Ihnen den Scheck über 1000 Euro zu verdanken? Vielen Dank für die Unterstützung, wirklich, das ist sehr nett! Das wäre aber doch nicht nötig gewesen!«

Porksen starrte mich an wie eine Erscheinung aus dem Jenseits.

»Frau Kerner!« Sein sonores Organ dröhnte durch den kleinen Raum. »Ich dachte, Sie hätten Moersen bereits wieder verlassen!«

»So kann man sich irren, Herr Porksen!«, sagte ich fröhlich und ging stracks zur Tür hinaus. Eins zu null für mich.

Auf dem Rückweg zu Emmchens Wohnung parkte ich vor dem Redaktionsgebäude des *Moersener Tagblattes*.

Jürgen Spieß empfing mich, als sei ich die Botschafterin des Friedens in der Welt und nicht eine selbst ernannte Privatdetektivin. »Schön, dass du endlich kommst, Kiki!« Er schüttelte mir heftig, aber herzlich die Hand und strahlte, bis sein Vollbart sich kräuselte.

Für einen Augenblick hätte ich fast vergessen, dass auch er zu dieser Sippschaft gehörte, in deren Fängen sich Moersen befand. Spieß. Emmchen war zwar auch eine von ihnen. Aber wenigstens hatte sie einen anderen Nachnamen.

Ich kam gleich zur Sache. »Hör mal, Jürgen, diese Unterlagen über die Kirche der Brüder der Liebe, die sind ja schon ein paar Jahre alt. Gibt es nichts Aktuelles?«

Jürgen runzelte die Stirn. Dann blätterte er in seinem Computer-Adressbuch und druckte mir drei Telefonnummern und E-Mail-Adressen aus. »Probier es einmal bei denen, am besten der Reihenfolge nach.«

Ich starrte auf den Zettel. Die Namen sagten mir alle nichts. Hinter dem ersten Namen stand in Klammern Sekten-Infostelle.

»Die könnten etwas wissen. Übrigens« – Jürgen Spieß grinste und sah dabei nicht weniger wie ein Honigkuchenpferd aus als sein Onkel Gotthard – »hast du morgen Nachmittag schon etwas vor?«

»Morgen Nachmittag? Ich? Wieso?«

»Um 17 Uhr ist Stadtratssitzung im Rathaus. Da wird es sicherlich hoch hergehen. Könnte auch für dich interessant werden.«

»Ja, warum?«

»Weil es eine Anfrage in einer Angelegenheit mit der Kirche der Brüder der Liebe gibt. Und du solltest nach Möglichkeit bis dahin deine Informationen beisammenhaben. Also spute dich!«

Und mehr bekam ich aus ihm nicht heraus.

Sechzehn

Mittlerweile hatte sich offensichtlich die ganze Pfarrfamilie in Emmchens Wohnung eingefunden. Jedenfalls die drei Personen, die noch übrig waren.

Susanne Schiffer saß mit ihrem Vater Martin an dem runden Esstisch im Wohnzimmer. Karen war nicht zu sehen, wahrscheinlich war sie in einem der anderen Räume. Ihr Auto parkte jedenfalls vor der Tür.

»Hallo! Störe ich?«, sprach ich die beiden anwesenden Familienmitglieder an.

»Aber nein«, antwortete Susanne und lud mich zum Sitzen ein. Martin schaute, als hätte er in eine Zitrone gebissen.

Sie quälten sich gerade durch ein Gespräch über Susannes Studium.

»Ich komme schon zurecht, mach dir keine Sorgen. Ich lebe in einer WG, alles völlig unproblematisch, außerdem ist es preiswert.«

»Wenn du mehr Geld brauchst, musst du es sagen.«

»Nein, Papa, ich komme mit dem Geld aus. Außerdem habe ich einen Job, ich mache Umfragen für ein Meinungsforschungsinstitut.«

»Bleibt dir denn dann noch genug Zeit für das Studium?«

Ob wohl alle Eltern gleich waren? Ich konnte mich erinnern, dass die Gespräche zwischen mir und meiner Mutter ähnlich abgelaufen waren.

Auf dem Tisch standen der Toaster und eine angebrochene Packung Toast. Ich schob zwei Scheiben in die dafür vorgesehenen Schlitze.

Während sich die Porksens und Spieße mutmaßlich in Moersens Steakhouse an einer großen Portion Fleisch abarbeiteten, wollte ich nicht darben müssen.

»Papa!«, sagte Susanne vorwurfsvoll, als die Toastscheiben aus dem Gerät schossen. Papa zuckte zusammen. Außerdem war es ihm sichtlich nicht recht, dass eine attraktive junge Frau – ich! – ihn in der Rolle des gestrengen Vaters erlebte.

Ich bestrich ein Brot mit Erdnussbutter.

»Ich kenne Daniel doch kaum ein halbes Jahr! Jetzt warte doch erst mal ab, was daraus wird!«

»Deine Mutter hat sich in deinem Alter schon verlobt!«

»Ja, klar.« Susanne bediente sich bei meinen Zigaretten. »Darf ich?«

Ich nickte. Sie knipste das Feuerzeug an und hielt die Zigarette in die Flamme.

»Sie war ja auch schwanger.« Susanne warf ihr sandfarbenes Haar in den Nacken. »Keine Angst, mir passiert das nicht. So blöd bin ich nicht! Daniel benutzt Kondome«, sagte sie provozierend.

»Wie du meinst!« Martin diskutierte das nicht weiter. »Wann fährst du eigentlich zurück nach Bremen?«

»Och, ich weiß nicht genau. Kann sein, ich bleibe noch ein paar Tage, bis zum Wochenende oder so.«

In diesem Moment betrat Karen das Wohnzimmer.

Falls sie überrascht war, ihren Mann hier zu treffen, so ließ sie es sich nicht anmerken. »Hallo, Martin!«

Er räusperte sich. »Hallo, Karen. Wie geht es dir?«

Was für eine Frage!

»Den Umständen entsprechend«, sagte sie spröde.

»Du, ich hätte dich sowieso noch angerufen. Wegen der Wohnung von Tobias, die muss noch ausgeräumt werden.«

»Ja.«

»Ich dachte, das könnten wir zusammen machen.«

»Ja«, sagte Karen einsilbig.

Er räusperte sich wieder. »Wann passt es dir denn?«

»Ich weiß nicht. Diese Woche nicht mehr, glaube ich.«

»Ja, aber dann müssen wir noch für den nächsten Monat Miete zahlen«, wandte er unbehaglich ein.

Sie zuckte mit den Schultern.

»Setz dich doch«, forderte er sie auf. Das fand ich dreist. Schließlich war es nicht seine Wohnung.

Sie setzte sich.

»Karen, mir fällt das alles auch nicht leicht. Unsere Eheprobleme, dann die Sache mit Tobias. Wahrscheinlich wird auch nichts aus meiner Kandidatur für den Landtag.«

Sie antwortete nicht, wurde nur noch einen Schein blasser.

»Es wäre schön, wenn wir uns jetzt nicht auch noch gegenseitig das Leben schwer machen würden«, sagte er weich.

Sie blieb immer noch still. Ihr Gesicht war zur Maske erstarrt.

»Schau mal, wir haben über zwanzig Jahre zusammengelebt. Wir haben uns immer gut verstanden, das wäre doch dumm, wenn sich das jetzt ändern würde.«

»Klar, bloß weil du dich in eine andere verknallt hast!« Das kam aus Susannes Ecke. »Und deine Ehefrau nach zwanzig Jahren abserviert hast. Nachdem sie deine Kinder großgezogen hat und immer für dich da war. Nachdem sie in der Gemeinde alles gemacht hat, Orgel gespielt, Frauenkreis, Theatertruppe und was weiß ich. Wieso sollte sie da sauer sein, bloß weil du mit ihrer Seele Fußball spielst! Findest du das fair, was du da machst?«

Martin zuckte zusammen.

»Karen …«, begann er hilflos.

»Schon gut«, sagte sie.

Aber Susanne war noch nicht fertig. »Und dann hat sie nach all den Jahren endlich etwas Eigenes machen wollen und hat zu Ende studiert. Sie hat sich einen gescheiten Chor und ein Orchester aufgebaut und sich als Gesangssolistin einen Namen gemacht. Und du?«

Sie sah ihren Vater an, als wollte sie ihn anspucken. »Und du warst neidisch, hast ihr den Erfolg nicht gegönnt. Wenn sie üben wollte, musstest du deine Freunde einladen. Du hast alles getan, um ihre Karriere zu verhindern. Als du gemerkt hast, dass du ihre Karriere nicht verhindern kannst, hast du dir eine andere Frau gesucht. Wunderbar, ganz toll!«

Martin blieb ruhig unter der Wucht dieser Anschuldigungen. »Meinst du, dass du die Sache richtig beurteilst? Mir kommt deine Sicht etwas einseitig vor. Das passiert, dass man sich auseinander lebt, auch wenn es nicht passieren sollte.«

»Du meinst, ich bin sauer, weil ihr euch trennt?« Susanne stemmte die Hände in die Hüften. »Quatsch. Ihr seid alt genug, um das selbst zu entscheiden, ich bin alt genug, um das zu verkraften. Ich finde nur die Art der Trennung völlig stillos. Du hast Mama vor dem ganzen Ort bloßgestellt mit deinem Seitensprung.«

»Glaub mir, ich habe selbst genug gelitten«, sagte er leise.

»Ja, weil dich jetzt keiner mehr haben will! In den Gottesdienst kommt keiner mehr, du wirst geschnitten, keiner in Moersen nimmt auch nur noch ein Stück trockenes Brot von dir an!«

»Hört auf, hört auf!«, rief Karen.

Susanne und Martin verstummten wie auf Kommando. Angriffslustig starrte Susanne ihre Mutter an. Doch bevor sie erneut loslegen konnte, fasste ich sie am Arm. »Komm, Susanne, ist gut«, sagte ich und führte sie in die Küche, damit sie sich beruhigen konnte.

Den folgenden Dialog zwischen Pfarrer Schiffer und seiner Frau Karen Tiebel-Schiffer bekam ich leider nicht mehr mit.

Jedenfalls brauchte Karen hinterher einen Cognac. Und dann noch einen. Und dann noch einen.

Später kam der Geiger, den ich bei den Proben für das Deutsche Requiem gesehen und der Karen damals gestützt hatte. Er stellte sich als Christian vor und ging kurz darauf mit Karen weg.

Den Nachmittag verbrachte ich mit dem, was die Journalistinnen Beinarbeit nennen. Im Zeitalter der elektronischen Kommunikation fand diese allerdings in meinem improvisierten Büro statt. Die *Sekteninfo@t-online.de* wollte Referenzen. Also mailte ich an Mark in Berlin und beauftragte ihn, via Fax mit dem Briefkopf des Senders die Infostelle von meiner Seriosität zu überzeugen. Auf der Homepage fand ich einige allgemeine Angaben zur Kirche der Brüder der Liebe. In Deutschland gab es Gemeinden außer in Moersen in Leipzig und im Schwarzwald. Eine ähnliche Organisation unter dem Namen »Church of loving brothers« missionierte in England, Rumänien und Österreich.

Danach kontaktierte ich Ruth, Tobias' Exfreundin. Sie bot mir per E-Mail einen Termin am nächsten Tag in ihrer Frühstückspause an.

Die neuen Informationen trug ich in die entsprechende Tabelle in meiner Recherchedatei ein. Als ich mir einen Tee kochen wollte, traf ich Emmchen in der Küche.

Ich erzählte ihr von meiner Begegnung mit Porksen am Mittag. »Ich kann nicht ganz einordnen, warum er sich so verhält. Ist er nun dumm oder dreist? Er starrte mich an wie das achte Weltwunder, weil ich es gewagt habe, in Moersen zu bleiben, obwohl er mir durch Schneider 1000 Euro geboten hat, um die Stadt zu verlassen.«

»Hast du das Geld denn genommen?«

Ich nickte. »Klar. Kann ich gut gebrauchen.« Ich zündete mir eine Zigarette an. Emmchen zog sich zu meiner Überraschung ebenfalls eine aus der Packung.

»Ja«, sagte sie dann trocken, »viele sind berufen, aber nicht alle sind erwählt. Porksen ist einer der Erwählten.«

»Einer der Erwählten?« Ich verstand nicht, was sie meinte.

»Erwählt von Gottes Gnaden. Zumindest meint er das. Er ist wohlhabend, einflussreich, also muss der Himmel es gut mit ihm meinen. Auf diese Erkenntnis stützt er sein Selbstbewusstsein.«

»Und deshalb darf er mir 1000 Euro geben, damit ich die Stadt verlasse, in der er der King ist?«

Emmchen lächelte fein. »Woher weißt du, dass das Geld von Porksen stammt?«

Ich antwortete: »Das ist doch nahe liegend.«

»Du weißt es nicht definitiv.«

»Aber er hat es auch nicht abgestritten!«

»Natürlich nicht, das hat er gar nicht nötig. Nachweisen kannst du ihm nichts, und außerdem ist ihm egal, was du von ihm denkst.«

Aha. Langsam begriff ich das Prinzip Erwählung.

»Und deine Sippschaft, Emmchen?«

»Die Spießer sind natürlich auch erwählt«, sagte sie, und die Fältchen um ihre Augen tanzten zum Blues aus der Stereoanlage. »Friedrich, der Patriarch, Gotthard, der Vierschrötige, und Heinz, der Biedere.«

»Und die Frauen?«

»Frauen? Das Weib schweige in der Gemeinde, in der politischen ebenso wie in der kirchlichen!«

Der Rest des Tages verlief ereignislos.

Als ich gegen Mitternacht mit Miles Davis vom Gassigehen zurückkam, sah ich Karen in der Küche sitzen. Sie drehte mir den Rücken zu. Ich pirschte mich Schritt für Schritt heran.

»Guten Abend, Karen!«

Sie zuckte zusammen. »Ach, du ...«

»Alles okay, Karen?«

»Ja, ja.« Ihr Blick wirkte abwesend, die Aussprache leicht verwaschen.

Ich setzte mich neben sie und sagte nichts.

Nach einer Weile fing sie an zu reden. »Tut mir Leid, dass du heute Nachmittag diese Szene miterleben musstest.«

»Das braucht dir nicht Leid zu tun.«

Die Stille fiel wieder zwischen uns wie ein Stein, der langsam im Wasser versinkt. Ich hörte die Küchenuhr ticken.

»Seit ich hier wohne, komme ich endlich zum Nachdenken«, nahm sie den Faden wieder auf. »Aber ob das nun gut oder schlecht ist, weiß ich nicht.«

»Tobias?«, warf ich ein.

»Darüber kann ich nicht nachdenken, nein, das kann ich nicht an mich heranlassen. Der Schmerz würde mich umhauen.« Ihre Stimme wirkte seltsam tonlos. Im spärlichen Licht der Röhre über dem Herd wirkte ihr Gesicht weicher als sonst.

»Nein, ich denke über Martin nach. Über unsere Ehe.« Ich schwieg.

»Martin war für mich die große Liebe. Wir haben uns während des Studiums in Berlin kennen gelernt. Ich wurde dann ungeplant schwanger. Es war selbstverständlich, dass wir heirateten.«

Sie blickte aus dem Fenster in die Dunkelheit. »Meine Eltern waren zuerst nicht erbaut, aber dann haben sie Martin akzeptiert. Ich bekam Zwillinge, Susanne und Tobias. Dann sind wir nach Moersen gezogen, weil Martin hier seine Pfarrstelle bekommen hat.« Sie lächelte weich in der Erinnerung. »Über zwanzig Jahre ist die Ehe gut gegangen, war lebendig. Es gab manchmal Streit, aber das ist ja normal. Irgendwann haben wir angefangen, uns auseinander zu leben. Wenn ich nur wüsste, wann genau!«

Ihr Blick schweifte wieder in das Dunkel der Nacht.

»War es, als ich mein Studium wieder aufnahm? Als ich anfing, Konzerte zu geben, entweder als Altistin oder als Dirigentin? Er war sehr eifersüchtig«, sagte sie, und der Anflug eines Lächelns huschte über ihr Gesicht. »Wenn ich Tonleitern übte, holte er den Staubsauger heraus und reinigte den Teppich. Vorher hätte ich schwören können, dass er gar nicht wusste, wo der stand!«

Sie nahm sich geistesabwesend eine meiner Zigaretten aus der Packung und zündete sie an. Noch eine, die eigentlich nicht rauchte. Gegen den Trend der Zeit verwandelte sich die Gruppe in Emmchens Wohnung allmählich in eine Raucherinnen-WG.

»Oder kam Martin in die Midlife-Crisis und hatte das Gefühl, etwas verpasst zu haben? Er wollte auf einmal den Beruf wechseln, wollte nicht mehr Pfarrer sein. Da hat er vielleicht gedacht, eine neue Frau wäre auch nicht schlecht. Mit fünfzig noch einmal heiraten wie die Politiker. Jünger, attraktiver, höherer Fun-Faktor.« Der letzte Satz klang bitter.

»Du glaubst nicht, dass er sich einfach Knall auf Fall verliebt hat?«, meinte ich.

»Knall auf Fall passiert so etwas nicht. Sicher, dass man eine andere Frau oder einen anderen Mann attraktiv findet, das kommt vor. Aber wenn die Partnerschaft in Ordnung ist, wirkt sich das sogar anregend aus. Hast du einen festen Freund?«, wollte sie wissen.

»Ich, nein, ja, ich weiß nicht«, sagte ich und dachte an Mark, der mich mit Anrufen und E-Mails geradezu überschüttete. Warum traute ich ihm nicht?

Sie blickte wieder in die Finsternis.

»Das Komische ist, dass ich mir inzwischen nicht mehr vorstellen kann, wieder mit Martin zusammenzuleben. Mit ihm schlafen, ja, sein Körper ist mir vertraut, ich mag ihn. Aber mit ihm leben ... es ist zu viel passiert. Der Vertrauensbruch. Die Art, mit mir seine neue Beziehung zu diskutieren. Als wäre es weniger verletzend, wenn er offen damit umgeht ...«

»Kannst du dir vorstellen, dass er etwas mit dem Unfall von Tobias zu tun hat?«

Sie schüttelte den Kopf. »Die beiden hatten ein ziemlich enges Verhältnis zueinander. Zuletzt nicht mehr, weil Tobias das Verhalten seines Vaters abgelehnt hat. Martin hat das sehr geschmerzt, aber er könnte nicht einmal einer Fliege etwas zuleide tun.«

Kurze Pause.

»Nicht körperlich jedenfalls«, setzte sie hinterher und dachte wahrscheinlich daran, dass die Art, wie er mit ihr umgegangen war, auch eine Form von Gewalt darstellte.

»Hat sich Tobias in seinen letzten Wochen verändert?«

Sie nickte langsam. »Ja, hat er. Bis Ende letzten Jahres war er naiv, unschuldig, ein Jugendlicher halt. Die letzte Zeit wirkte er, nun, manchmal wie ein abgeklärter, zynischer Erwachsener. Ich habe immer gehofft, dass das nur eine Phase ist, sein Sarkasmus, die Art, wie er sagte: ›Ich lasse mir nicht mehr die Butter vom Brot nehmen, die Zeiten sind vorbei!‹«

Ihre dünnen Augenbrauen zogen sich zusammen. Ihr Gesicht wirkte schmerzverzerrt. Ich bot ihr noch eine Zigarette an. Sie schüttelte den Kopf. Ich setzte mich ein wenig näher zu ihr hin. Sie stützte den Kopf in die Hände. Ich sah, dass ihre Schultern bebten.

»Karen ...«

Sie reagierte nicht. Ich legte ihr den Arm um die Schultern. Plötzlich ließ sie den Kopf gegen meinen Oberarm fallen und weinte und weinte.

Ich wiegte sie in den Armen wie ein kleines Kind.

Siebzehn

Der Donnerstag gestaltete sich abwechslungsreicher als der Mittwoch.

Das erste außergewöhnliche Ereignis gab es beim gemeinsamen Frühstück. Maja bot mir, weil ihr uralter Renault bockte, ihr rostiges lila Fahrrad an, ein Relikt aus frauenbewegten Studentinnenzeiten. Großzügig nahm ich ihr Angebot an und überließ ihr im Gegenzug den Peugeot meiner Mutter.

Die zweite Überraschung stand eine Viertelstunde später mit einem gigantischen Rosenstrauß vor der Tür.

»Hallo, Mark«, hauchte ich und fiel ihm um den Hals.

»Nach deiner E-Mail gestern dachte ich, warum bringst du ihr die Nachricht nicht persönlich«, sagte er und schwenkte ein Blatt. Die Bescheinigung für die Sekten-Infostelle. »Du hast mir so gefehlt, Kiki! Ich bin von Berlin die ganze Nacht durchgefahren!«

Wir küssten uns leidenschaftlich. Ich wuschelte durch sein fransig geschnittenes dunkles Haar und genoss die Berührung seiner vollen Lippen. Nur die Bartstoppeln kratzten.

Beim anschließenden Sex dachte ich unglücklicherweise ständig an den Brief für die Sekten-Infostelle, der noch nicht an seinem Bestimmungsort angekommen war. Mark hatte ihn auf mein Nachtschränkchen gelegt. Langsam drängte die Zeit. Bis heute Nachmittag zur Ratssitzung musste ich mit dem Sektenexperten gesprochen haben.

Wenigstens blieb es mir erspart, mit Majas Emanzenfahrrad durch Moersen zu gurken. Ich ließ mich standesgemäß in Marks BMW chauffieren.

Erste Station war das *Moersener Tagblatt*. Jürgen staunte nicht schlecht, als er mich in männlicher Begleitung sah. Von der Redaktion aus faxten wir die Sekten-Infostelle an. Zehn Minuten später riefen sie zurück und vereinbarten einen Telefontermin für 13 Uhr.

Nächste Station war das *Café am Markt*. Dort war ich mit Tobias' Exfreundin Ruth verabredet. Sie arbeitete im Rathaus nur einen Katzensprung entfernt und nutzte ihre Frühstückspause für unser Gespräch.

Ihr fielen fast die Augen aus, als sie meinen schicken Begleiter in seinem noch schickeren Cabrio sah.

»Soll ich euch allein lassen?«, fragte Mark zuvorkommend.

»Nein, ist nicht nötig«, antwortete Ruth, während ich gleichzeitig »Ja, bitte lass uns alleine« sagte.

Mark lächelte geschmeichelt. »Das ist nett, dass ich hier bei euch bleiben darf«, meinte er und nahm Platz. Ich zuckte mit den Schultern.

Die Bedienung nahm unsere Bestellung auf.

»Hat sich Tobias in den letzten Wochen eigentlich verändert?«, eröffnete ich das Gespräch.

»Jetzt, wo Sie fragen, ja, ich würde sagen, schon!«, antwortete Ruth und löffelte Sahne von dem Kakao, den die Kellnerin vor sie hingestellt hatte. Etwas blieb an ihrer Oberlippe hängen.

»Wir können uns ruhig duzen«, schlug ich vor, »oder ist es dir nicht recht?«

Sie nickte. Heute sah sie wesentlich entspannter aus als am Tag der Beerdigung. »Doch. Warum nicht.«

»Inwiefern hat sich Tobias verändert?«, hakte ich nach.

Sie überlegte und zog dabei demonstrativ die Stirn in Falten. »Vorher war er so, ich weiß nicht, er hat sich eigentlich alles gefallen lassen. Er konnte nicht nein sagen.

Irgendwie konnten immer alle alles mit ihm machen.«
Sie sah auf die Spitzengardinen am Fenster. Ein verstohlener Blick streifte Mark.

»Und was war danach anders?«

»Mhm. Er hat sich plötzlich dauernd gestritten. Einmal hat er mich angebrüllt, weil ich, ohne zu fragen, sein Auto genommen habe. Und mit seinem Vater hat er sich angelegt wegen dessen Freundin, das hat er vorher auch nicht getan.«

»Hat sich sein Verhältnis zur Kirche der Brüder der Liebe in den letzten Wochen auch geändert? Zu Markus Meier?«

Sie nahm noch einen Schluck Kakao. Dieses Mal blieb die Sahne an ihrer Nasenspitze hängen. Sie schwieg.

»Er ist ja aus dieser Wohngruppe wieder ausgezogen, das hast du doch mitbekommen, oder?«, bohrte ich.

Sie nickte widerwillig. »Ja, davon habe ich gehört. Aber da waren wir schon auseinander. Wär ja gut, wenn er gegen die auch mal was gesagt hätte. Bevor wir uns getrennt haben, hat er diesem, diesem schmierigen Typen immer an den Lippen gehangen.«

»Du meinst Markus Meier«, ergänzte ich.

Sie nickte wieder. »Obwohl's ja auch irgendwie wieder blöd ist. Ich meine, dann hätten wir uns ja nicht zu trennen brauchen, oder?« Sie sah mich mit großen, runden Augen an und wirkte wieder sehr kindlich.

»Da hast du wahrscheinlich Recht. Übrigens, wie hast du das eigentlich gefunden, dass er seine Lehre geschmissen hat?«, wechselte ich das Thema.

»Das fand ich echt blöd. Sicher, das bei dem Spieß war nicht der Superjob, aber trotzdem schmeißt man nicht einfach die Ausbildung hin!« Ihre grauen Augen blitzten. Ein weiterer Blick glitt zu Mark, der betont gelangweilt zur Seite sah.

»Tobias lebte in seiner eigenen Wohnung. Wovon hat er die eigentlich bezahlt? Wovon hat er gelebt, wenn er doch arbeitslos war?«

»Ich weiß nicht. Seine Mutter hat ihm Geld gegeben, glaube ich.«

»Er hat dir nichts von seinem Geschäft erzählt? Einem Geschäft, das er geplant hat?«

Sie zog die Stirn in Falten. »Nein.« Kurzes Schweigen. »Oder warte mal, doch. Aber das war zu der Zeit, als er noch bei Spieß gearbeitet hat.«

Endlich eine Spur.

»Weißt du, worum es dabei ging?«

Wieder ein Blick zu Mark, der selbstgefällig lächelte. »Nicht genau. Ich glaube, der Sohn von Spieß hatte einen Sonderauftrag für ihn.«

Hatte ich es mir doch gedacht. »Heinz Spieß?«

Sie nickte: »Ja, der Heinz.«

»Aber du weißt nicht, welchen?«

Sie schüttelte den Kopf und leerte ihre Tasse. »Nein, ehrlich nicht. Ich muss jetzt auch gehen, meine Pause ist um.« Sie legte ein Zweieurostück auf den Tisch.

»Ich lade dich ein.«

»Ach so, ja, danke. Und wenn Sie noch mehr Fragen haben ...« Dieses Mal sah Mark sie an. Sie wurde rot bis zu den hennagefärbten Haarwurzeln. Sie stand auf und ging mit wiegenden Schritten zum Ausgang. Ihre Beine und der runde Hintern kamen in den prall sitzenden Jeans gut zur Geltung.

Dann klappte die Tür hinter ihr zu.

»Hast du gesehen, wie sie mich angeschaut hat?«, brüstete Mark sich, als wir zum Auto gingen.

»Ach, halt die Klappe!«, meinte ich unwirsch. »Lass mich mal fahren, ja?«

Und dann legte ich einen satten Kavaliersstart hin.

Mark fürchtete um sein Leben. Mehr noch sorgte er sich jedoch um sein Auto-Baby.

Jürgen hatte alles vorbereitet. Der Kassettenrecorder war aufnahmebereit. Die Lautsprecheranlage des Telefons eingeschaltet. Kuli und Papier lagen in Reichweite. Mark, Jürgen und ich waren die Einzigen in der Redaktion des *Moersener Tagblattes*. Die Kollegen hatten sich in die Mittagspause verabschiedet.

»Wer führt das Interview?«

»Ich natürlich!« Jürgen strich sich über den Bierbauch. »Von mir ging die Initiative aus.«

»Quatsch. Ich habe den Kontakt hergestellt, also rede ich auch mit den Leuten von der Sekten-Infostelle.«

»Aber ich weiß besser, worum es geht. Wir brauchen gezielte Informationen für die Ratssitzung heute Nachmittag.«

»Du kannst ja nachhaken, wenn du meinst, dass es nötig ist«, bot ich großzügig an.

»Warum sollte nicht ich das Gespräch leiten?« Mark machte sein Ich-bin-auch-noch-da-Gesicht. »Wenn zwei sich streiten, freut sich der Dritte.«

Ich griff kurzerhand zum Hörer und wählte die Nummer.

Eine dunkle Frauenstimme am anderen Ende der Leitung: »Sekten-Infostelle, was kann ich für Sie tun?«

Ich erklärte ihr von der Verabredung mit ihrem Kollegen, und sie verband mich weiter.

»Ich hätte gerne genauere Informationen über die Kirche der Brüder der Liebe«, begann ich das Gespräch.

»Wo sind Sie, und sind Sie allein?«, wollte mein männliches Gegenüber wissen.

»Nein«, antwortete ich ehrlich. »Ein Kollege vom Berliner Stadtfernsehen steht neben mir und ein Kollege des *Moersener Tagblattes*. Alles Journalisten. Wir halten uns in den Redaktionsräumen des *Moersener Tagblattes* auf. Wir sind unter uns. Wir würden das Gespräch allerdings gern mitschneiden, wenn Sie einverstanden sind!«

»Ich bitte Sie, das Gespräch nicht mitzuschneiden!«

Wo hört die Vorsicht auf, und wo fängt die Paranoia an?, dachte ich.

Ich formulierte meine erste Frage: »Was passiert, wenn jemand bei der Kirche der Brüder der Liebe aussteigen will?«

Kurzes Zögern. »Das kommt darauf an, in welchem Stadium. Haben Sie ein konkretes Beispiel?«

»Es handelt sich um einen jungen Mann, der eine Zeit lang in einer Einrichtung dieser Kirche gewohnt hat. Er ist nach einigen Wochen wieder ausgezogen. Er war wohl nicht von den Brüdern der Liebe getauft, also hat den entscheidenden Initiationsritus nicht vollzogen. Wir wissen aber nicht, ob er sich nach seinem Auszug von der Gruppe distanziert hat.«

»Die Kirche der Brüder der Liebe lässt – wie die meisten Sekten oder, wie wir sagen: destruktiven Kulte – niemanden gerne gehen. Allerdings, wenn der junge Mann kein Vollmitglied war, dann gibt es beim Ausstieg in der Regel weniger Probleme. Abgesehen von den psychischen Folgen für den Betroffenen, möglicherweise. Der Betreuer sucht nach dem Auszug weiterhin Kontakt zu dem Aussteiger, ruft an, versucht sich zu verabreden, aber es wird kein direkter Zwang ausgeübt. Schwieriger ist die Situation, wenn jemand länger dabei ist. Dann gibt es außer der psychischen oft eine ökonomische Abhängigkeit. Manche Mitglieder geben ihren Beruf auf. Manche vermachen ihr Vermögen der Kirche. Sie müssen sich die Kirche der Brüder der Liebe als eine straff geführte, hierarchische Organisation vorstellen. Durch die Betreuer – Sie kennen das System?«

»Ja!«, antworteten Jürgen und ich.

»Nein«, sagte Mark.

»Über die jeweiligen Betreuer werden die Mitglieder kontrolliert. Brown ist der Anführer, er fordert absoluten Gehorsam ein.«

»Was wissen Sie über die Einrichtungen der Brüder der Liebe für Kinder und Jugendliche?«

Wieder ein kurzes Zögern. »Das ist ein dunkles Kapitel.« Schweigen. »Sind Sie auch wirklich Journalisten? Sie verstehen, meine Familie hat schon Drohungen bekommen.«

Drohungen. In meinem Kopf machte es klick. Hatte nicht auch Martin Schiffer von Drohbriefen gesprochen?

»Wir sind unter uns, Sie können reden!«

Wieder zögerte er. Doch dann siegte offensichtlich das Bedürfnis, sein Wissen über die dubiose Gruppe mitzuteilen, über die Angst, in Schwierigkeiten zu geraten.

Die Stimme fuhr fort: »Die Kinder und Jugendlichen in den Einrichtungen bei den Brüdern der Liebe sind die wirklichen Opfer. Sie unterliegen der Macht dieser Leute und sind ihnen wehrlos ausgeliefert. Manche von denen, die dort aufwachsen, machen keine Berufsausbildung. Sie werden zu hauptamtlichen Kadern herangezogen. Ihre Chance auf ein normales, erfülltes Leben ist gering. Nicht umsonst zählen Kinder und Jugendliche zu den bevorzugten Zielgruppen destruktiver Kulte. Die Prägung in jungen Jahren ist oft dauerhaft. Außerdem erwirtschaften junge Menschen mehr Kapital für die Gruppe als ältere.«

War Markus Meier ein Kader, aufgezogen für ein ausschließliches Leben in der Gruppe?

»Was genau macht diese Sekte so gefährlich?«, schaltete Jürgen sich ein.

»Es gibt einen autoritären Führer, ein totalitäres Weltbild, in dem es nur Schwarz und Weiß gibt, die wahren Christen befinden sich ausschließlich in der Gemeinschaft. Alle anderen draußen müssen entweder bekehrt oder bekämpft werden ...«

Das stimmte mit dem überein, was Ruth mir gesagt hatte.

»...Bewusstseinskontrolle. Sie funktioniert, indem das Verhalten kontrolliert wird ...«

Wie bei dem Mädchen, das sich nicht verlieben durfte.

»... die Gedanken werden kontrolliert. Alle Kritik an dem System des Kultes wird als unwahr abgetan. Kritische Bemerkungen werden als Lügen entkräftet, die der Teufel in die Welt setzt. Die Erretteten müssen sich dagegen zur Wehr setzen.«

»Wie kommt es dann, dass die Brüder der Liebe so harmlos wirken? Die Gottesdienste sind sehr gut besucht«, fragte Jürgen dazwischen.

»Sie haben es gelernt, sich nach außen gut zu präsentieren ...«

Wie wahr, dachte ich, mit Videobeamer und Vierfarbbroschüren.

»... ein weiteres Merkmal ist, dass es einen ›inner circle‹ gibt, eine eingeschworene Gemeinschaft von Anhängern, und andererseits Bewerber, die sich interessieren, aber noch nicht wirklich dazugehören. Den Bewerbern wird selbstverständlich nicht die ganze Wahrheit über die Gruppe erzählt. Erst nach und nach erschließen sich die Praktiken. Aber dann ist der Neuling bereits tief in das System verstrickt. Deshalb fragte ich vorhin, wie weit Ihr Bekannter sich auf die Gruppe eingelassen hatte. Ein weiterer Aspekt ist die Kontrolle der Gefühle. Durch

Schuldbekenntnisse und öffentliche Beichten werden die Mitglieder manipuliert. Alles, was sie sagen, kann gegen sie verwendet werden. Dazu werden Ängste vor der Außenwelt geschürt«, dozierte der Berater.

Ähnliches hatte auch Ruth berichtet.

»Enge Verbindungen zu Menschen außerhalb der Gruppe sind unerwünscht. Das gilt insbesondere für sexuelle Beziehungen, die natürlich ebenfalls kontrolliert werden. Homosexualität in jeder Form ist ein Tabu.«

Markus Meier! Mit hoher Wahrscheinlichkeit war er schwul.

»Aber wenn das so ist«, schaltete Jürgen sich wieder ein, der eifrig mitgeschrieben hatte, »warum unternimmt dann keiner etwas gegen diese Gruppe?«

Ich sah hinüber zu Mark, der gelangweilt aus dem Fenster schaute.

Das unsichtbare Gegenüber seufzte. »Sehen Sie, so einfach ist das nicht. Wir in der Sekten-Infostelle sind in freier Trägerschaft, mit Unterstützung von kirchlichen und karitativen Verbänden. Ein Teil von uns arbeitet ehrenamtlich. Aber eigentlich wäre es Aufgabe des Staates oder des Landes, diese Dinge zu untersuchen. So wie in Berlin, wo auf Länderebene eine Kommission eingesetzt ist.«

»Da müsste doch in diesem Fall das Jugendamt eingreifen«, setzte Jürgen nach. Er raufte sich den Bart. Noch nie hatte ich ihn so aufgeregt erlebt. »Man kann doch nicht eine Einrichtung für Kinder und Jugendliche unterstützen, in der solche Sachen passieren!«

»Ganz meiner Meinung.« Die Stimme klang müde. »Seit den Skandalen um Scientology hat eine Sensibilisierung in der Gesellschaft stattgefunden. Aber noch immer gibt es Gruppen, die unbehelligt Kinder und Jugendliche zerstören. Bei den Brüdern der Liebe ist das

Problem, dass es bisher nur – in Anführungszeichen – drei Gemeinden in Deutschland gibt. Eine befindet sich in Sachsen, eine in Baden-Württemberg und die dritte bei Ihnen in Moersen.«

»Aber warum unternimmt das Jugendamt nichts!«

»Sie sind vor Ort, und Sie sind Journalist. Also ist es an Ihnen, die Dinge in die Wege zu leiten. Wir können nur beraten. Sie müssen tätig werden!«

Jürgen raufte sich wieder den Bart.

»Wir brauchen gesicherte Informationen, etwas Zitierfähiges, mit Namen und so weiter. Eine Expertenaussage.«

Zögern am anderen Ende.

»Am besten auch konkrete Beispiele! Hören Sie, es ist dringend. Heute Nachmittag gibt es eine Ratssitzung, da wird dieses Thema verhandelt.«

Ein Seufzen. »Das fällt Ihnen aber früh ein.« Dann, nach kurzer Pause: »Ich werde sehen, was ich tun kann. Geben Sie mir bitte Ihre Faxnummer durch?«

Mark war nicht nur leicht verschnupft. Ich erklärte ihm, dass wir bei den Ermittlungen in eine heiße Phase eingetreten waren. Er verstand das durchaus. Aber lieber wäre ihm gewesen, ich hätte mich um ihn gekümmert. Er kündigte an, spätestens am nächsten Tag abzureisen. Ich war nicht wirklich traurig darüber. Mark gehörte zu meinem Leben in Berlin. In Moersen gingen die Uhren anders. Ich hatte mich erstaunlich schnell eingewöhnt, stellte ich mit Verwunderung fest. Ich fühlte mich sogar ganz wohl in meiner früheren Heimatstadt. Die Luft war besser als in Berlin, ich verbrachte nicht täglich Stunden in stickigen U-Bahnen, und auf der Straße grüßten mich die Leute. Wenn ich nach Hause kam, war immer schon jemand da. Wenigstens Kater Romeo oder Boxer Miles.

Marks überraschendes Auftauchen passte gerade nicht in das Konzept. Abgesehen davon, dass ich es genossen hatte, im BMW-Cabrio durch Moersen kutschiert zu werden und die Gardinen hinter den Scheiben wackeln zu sehen.

Mark zeigte sich dann doch noch versöhnlich und besorgte Pizza und Salat. Jürgen und ich hatten keine Zeit zu verschwenden. Es war 14 Uhr, und um 17 Uhr sollte die Ratssitzung beginnen. Bis dahin gab es noch einiges zu tun.

Der Countdown lief.

Achtzehn

Die Kirchturmuhr schlug die volle Stunde, als wir im Ratssaal auf den Zuschauerbänken Platz nahmen. Die Ränge waren gut gefüllt. Ich erkannte Andy Brown und einige junge Leute im Publikum. Wahrscheinlich Mitglieder seiner Gemeinde. Markus Meier und sein stoppelhaariger Mitbewohner saßen dort ebenfalls. Auch unter den Ratsherren fand ich Bekannte: Porksen und Detektiv Schneider saßen im rechten Flügel bei der CDU, was nicht weiter überraschte. Gotthard Spieß und Martin Schiffer vertraten die SPD im Stadtrat. Ebenfalls auf dieser Seite saß Schiffers Ex- oder wieder Geliebte Regina Kempe.

Bürgermeister Spieß eröffnete die Sitzung pünktlich mit dem letzten Glockenschlag.

Sofort nach den Regularien kam der entscheidende Tagesordnungspunkt.

Porksen ging auf das Rednerpult zu und entfaltete sein

Manuskript. Dann räusperte er sich und begann mit seiner tiefen, schönen Stimme zu sprechen.

»Es geht um das leer stehende Fachwerkhaus in der Altstadt, das vor zwei Jahren an die Stadt Moersen gefallen ist. Wie Sie wissen, suchen wir seit längerem nach einer sinnvollen Nutzungsmöglichkeit für dieses Gebäude, das unter Denkmalschutz steht.«

Er schob seine Hornbrille etwas höher, sodass sie einen großen Teil der markanten Augenbrauen verdeckte. Das Pult reichte ihm fast bis zur Brust.

»Das Gebäude stammt aus dem 18. Jahrhundert und müsste dringend saniert werden. Der Kostenvoranschlag für die Sanierung liegt bei etwa 1,5 Millionen Euro. In den Balken sitzt der Wurm, und die Wasserleitungen müssten erneuert werden. Möglicherweise würde die angegebene Summe gar nicht ausreichen. Viel Geld für eine kleine Stadt wie Moersen. Woher nun soll das Geld kommen? Aus der öffentlichen Hand?«

Er warf fragende Blicke in die Runde.

»Wie Sie wissen, ist das Stadtsäckel leer. Wir haben jedoch ein Angebot erhalten. Eine Organisation, die das Haus gerne nutzen würde, hat sich bereit erklärt, einen Teil der Sanierungskosten aufzubringen. Für einen weiteren Teil will sie Spenden einwerben. Insgesamt sollen 500 000 Euro auf diese Weise aufgebracht werden. Die Kosten für die Stadt würden sich deutlich reduzieren. Diese Organisation würde das Haus zudem für einen gemeinnützigen Zweck verwenden. Die Rede ist« – Porksen machte eine kurze Pause – »von der Kirche der Brüder der Liebe.«

Er blickte zu Pastor Andy Brown hinüber und nickte ihm zu. Applaus von den Anhängern auf den Rängen. Begeisterung auf den Gesichtern einiger Ratsmitglieder, Bestürzung bei den anderen.

»Die Kirche der Brüder der Liebe würde in dem denkmalgeschützten Fachwerkhaus gern einen Club für Kinder und Jugendliche aufmachen. Ein Nutzungskonzept liegt vor ...«

Porksen schaute über den Rand seiner Hornbrille in die Menge.

»... nachmittags soll es Hausaufgabenbetreuung geben und Spielnachmittage insbesondere für die Kinder von berufstätigen Müttern und von den Alleinerziehenden, die es in Moersen ja auch immer häufiger gibt.« Er sprach »Alleinerziehende« aus, als handele es sich dabei um eine ansteckende Krankheit. »Die öffentliche Hand müsste für diese Einrichtung natürlich einen Zuschuss leisten. Ich bin jedoch davon überzeugt, dass eine Investition in die junge Generation eine Investition in die Zukunft ist«, schloss Porksen pathetisch.

Wieder Applaus unter den Anhängern der Brüder der Liebe.

»Die CDU beantragt, diesem Nutzungskonzept zuzustimmen. Ich fordere Sie auf, unseren Antrag zu unterstützen.« Wieder ein Blick in die Runde. »Finanziell würde es sich für Moersen in jedem Fall rechnen, und eine Einrichtung dieser Art hat in unserer Stadt noch gefehlt. Umso besser, wenn in ihr christliche Werte vertreten werden.«

Bürgermeister Spieß nickte zu Porksens Worten und sandte einen vorwurfsvollen Blick zu Pfarrer Schiffer. Eigentlich, so besagte dieser Blick, wäre es deine Aufgabe gewesen, eine solche Initiative auf die Beine zu stellen.

Die Nächste auf der Rednerliste war Gudrun Spieß, Jürgens stämmige Frau. Sie vertrat die unabhängige Wählerliste.

Sie stellte das Rednerpult einen halben Meter höher, bevor sie mit ihrem Beitrag begann. Sie war deutlich größer als ihr Vorredner.

»Wohltaten einzelner Gruppen können eine Gesellschaft extrem teuer zu stehen kommen«, begann sie mit ihrer kräftigen, dunklen Stimme. »Bei der so genannten Kirche der Brüder der Liebe« – kurze Pause und ein Blick in die Runde – »handelt es sich nicht um eine Kirche, sondern um eine Gruppe, die man landläufig als Sekte bezeichnen würde.«
Getuschel und Buhrufe bei den Anhängern, Raunen unter den Ratsmitgliedern.
»Ich muss das begründen.«
Bürgermeister Spieß nickte seiner Schwiegertochter zu. »Das musst du wohl. Im Übrigen mache ich auf die Hausordnung aufmerksam: Zwischenrufe und Beifalls- sowie Missfallenskundgebungen während der Ratssitzung sind nicht gestattet.«
Gudrun Spieß raschelte mit den Faxblättern, die wir dem Berater der Sekten-Infostelle zu verdanken hatten.
»Diese Kirche der Brüder der Liebe weist alle Merkmale eines destruktiven Kultes auf!«
Und dann gab sie in knappen, prägnanten Worten das wieder, was der Berater uns am Telefon erzählt hatte.
»Kinder und Jugendliche zählen zu den bedauernswerten Opfern dieser Gruppe«, fuhr sie fort. »Besonders verwerflich ist, dass diese so genannte Kirche unter dem Deckmantel der Nächstenliebe junge Menschen in ihre Gewalt nimmt und missbraucht. Nein, nicht sexuell missbraucht, aber sie missbraucht sie, indem sie sie indoktriniert, klein hält, ihnen absoluten Gehorsam abverlangt und sie auf eine Wahrheit einschwört, die außerhalb der Gruppe keine Gültigkeit hat. Kinder werden geschlagen«, sagte sie, und nun bebte ihre Stimme vor unterdrücktem Zorn, »wenn sie nicht unaufgefordert und freiwillig vor dem Essen beten. Es sind Fälle bekannt, in denen die Tagebücher von Jugendlichen und

ihre Briefe gelesen und ihre Geheimnisse bei den Gruppentreffen offen gelegt wurden. Das Einsperren und Fernhalten von sämtlichen Kontakten gehört ebenfalls zu den fragwürdigen Erziehungsmethoden in dieser Kirche.« Sie spuckte das Wort »Kirche« förmlich aus.

Raunen im Raum. Markus Meier von der Kirche der Brüder der Liebe riss es fast vom Stuhl vor Empörung. Nur Andy Brown blieb ruhig und mit heiterer Miene auf seinem Stuhl sitzen, als ginge ihn das alles nichts an.

»Es ist höchste Zeit, die Praktiken dieser Gruppe, die sich in unserer Stadt eingenistet hat, näher zu untersuchen. Längst schon hätte das Jugendamt eingreifen müssen, denn hier geht es um die Wahrung elementarer Menschenrechte!«

Das Raunen verstärkte sich.

»Aber die Politiker in dieser Stadt haben sich von dem amerikanischen Pastor einseifen lassen! Er hat sich angebiedert, besonders bei den Herren von der CDU ...«

Porksen war zornrot, und sein Parteikollege Schneider japste nach Luft.

»... die sich als korrupt erwiesen haben. Oder wie lässt sich erklären, dass der selbst ernannte Pastor Brown das Haus seiner Gruppe aufstocken durfte, obwohl es noch im Wohngebiet Abschnitt II.67 liegt, und das heißt, laut Verordnung vom 27. August 1998, nicht aufgestockt werden darf. Wer hat dafür die Genehmigung erteilt? Und was hat sie gekostet, Herr Schneider?«

Sie wandte sich direkt an den Detektiv, den Vorsitzenden des Bauausschusses.

Der japste noch mehr: »Ich verbitte mir diesen Ton. Ich wurde der Korruption bezichtigt! Das muss ich mir nicht gefallen lassen!«

»Aufhören, aufhören!«, brüllte ein Zwischenrufer.

Emmchen neben mir applaudierte laut: »Bravo, Gudrun, bravo!«

Bürgermeister Spieß schwang sein Amtsglöckchen. »Ruhe bitte!«, rief er. »Das ist eine Stadtratssitzung und kein Jahrmarkt!«

Dann, zu Gudrun Spieß, die erschöpft innehielt und ihren Mann Jürgen ansah: »Gudrun, ich muss dich bitten, dich zu mäßigen, und vor allem, nicht persönlich zu werden«, ermahnte der weißbärtige Mann seine Schwiegertochter. Trotz seines ruhigen Tonfalls perlte Schweiß über seine Stirn.

Gudrun Spieß ließ sich nicht beirren. Langsam verstand ich, was Jürgen an ihr fand. Courage macht schön. »Deshalb bitte ich Sie, meine Damen und Herren, den Antrag der CDU abzulehnen und dem Antrag der unabhängigen Wählergemeinschaft zuzustimmen. Die Kirche der Brüder der Liebe soll das Fachwerkhaus nicht nutzen dürfen. Eine unabhängige Kommission soll die Praktiken der Kirche der Brüder der Liebe untersuchen und außerdem herausfinden, ob die Genehmigung zur Aufstockung des Gebäudes korrekt war.«

Sie verließ das Pult und setzte sich auf ihren Platz.

»Wo sind die Grünen?« Ich blickte suchend umher.

»Die Grünen? Wer ist das?«, meinte Jürgen. »Die Grünen haben in Moersen als bestes Ergebnis 3,7 Prozent erzielt. Und das war im vorigen Jahrhundert.«

Ich kicherte.

Ein großer, hagerer Mann meldete sich zu Wort. Er vertrat die Statt-Partei.

»Statt-Partei? Was ist das?«, wollte ich wissen.

»Statt FDP«, flüsterte Jürgen zurück. »Das ist die Partei der Selbständigen, Liberalen und der drei Atheisten in Moersen.«

Der Hagere sprach in wohlgesetzten, dürren Worten

von einer unzeitgemäßen religiösen Beeinflussung der Gesellschaft, von der sich mündige Bürger zu distanzieren hätten. Sein Antrag lautete: »Verschiebung der Entscheidung, um sie auf der Grundlage ausreichender sachlicher Informationen zu treffen.« Außerdem forderte er, wie Gudrun Spieß, eine Untersuchung der Affäre durch eine unabhängige Kommission.

Als Letztes meldete sich Gotthard Spieß für die SPD. Auch er forderte einen Aufschub der Entscheidung. Von einer Untersuchung der Affäre war allerdings nicht mehr die Rede.

»Ach so«, meinte ich frustriert, »langsam kapiere ich, wie die Sache hier läuft.«

»Genau«, nickte Jürgen. »Meine Frau nutzt meine Recherchen, um den Laden hier aufzumischen. Natürlich ist das Ergebnis dann ein Kompromiss. In diesem Fall ein fauler Kompromiss.«

Bürgermeister Spieß beendete die Debatte und erklärte, dass auf Antrag der SPD geheim abgestimmt werden sollte.

Die Räte wurden einzeln aufgerufen und erhielten ihre Abstimmungszettel.

Während der Auszählung der Stimmen gab es eine Pause. Die Ratsherren und die wenigen Ratsfrauen fanden sich in Grüppchen zusammen und tauschten sich aus. Martin Schiffer stand alleine abseits. Regina Kempe, seine Freundin, unterhielt sich mit Gudrun Spieß. Hatten Schiffer und Kempe sich zerstritten, oder wollten sie in der Öffentlichkeit nicht zusammen auftreten?

Ich pirschte mich an Gotthard Spieß heran. Er war in ein Gespräch mit seinem Unternehmerkollegen Porksen vertieft. Dass beide in verschiedenen Parteien aktiv waren, schien ihr Einvernehmen nicht zu stören. Kein Wunder. Bei entscheidenden Fragen gab es ja offensichtlich eine große Koalition.

Ich wandte mich an Jürgen. »In welcher Partei ist der Bürgermeister, dein Vater?«

Er zuckte mit den Schultern. »Der heilige Friedrich ist parteilos.«

Ich blickte mich um und nahm den nächsten Anlauf in Richtung Gotthard Spieß. Leider klingelte unterwegs mein Handy.

Maja war dran. »Ich habe einen Unfall gebaut«, jammerte sie am anderen Ende der Leitung.

»Um Himmels willen, ist dir was passiert?«

»Ich weiß nicht, mir ist so schwindlig …«

»Ruf sofort einen Krankenwagen!«

»Ja, und das Auto von deiner Mutter ist hinüber«, sagte sie kleinlaut, »und ich weiß nicht, ob ich die Polizei holen soll. Wegen der Versicherung.«

Ich ließ mir erzählen, wo sie war, und benachrichtigte meine Mutter von dem Unglück. Sie nahm es erstaunlich gelassen: »Wenn nur Maja nichts passiert ist. Das Auto war nicht mehr viel wert.« Plötzlich fiel mir noch etwas anderes ein. Egal, was Maja davon hielt, die Polizei sollte auf jeden Fall zum Unfallort kommen.

Es war wieder kälter geworden und hatte geschneit. Mark kam mit den Sommerreifen auf seinem BMW ins Schleudern. »Fahr langsam, um Himmels willen, wir brauchen nicht noch einen Unfall!«

Er knurrte, drosselte aber das Tempo. Maja hatte am Donnerstagnachmittag immer in einer Außenstelle der Drogenberatung Dienst, etwa fünfundzwanzig Kilometer von Moersen entfernt. Die Bundesstraße zwischen Moersen und Heimelsburg verlief kurvenreich durch die hügelige Landschaft.

Endlich, zwanzig Kilometer hinter Moersen und kurz vor Heimelsburg, erblickten wir den zerbeulten Peugeot. Polizei und Krankenwagen waren schon da. Maja wurde von einem Sanitäter versorgt.

Von dem Kleinwagen meiner Mutter war nicht viel übrig geblieben. Maja hatte ihn vor die Leitplanke gesetzt. Die Kühlerhaube war verbeult, der rechte Kotflügel beschädigt. Es sah nach einem Totalschaden aus. Ein Wunder, dass Maja nicht mehr passiert war.

Ich legte ihr den Arm um die Schultern. »Alles okay, wirklich?«

Sie schniefte. »Es tut mir so Leid, ehrlich, ich wollte extra langsam fahren, wegen Schnee und so, und dann so was, vor die Leitplanke geknallt, Scheiße, echt, tut mir Leid für den schönen Wagen.«

Sie stand offensichtlich unter Schock. »Maja, du spinnst! Vergiss das Auto. Alles nur Blech, hat meine Mutter auch gesagt.«

Der Sanitäter stand hinter ihr. »Es wäre besser, wenn Sie mit uns kämen und sich im Krankenhaus untersuchen ließen. Nur, um sicherzugehen!«, setzte er besorgt hinzu.

Willenlos ließ sie sich zu dem Sanitätswagen führen.

»Soll ich mitkommen?«, bot ich an.

»Das ist nicht nötig. Sie können Ihre Freundin später abholen, wenn Sie wollen.«

Mark und ich standen neben dem zerquetschten Blechhaufen. Kaum anzunehmen, dass er noch fahrbereit war.

»Tja, Abschleppwagen bestellen«, schlug Mark vor.

Ich schaute die Straße entlang. Maja war in einer Kurve vor die Leitplanke geknallt, an einer Stelle, die an ein besonders abschüssiges Stück Straße anschloss. Sie hatte mir jedoch erzählt, sie sei wegen des Schnees langsam gefahren. Mit wie viel Stundenkilometern war sie wohl in die Leitplanke gekracht? Und warum so heftig? Warum hatte sie nicht stärker abgebremst? Einiges passte nicht zusammen.

Ich sah Mark an. »Abschleppen ist okay«, meinte ich, »aber wir müssen auf jeden Fall checken, ob mit dem Wagen alles in Ordnung war. Besonders mit den Bremsen.«

Neunzehn

Schweigend waren wir zu Emmchens Wohnung gefahren. Ich hatte Romeo eine Dose Katzenfutter geöffnet und zugeschaut, wie er sich laut schnurrend sein Abendbrot einverleibte. Karen war nicht da, sie hatte eine Probe auswärts. Ihre Tochter Susanne hatte angekündigt, sie zu begleiten. Mark hatte sich mit einer Flasche Bier vor den Fernseher gesetzt und wollte seine Ruhe haben. Er war eingeschnappt, verständlicherweise. Natürlich hatte er sich von seinem Aufenthalt in Moersen mehr versprochen als ein Dauerengagement als Chauffeur.

Zurück zum Rathaus war ich gelaufen. Die Sitzung war bereits beendet. Es war jedoch nicht schwer, die Ratsmitglieder zu finden. Sie saßen fast vollzählig im *Alten Markt*.

Schwaden von Rauch schlugen mir entgegen. Aus einer altmodischen Jukebox ertönte ein Song von Frank Sinatra. Ich blinzelte den beißenden Rauch aus den Augen und versuchte, mich zu orientieren. Emmchen hatte an demselben Tisch Platz genommen wie ihr Bruder Friedrich und ihr Neffe Jürgen nebst seiner Frau Gudrun. Miles unter dem Tisch wedelte mit dem Schwanz, als er mich erkannte. Ich winkte Emmchen zu und kam näher. Im Flüsterton erklärte ich ihr, was mit Maja passiert war. Sie nickte. Ihr Gehör funktionierte noch einwandfrei, im Gegensatz zu den Augen.

Am Nebentisch saß der andere Teil des Spieß-Clans, Gotthard Spieß mit seinem Sohn Heinz. Daneben Detektiv Schneider und dessen Parteigenosse Porksen. Auch an diesem Tisch waren alle Plätze besetzt.

Der einzige Stuhl, der noch frei war, befand sich neben Martin Schiffer direkt vor der Toilettentür. Genauer gesagt waren dort sogar noch zwei Plätze frei. Nur seine Freundin Regina Kempe hatte sich zu ihm verirrt und leistete dem Geächteten Gesellschaft.

»Hallo, störe ich?«, fragte ich die beiden und setzte mich, ohne die Antwort abzuwarten. Ich gab der Bedienung ein Zeichen. Zwei Minuten später stand ein Pils vor mir.

»Wie ist die Abstimmung denn ausgegangen?«, fragte ich und ignorierte das Unbehagen, das mir von Seiten des unglückseligen Pärchens entgegenschlug.

Martin zuckte mit den Schultern. »Wie zu erwarten. Aufschub der Entscheidung.«

»Martin, was hältst du persönlich von der Kirche der Brüder der Liebe?«

»Fragst du mich das im Ernst?«

»Klar.«

»Man könnte mir unterstellen, ich sei neidisch auf die Konkurrenz.«

»Ach, komm, schieß los!«

»Na schön.« Er trank einen Schluck Bier. »Ich habe in

den letzten dreizehn Jahren mehr als ein seelsorgerliches Gespräch mit besorgten Eltern geführt, deren Kinder in eine Wohngruppe der Brüder der Liebe ziehen wollten. Und die mich gefragt haben, was sie dagegen unternehmen könnten.«

»Wie sind die Geschichten ausgegangen?«

Er zuckte wieder mit den Schultern. »Unterschiedlich. In zwei Fällen sind die Kinder nach kurzer Zeit wieder ausgezogen. In einem Fall hat die Tochter sich vorher anders entschieden. Eine andere Geschichte war richtig tragisch. Der Junge ist bei den Brüdern eingezogen und hat sich innerhalb kurzer Zeit stark verändert. Er ist aus Moersen weggezogen in den Schwarzwald, zu einer anderen Wohngruppe der Brüder. Die Eltern haben seitdem nichts mehr von ihm gehört. Sie kommen an ihn nicht mehr heran.«

»Es heißt, Tobias hätte sich auch stark verändert.«

Regina Kempe rückte ein Stück näher an ihren Freund heran. Er strich ihr zerstreut über den Arm. Ihre Rolle in dem Drama der Pfarrersfamilie war besonders undankbar. Wie hielt sie diese permanenten Spannungen aus? Ich nahm mir vor, sie bei Gelegenheit aufzusuchen und in Ruhe mit ihr zu reden. Vorausgesetzt, sie warf mich nicht gleich wieder zur Tür hinaus.

»Tobias hat sich verändert, ja«, meinte Martin nachdenklich. »Aber nicht wegen der Brüder der Liebe. Mit denen wollte er nach seinem Auszug aus der Wohngruppe nicht mehr viel zu tun haben. Sein Betreuer da, den Namen habe ich vergessen, hat ihn zwar noch öfter angerufen, aber Tobias war das lästig. Er wollte ganz neu anfangen.«

»Hatte er denn einen Job?«

»Nein, aber er hat sich mit Programmieraufträgen über Wasser gehalten.«

»Und seine Freundin?«

»Da war Schluss. Ich persönlich habe das sehr bedauert. Ruth war ein nettes Mädchen, nett und patent.«

Ich schob meine leere Pilstulpe auf dem Holztisch zurück und hinderte die Bedienung daran, mir ein weiteres frisches Gezapftes hinzustellen. »Nein danke, einen Apfelsaft, bitte!«

Aus den Augenwinkeln sah ich, dass einer der Herren am Nebentisch sich erhob. Ich erwischte Heinz Spieß gerade noch, bevor er durch die Ausgangstür hinausging.

»Einen Moment, Herr Spieß, bitte, ich habe eine Frage an Sie.«

In seinem Kopf arbeitete es ganz offensichtlich. Die Stirn zog sich in Falten. Die Augen verengten sich zu Schlitzen. Dann fiel ihm wieder ein, wer ich war.

Ich eröffnete das Kreuzfeuer, bevor er etwas entgegnen konnte: »Warum haben Sie mich angelogen? Gestern haben Sie mir erzählt, Sie hätten geschäftlich nichts mit Tobias Schiffer zu tun gehabt. Heute habe ich gehört, Sie hätten ganz im Gegenteil doch ein Geschäft mit ihm gemacht. Noch während er in der Firma Ihres Vaters arbeitete!«

Er wich einen halben Schritt zurück.

»Herr Spieß, das finde ich nicht in Ordnung!«

Er wurde rot. »Es gab kein Geschäft!«

»Da habe ich andere Informationen, aus gesicherter Quelle«, schoss ich ins Blaue.

»Ich hab ihm nur einen Auftrag gegeben. Er hat mich betrogen. Er hat das Geld genommen und nichts dafür getan. Weiter nichts. Das war alles.«

»Einen Moment bitte. Handelt es sich um einen Programmierauftrag?«

Erleichtertes Nicken.

»Sie haben ihm eine Anzahlung gegeben, damit er etwas für Sie am Computer erarbeitet«, fasste ich zusammen.

Heinz Spieß nickte wieder. Der Schweiß brach ihm aus den Poren.

»Er hat den Auftrag nicht ausgeführt, die Anzahlung aber auch nicht zurückgezahlt«, schlussfolgerte ich.
Wieder Nicken.
»Um wie viel Geld handelte es sich?«
»500 Euro.«
So, wie Heinz Spieß es darstellte, konnte damit nicht das Geschäft gemeint sein, auf das Sascha angespielt hatte. Bei Letzterem musste es um deutlich mehr Geld gegangen sein. Und es musste zumindest an der Grenze zur Legalität gelegen haben, wenn nicht sogar illegal gewesen sein.

»Schon gut«, sagte ich, plötzlich müde. »Entschuldigen Sie bitte, dass ich Sie belästigt habe.«

Heinz Spieß schaute drein wie ein Schüler, dem der Lehrer eine Gnaden-Vier statt der verdienten Fünf verpasst hatte. Fehlte nur noch, dass er mich fragte, ob er jetzt entlassen sei.

Ich kämpfte mich durch Kneipenlärm und Rauchschwaden wieder in den vorderen Bereich und überlegte, ob ich mir Porksen und Schneider ebenfalls vorknöpfen sollte. Noch zu früh, entschied ich. Erst recherchieren, dann interviewen.

Also zog ich mir einen Stuhl an den Tisch des sympathischeren Teils der Spieß-Dynastie: Vater Friedrich, Sohn Jürgen, Schwiegertochter Gudrun und Emmchen mit Miles.

»Damit kommt ihr nicht durch, Friedrich«, erklärte Jürgen gerade seinem Vater.

»Wer sagt das, mein Sohn?«, erwiderte der Ältere und lächelte ihn ironisch an. In ihrer beider Art, zu reden und zu gestikulieren, lag eine große Ähnlichkeit, die mir erst jetzt auffiel. Selbst die Bärte – der des Vaters weiß, der des Sohnes blond – wiesen eine ähnliche Konsistenz auf. Voll und leicht gekräuselt, dabei aber gepflegt.

»Solange ich hier als Journalist arbeite, werde ich versuchen zu verhindern, dass der Filz in Moersen sich noch verstärkt.«

Friedrich Spieß' Lippen lächelten weiter. Seine Augen wirkten im Gegensatz dazu alt und müde. »Du bist noch jung und idealistisch. In ein paar Jahren wirst du das auch anders sehen.«

Emmchens Gesicht hatte sich wieder in Falten gelegt, und ihr kämpferischer Blick besagte: ›Ich bin noch älter als du, aber ich sehe das nicht anders!‹ Sie sagte jedoch nichts.

Die Spannung am Tisch zwischen diesen vier Menschen, die sich so gut kannten, war fühlbar. In diesem Moment klingelte ein Handy. Peinlicherweise meines.

Ich wandte mich zur Seite und drückte das Hörer-Knöpfchen. Maja war am anderen Ende der Leitung. »Kiki, ich bin fertig mit der Untersuchung. Alles ist in Ordnung. Kannst du mich vielleicht abholen?«

Die anderen am Tisch sahen mich an. »Ich habe kein Auto, Mark ist bei Emmchen geblieben«, erwiderte ich. »Aber ich kann ein Taxi bestellen.«

Friedrich Spieß erhob sich, ganz Kavalier der alten Schule: »Frau Kerner, darf ich Ihnen meine Dienste anbieten?«

»Gerne!«, antwortete ich und griff zu Emmchens Persianer, meinem derzeitigen Lieblingskleidungsstück, das über der Stuhllehne hing.

Der Bürgermeister half mir in den Mantel. Seinem

Gesicht konnte ich ansehen, wie froh er war, seiner Verwandtschaft zu entkommen.

Er fuhr keinen schwarzen Mercedes, wie ich vermutet hatte, sondern einen grünen VW Passat. Ein Mann aus dem Volk.

»Sie müssen ja einen schönen Eindruck von uns haben«, sagte er, sobald wir in seinem Auto saßen und uns angeschnallt hatten, »ständig streiten wir uns.«

»Kein Problem. Das ist Demokratie, da muss man sich auch mal streiten.«

»Aber innerhalb der Familie?«

»Da auch«, beruhigte ich ihn.

Er fuhr auf die Umgehungsstraße.

»Was passiert jetzt eigentlich mit der Kirche der Brüder der Liebe?«, wollte ich wissen. »Das waren doch schwere Anschuldigungen, die Gudrun Spieß vorgetragen hat.«

Er seufzte. »Ja, das ist eine schwierige Frage.«

»Die Einrichtungen der Kirche der Brüder werden doch von der öffentlichen Hand unterstützt, oder sehe ich das falsch?«, bohrte ich weiter.

»Nein, das sehen Sie richtig.«

»Aber sie sind anscheinend nicht unterstützenswert.«

»Das ist nicht erwiesen.«

Ich ließ nicht locker. »Die Recherchen haben ergeben, dass die Organisation mehr als umstritten ist. Wollen Sie das etwa auf sich beruhen lassen, Sie als Bürgermeister?«

Wieder ein Seufzen. Wahrscheinlich bereute er bereits, dass er so eilfertig seine Chauffeursdienste angeboten hatte. »In Moersen haben wir noch keine Klagen gehört.«

»Abgesehen von dem jungen Mädchen, das vor sechs Jahren in einem Zeitungsbericht zitiert wurde.«

»Man kann es nicht allen recht machen.«

»Sie nehmen das Ganze nicht sonderlich ernst, oder?«, provozierte ich ihn.

»Doch«, antwortete er, »ich nehme es ernst. So ernst, dass ich die verschiedenen Interessen abwägen und die Folgen berücksichtigen muss, bevor ich eine Untersuchung in die Wege leiten lasse.«

Eine Stunde später befand ich mich wieder am Marktplatz. Diesmal mit dem Ziel Pfarrhaus. Susanne brauchte noch Kleidung und Bücher aus dem Haus ihrer Eltern. Sie hatte mich gebeten, sie zu begleiten.

Maja hatten wir mit einem Glas Wein neben Mark vor dem Fernseher geparkt. Ich fühlte mich nicht gut dabei, sie nach ihrem Unfall im Stich zu lassen. Susanne brauchte mich jedoch mindestens genauso dringend. Vielleicht sogar dringender.

Das Pfarrhaus wirkte leer und unbewohnt. Die Fenster glichen von außen toten Augenhöhlen. Innen kroch die Kälte aus den Ecken des alten Gemäuers.

Die Uhr am Kirchturm schlug zehnmal, als wir die Küche betraten.

Auf dem Boden lag immer noch derselbe PVC-Belag mit dem Schachbrettmuster wie in meiner Kindheit. Der alte Holztisch als Symbol behaglichen Familienlebens stand in der Mitte des Raumes. Die Stühle darum herum waren neu, aber der Herd und die Spüle waren noch genau dieselben wie vor fünfzehn Jahren.

Die Atmosphäre hatte sich geändert.

Nur zwei Blumentöpfe waren auf der Fensterbank übrig geblieben, verdorrt und vergessen. Kein benutztes Geschirr auf dem Abtropfbrett. Keine Obstschale auf der Anrichte. Ein lebloser Raum.

Plötzlich war es wieder da, dieses Loch in mir, schwarz und saugend. Alles, was ich mir in den letzten Jahren aufgebaut hatte, alles Wissen, alle Erfahrungen, alles, was mich ausmachte, drohte von diesem Loch verschlungen zu werden.

Es gab nicht Beständiges in meinem Leben. Mark würde morgen früh abreisen, und das würde das Ende bedeuten. Schluss. Aus. Vorbei. Wir mussten nicht darüber reden. Es war klar. Es ging nicht um Schuld bei dieser Geschichte, o nein. Natürlich hätte ich Mark als Egoisten beschimpfen können, aber dasselbe traf auch auf mich zu. Zwei Menschen, ein schneller Blick, eine kurze Begegnung, Trennung. Zwei Züge, die in der Nacht aneinander vorbeirauschen. Da war wenig, was uns verband. Nicht wirklich. Nur die Sehnsucht nach Geborgenheit, vielleicht.

Ich hatte keine Heimat. Nichts, wohin ich fliehen konnte. Niemanden, der oder die zu mir gehörte. Niemand interessierte sich dafür, ob ich starb oder lebte.

Das schwarze Loch dehnte sich aus.

Ich atmete tief durch und setzte mich auf einen der Stühle.

Susanne musterte mich besorgt. »Kiki, was ist los? Du bist auf einmal so blass?«

Ich sah sie an. Sie war ebenfalls blass, mit bläulichen Ringen unter den Augen.

Ich atmete noch einmal durch. Der Anfall ging vorbei.

»Ist schon in Ordnung. Fast jedenfalls«, sagte ich mit einem gequälten Lächeln.

Wir gingen die Treppe hinauf.

Im Treppenhaus hing immer noch das Kreuz aus Wurzelholz, Mitbringsel einer Konfirmandenfreizeit im Schwarzwald, an der ich vor etlichen Jahren teilgenommen hatte. Mit der Zeit war es nachgedunkelt. Tröstlich, dass es immer noch dort hing, dieses Symbol des christlichen Glaubens. Ein Zeichen dafür, dass Gott mit den Leidenden ist, weil er selbst gelitten hat, so hatte Pfarrer

Schiffer es damals interpretiert. Nun erfuhren die ehemaligen Bewohner dieses Hauses das Leid am eigenen Leib. Das Unglück war über das Pfarrhaus gekommen.

Die Ehe kaputt. Der Sohn tot.

Die Holztreppe knarzte noch genauso, wie ich es in Erinnerung hatte.

Susannes Mädchenzimmer lag im ersten Stock. Sie knipste das Licht an. Im gelblichen Schein der Deckenleuchte sah ich eine blau bezogene Bettcouch auf einem hellen Teppichboden.

Susanne öffnete den Kleiderschrank und entnahm ihm eine Bluse und einen Pullover. »Das ist jetzt wieder total angesagt«, meinte sie und zeigte mir die marineblaue Bluse aus glänzendem Stoff.

»Hast du eigentlich einen Freund in Bremen?«, wollte ich wissen.

»Mhm, ja. Den Daniel in meiner WG. Auch Student.«

»Nett?«

»Total nett. Schleppt immer die Mineralwasserkästen und macht die Abrechnungen von der Haushaltskasse. Und setzt sich sogar hin beim Pinkeln.«

Na ja. Hörte sich eher an wie ein gut abgerichteter Hund.

Sei nicht so gehässig, Kiki.

Susanne inspizierte ein buntes Tuch und ließ es ebenfalls in die Reisetasche fallen.

»Und du und Mark?«

Ich zuckte mit den Schultern. »Ich glaube, das wird nichts.«

»Tut es dir Leid?«

Ich seufzte. Mit über dreißig waren Beziehungen ein kompliziertes und frustrierendes Thema. Die meisten bindungsfähigen Männer waren vergeben. Die meisten bindungsfähigen Frauen vermutlich auch. Und so krebsten wir alle von einer Affäre zur nächsten, immer noch in der Hoffnung, irgendwann die große Liebe zu finden.

Sie sah meinen resignierten Blick und beharrte nicht auf ihrer Frage.

»Wo hatte eigentlich Tobias sein Zimmer?«, wollte ich wissen.

Sie zuckte zusammen.

»Hier, gleich nebenan«, brachte sie schließlich hervor. »Aber es ist leer geräumt!«

Nun war es an mir, ein heikles Thema taktvoll fallen zu lassen.

Susanne packte noch einen Gedichtband von Erich Fried in die Tasche, zwei weitere Bücher und einige CDs.

Wir schwiegen.

Als wir das Haus verließen, schlug die Uhr halb elf.

Ein schrecklich verlassenes Pfarrhaus. Eine einsame Trutzburg. Die menschenleere Straße kam mir im Vergleich dazu vor wie ein Ort quirlender Lebendigkeit.

Auf den Torpfosten lag eine dünne Schneedecke. Schüchtern verbarg sich der halbe Mond hinter den Wolken. Irgendwo bellte ein Hund. Ein Auto hielt unten am Marktplatz.

»Susanne«, meinte ich zögernd.

Sie sah mich schräg von der Seite an.

»Da gibt es noch einige Fragen im Zusammenhang mit meinen Recherchen über Tobias.«

Ihre Miene drückte Abwehr aus.

»Ich weiß, dass es kein guter Zeitpunkt ist. Aber mit wem soll ich sonst reden? Mit deiner Mutter? Das geht gar nicht.«

Immer noch Skepsis auf ihrem Gesicht.

»Na schön. Aber nicht hier.«

»Deswegen habe ich ja gewartet, bis wir aus dem Haus wieder heraus sind.«

Auch nicht im *Alten Markt*. Nicht schon wieder.

Sie führte mich um einige Ecken herum, bis wir vor einer urigen Kneipe standen. Junge Menschen in Lodenmänteln, Dufflecoats und Jeans bevölkerten sie.

»Also, ich verstehe immer noch nicht, wie Tobias zu dieser Kirche der Brüder kam«, eröffnete ich das Gespräch, sobald wir an einem der blank gescheuerten Tische saßen.

Susanne blickte auf ihre Hände hinab. »So ganz verstehe ich das auch nicht. Aber ich denke, es liegt daran, dass er schon immer alles so ernst genommen hat.«

»Das Leben«, versuchte ich es.

»Na ja. Auch den Glauben. Tobias war immer sehr gläubig. Verstehst du, er hat wirklich tun wollen, was in der Bibel steht. Die Bergpredigt umsetzen mit ›Liebet eure Feinde‹ und so.«

»Seine frühere Freundin, Ruth, hat mir erzählt, dass sie nicht einmal Sex hatten.«

»Ja, das ist auch so eine Marotte von ihm. – War«, verbesserte sie dann leise.

»Dabei steht nicht einmal in der Bibel, dass Sex verboten ist.«

Sie schüttelte ihr sandfarbenes Haar. »Mir musst du das nicht erzählen.« Dann, nach einer Weile: »Ich denke, es ging ihm um die Verantwortung. Darum, einen anderen Menschen nicht zu verletzen. Weißt du, er war so einer, der den Omas über die Straße half.« Sie lauschte ihren Worten nach. »Mehr noch, wenn jemand kam und hat zu ihm gesagt: ›Ich habe mein Portemonnaie verloren‹, dann hat er ihm von seinem eigenen Geld etwas gegeben. Oder für ihn gesammelt.«

»Also ein bisschen naiv?«, fragte ich.

»Ja, vielleicht. Obwohl, das trifft es nicht so ganz.«

»Wann hast du ihn das letzte Mal gesehen?«

»Zu Weihnachten. Da war bei uns schon Krise angesagt. Du weißt, mein Vater und so. Meine Mutter war ziemlich sauer wegen seiner Affäre. Mit Tobias war gar nichts anzufangen, er war völlig unzugänglich. Ich wollte eigentlich meinen Freund mitbringen, aber unter den Umständen bin ich doch lieber alleine gekommen. Tobias ist meist in sein Zimmer gegangen und hat Musik gehört. Ab und zu ist er losgezogen, manchmal mit Freunden. Ich glaube, er wohnte schon bei der Kirche der Brüder der Liebe.«

»Also meinst du, er hat das aus Trotz gegenüber deinem Vater getan? Wollte er ihn verletzen, weil er von ihm enttäuscht war?«

Sie schaute angestrengt zur Decke. Eine hässliche Decke aus braunen Plastikplatten. »Ja, das wohl auch. Aber es war wirklich unerträglich bei uns zu Hause, mein Vater, der Mist gebaut hat und dann noch gehätschelt werden wollte, meine Mutter, die stone-faced herumlief ...« Kurze Pause. »Ich denke, eigentlich hat er auch nach etwas gesucht, Lebenssinn oder Identität oder sonst etwas, und deshalb ist er dort gelandet.« Sie nahm einen Schluck aus ihrem Saftglas. »Obwohl ich nicht weiß, wonach er gesucht hat. Vielleicht wusste er das selbst nicht.«

»Kann es sein, dass er schwul war? Homosexuell?«, übersetzte ich unnötigerweise.

»Kann ich mir eigentlich nicht so richtig vorstellen. Es gab nie irgendwelche Anzeichen.«

Ich zündete mir eine Zigarette an. »Aber wenn er mit Ruth keinen Sex hatte, dann vielleicht aus diesem Grund!«

»Er hat vorher schon Freundinnen gehabt. Er hat sich für Mädchen interessiert, nicht für Jungen.«

»Bist du sicher?«

Sie wirkte leicht genervt. »Natürlich nicht. Aber ich glaube einfach nicht, dass er schwul war.« Sie blickte wieder in Richtung Plastikdecke. »Das wäre doch unlogisch gewesen. Wieso hätte er sich dann an die Kirche der Brüder der Liebe wenden sollen. Für die sind alle Schwulen zur Hölle verdammt.«

Ich schaute ebenfalls nach oben. An der einen Ecke hatte die kackbraune Plastikplatte ein rundes Loch, fast wie von einer Bleikugel durchbohrt.

Wie meine schöne Hypothese, die mir soeben zerschossen worden war.

Zwanzig

Nachts hielt Mark mich an sich gedrückt. Wir schliefen in Löffelchenstellung ein. Gegen Morgen wurde ich wach und lauschte seinem Atem. Ab und zu ein kleiner Schnarcher. Nur ein bisschen vertraut. Ich starrte in die Dunkelheit und versuchte mir vorzustellen, es wäre immer jemand da. Immer. Jede Nacht. Würde ich das überhaupt wollen?

Irgendwann schellte der Wecker. Mark rekelte sich und stand auf, verwuschelt und mit Schlaf in den Augen. Ein schneller Kaffee vor Antritt der Fahrt. Um halb acht verabschiedete Mark sich mit einem Küsschen von mir. »Bis bald in Berlin.«

Wir glaubten beide daran oder taten jedenfalls so.

Als ich sein Auto starten hörte, war wieder dieses schwarze Loch in mir.

Maja fühlte sich nach acht Stunden Schlaf einigermaßen wiederhergestellt. Sie schilderte Emmchen und mir beim Frühstück den Unfallhergang. »Ich fuhr die Bundesstraße hinunter, und da unten am Hang kommt die Kurve, wie ihr wisst. Vor der Kurve wollte ich abbremsen, aber der Wagen reagierte nicht. Ich habe mit aller Kraft auf die Bremse gedrückt, nichts passierte. Es war der Horror. Ich hab schon die Englein singen gehört«, schloss sie ihre Beschreibung.

Wir waren alarmiert. »War der Bremskraftverstärker defekt? Wie bei Tobias?«, wollte ich wissen.

»Vielleicht.«

Emmchen runzelte die Stirn. »Das sieht mir aber verdächtig nicht nach einem Unfall aus. Da hat wohl jemand nachgeholfen.« Sie nahm einen Schluck Tee. »Und dieser Jemand wollte wahrscheinlich dich erwischen, Kiki.«

»Wahrscheinlich. Aber dann müsste sich dieser Jemand am Auto meiner Mutter zu schaffen gemacht haben. Bloß wann? Und wie?«

»Als du bei der Kirche der Brüder der Liebe warst? Wann genau war das, am Dienstag?«, schlug Maja vor.

»Dann hätten die Bremsen doch viel eher versagen müssen.«

»Gibt es nicht vielleicht eine Möglichkeit, dass der Wagen am Anfang noch fährt wie normal und erst später muckt?«

»Keine Ahnung.« Wir sahen uns ratlos an.

Frauen und Technik. Manchmal stimmten selbst platte Klischees.

»Hätte man nicht in den Innenraum des Autos hineinkommen müssen, um die Motorhaube zu öffnen?«

Wieder zuckten wir mit den Achseln.

»Ach, da fällt mir noch etwas ein«, Maja grinste mich

an, »das Auto war offen, als ich es gestern Morgen benutzen wollte. Du hast wahrscheinlich am Mittwochabend vergessen abzuschließen, Kiki.«

»Habe ich dann wohl«, räumte ich kleinlaut ein. »Aber ich habe noch eine andere Idee«, setzte ich hinzu. »Kann es sein, dass Porksen etwas mit der Sache zu tun hat? Immerhin wollte er, dass ich Moersen verlasse, und hat mir dafür Geld angeboten. Und mir gedroht für den Fall, dass ich es nicht tue.«

Emmchen bestrich einen Toast mit cholesterinarmer Margarine. »Du kannst nicht beweisen, dass Porksen hinter der Sache steckt«, erklärte sie mir zum zweiten Mal.

»Wir können es aber auch nicht ausschließen. Wenn Detektiv Schneider sich nun an dem Wagen zu schaffen gemacht hat?«

Emmchen seufzte. »Das wäre kriminell. Glaub mir, so etwas macht der Mann nicht. Damit stünde seine Existenz auf dem Spiel.«

»Aber wer war es dann?«

Schweigen im Esszimmer.

Nur das Geschirr klapperte.

Meine erste Anlaufstelle an diesem Freitagmorgen war die Redaktion des *Moersener Tagblattes*. Majas altes Fahrrad aus frauenbewegten Zeiten kam nun zum Einsatz. Emmchen hatte einen Leihwagen in Aussicht gestellt für den Fall, dass der Wagen meiner Mutter in absehbarer Zeit nicht zu gebrauchen war. Solange musste ich mich behelfen.

Jürgen war in Eile. »Ich muss um elf zu einer Pressekonferenz in Heimelsburg sein.«

»Heimelsburg? Wegen Majas Unfall?«

Er schaute mich verständnislos an. »Nein, wegen der Erweiterung der Beratungsstelle.«

Ich ließ mich auf den Stuhl neben seinem Schreibtisch fallen. »Also, im Telegrammstil: Finde heraus, was an dem Wagen meiner Mutter defekt war. Die Bremsen funktionierten nicht.«

Er packte seinen Laptop ein. »Du spinnst. Warum soll ich das herausfinden? Das ist Sache der Versicherung. Oder der Polizei.«

»Glaubst du, Porksen steckt dahinter?«

»Woher soll ich das wissen?«

Ich sah ihn verzweifelt an. »Mensch, Jürgen, ich bin völlig fertig! Irgendjemand hat es auf mich abgesehen, und ich weiß nicht, wer! Vor allem kann ich nichts beweisen! Wer weiß, was als Nächstes passiert!« Ich überlegte, ein Schluchzen abzusondern, um meine Worte zu bekräftigen.

Hör auf, das Weibchen zu spielen, Kiki. Werde endlich erwachsen.

Jürgen Spieß hielt für einen Moment inne. Dann legte er die Ersatzbatterien obenauf in die Laptop-Tasche und zog den Reißverschluss zu. »Okay, Kiki. Ich verstehe dein Problem. Trotzdem muss ich jetzt los. Lass uns zusammen Mittag essen. Um eins in der Pizzeria am Markt, ja?«, sagte er in einem Ton, als erklärte er seinem Sohn die Mathematik-Hausaufgaben.

Ich nickte ergeben.

Eine halbe Stunde später stand ich wieder vor dem Reihenhaus der Wohngruppe ›Brüder der Liebe‹. Dieses Mal öffnete Markus Meier persönlich die Tür. Es überraschte mich nicht, dass er am helllichten Mittag zu Hause war. Er war eben ein hauptberuflicher Kader dieser Kirche. Wozu dann noch einen Beruf ausüben?

Überraschender war, dass Pastor Andy Brown ebenfalls im Wohnzimmer saß.

»Hallo, Kiki«, begrüßte er mich unbefangen.

»Gut, dass ich dich hier treffe. Ich wollte sowieso noch mit dir sprechen«, reagierte ich geistesgegenwärtig auf die neue Situation.

Markus Meier servierte Tee und Kekse und wirkte in Gegenwart seines Oberbosses äußerst beflissen. Beinahe hätte ich den arroganten jungen Mann von vor drei Tagen nicht wiedererkannt.

»Was denkst du über den Ratsbeschluss von gestern?«, wandte ich mich an Andy Brown. Markus Meier hatte in dieser Konstellation nichts zu melden, das war klar.

»Oh, das ist schon okay. Manchmal man muss geduldig sein, bis Gottes Stunde geschlagen hat.« Er lächelte mich breit an und zeigte dabei ein gut gerichtetes Gebiss.

»Glaubst du, eure Kirche wird das Gebäude schließlich zugesprochen bekommen?«

»Oh, ich bin mir sicher. Wir beten jeden Tag darum. Steter Tropfen höhlt den Stein.«

Dieser Amerikaner kannte mehr deutsche Sprichwörter als ich.

Markus Meier saß stumm am Teetisch und hörte zu. Heute trug er zu engen Jeans ein rotes Seidenhemd. Woher hatte er so viel Geld für Kleider?

»Wo sind denn Ihre Mitbewohner?«, fragte ich ihn.

»Arbeiten«, sagte er gewohnt einsilbig.

Wie um seine Worte Lügen zu strafen, erschien in diesem Moment ein junger Mann in der Tür. Ich erkannte den stoppelhaarigen Mitbewohner, der mich vor einigen Tagen in das Haus gelassen hatte.

»Jojo, was machst du denn hier?«, fragte Andy Brown überrascht.

»Ich habe heute Spätdienst. Muss erst nachmittags zur Arbeit«, erklärte der junge Mann mürrisch. Die große Uhr über der Tür zeigte wenige Minuten vor halb zwölf an. Markus Meier schickte ihm einen kurzen Blick. Unaufgefordert entfernte Jojo sich.

»Wie viele Menschen leben hier in diesem Haus?«, wollte ich von Meier wissen.

»Zur Zeit sind es sechs, alles junge Männer zwischen neunzehn und fünfundzwanzig Jahren«, antwortete Andy Brown an seiner Stelle. »Viele von ihnen waren vorher drogenabhängig. So wie Jojo. Aber er hat sich verändert. Jetzt kennt er Jesus, und sein Herz ist bekehrt. Er hat Arbeit in eine große Tankstelle, er hat sich – wie sagt man – gut eingelebt hier, nicht, Markus?«

Markus Meier nickte.

»Und jeder der jungen Männer hat ein eigenes Zimmer? Gibt es denn so viel Platz hier?«, stellte ich mich naiv.

»Wir haben drei Schlafzimmer oben«, gab Meier widerwillig Auskunft.

»Das ist aber ungewohnt, dass mehrere erwachsene junge Männer in einem Raum schlafen.«

»Sie waren drogensüchtig. Sie sollten nicht allein sein«, erklärte der Pastor. »Es ist nicht gut, dass der Mensch allein sei!«

Tatsächlich. Er zitierte einen Bibelvers und kein Sprichwort.

»Was für eine Art von Drogentherapie machen Sie denn? Gibt es ein Methadon-Programm? Oder sonst ein Ersatzmittel?«

»O nein, nichts dergleichen. Unsere Patienten bekommen von Anfang an keine Drogen. Sie beten zu Jesus, und das hilft. Sie haben viele Gespräche. Dafür ist der Markus da, als Betreuer.«

Ich blieb skeptisch. »Das funktioniert?«

»Es funktioniert meistens, nicht immer natürlich, aber keine Therapie hat immer Erfolg.«

»Was sagen Sie eigentlich zu den Vorwürfen, die gegen Ihre Kirche erhoben werden?«

Ich sah zuerst Andy Brown an, dann Markus Meier. Meier verzog keine Miene. Brown zuckte mit den Schultern. »Das ist natürlich Unsinn. Wie sagt man? Viel Feind, viel Ehr. Es gibt Leute, die sind neidisch auf uns. Sie verfolgen uns mit ihren Lügen.«

»Der Pfarrer?«

»Ich möchte keine Namen nennen«, wich Andy Brown aus.

»Er hat aber Vorwürfe gegen Sie erhoben. Mitglieder Ihrer Gemeinde hätten die Wände am Pfarrhaus vollgeschmiert und ihn bedroht.«

Andy Brown lächelte nachsichtig: »Nun, er war erregt, als er dies sagte. Ich bin mir ziemlich sicher, dass er das nicht so meint.« Pfarrer Schiffer war für ihn keine ernst zu nehmende Konkurrenz mehr, das war offensichtlich.

Zu gerne hätte ich die Schlafzimmer besichtigt, aber mir fiel kein Vorwand ein, unter dem ich darum hätte bitten können.

Also verabschiedete ich mich.

Ein leichter Nieselregen hatte eingesetzt. Ich schob das Fahrrad vor mir her und behielt gleichzeitig im Blick, wer sich hinter mir aufhielt. Ich war derzeit nicht gerade die beliebteste Person in Moersen. Vorsicht war geboten.

Mein schweifender Blick blieb an einem Fenster hängen. Schemenhaft konnte ich neben der Gardine einen Kopf erkennen. Das Haus stand direkt dem Reihenhaus gegenüber, in dem Markus Meier mit seiner Wohngruppe residierte und das eine Zeit lang auch Tobias Schiffer beherbergt hatte.

Einundzwanzig

In der Pizzeria breitete ich das *Moersener Tagblatt* vor mir aus, während ich auf Jürgen Spieß wartete. Der Lokalteil war mit einem Bericht über die Ratssitzung aufgemacht.

»Streit um Nutzung des Fachwerkhauses«, hatte Jürgen getitelt und die Auseinandersetzung im Rat mit knappen Worten wiedergegeben.

»Gibt es Korruption im Moersener Stadtrat?«, stand als Zeile unter der Überschrift.

Wirklich interessant war jedoch Jürgens Kommentar:

»Die Vorgänge waren zwar nicht dramatisch, aber irgendwie symptomatisch. An der Nutzung eines denkmalgeschützten Fachwerkhauses entspann sich der Disput. Und bald schon zeigte sich, dass dies gewissermaßen nur der Strick war, an dem die Kuh hing. In diesem Fall die ›Kirche der Brüder der Liebe‹, eine so genannte christliche Gemeinschaft, die sich in Moersen eingenistet hat. Reichen schockierende Geschichten von Kindern und Jugendlichen nicht aus, die körperlich und seelisch misshandelt werden, wenn sie die absurden Regeln dieser Gruppe nicht einhalten? Wie lange will die öffentliche Hand dieser umstrittenen Kirche noch Zuschüsse gewähren? Aber da ist der smarte Pastor Brown, der einigen Lokalpolitikern Gefälligkeiten erweist, der Handzettel verteilt und dessen Frau am Stand der CDU Waffeln bäckt. Und der eine Vorliebe für deutsche Sprichwörter hat. ›Eine Hand wäscht die andere‹ wäre der passende Satz in diesem Fall. So muss man leider befürchten, dass die Missstände in der ›Kirche der Brüder der Liebe‹ nicht genauer untersucht werden. Schließlich hätten auch einige Moersener Stadträte dabei ihr Gesicht zu verlieren.«

Ziemlich mutig, der Herr Reporter Spieß!

Wo blieb er nur? Meine Uhr zeigte sieben nach eins an. Ich hatte die Eingangstür von meinem Platz aus gut im Blick.

Der Kellner näherte sich. »Prego«, sagte er höflich und reichte mir die Karte. Ich bestellte eine Cola light.

Der Vorhang vor der Eingangstür beulte sich aus. Doch aus dem Spalt schälte sich nicht Jürgen Spieß, sondern Regina Kempe. Martin Schiffers Geliebte. Es war das erste Mal, dass ich sie völlig allein sah.

Sie nahm mich gar nicht wahr, sondern schritt an mir vorbei und suchte sich einen Platz am Fenster. Gedankenverloren spielte sie mit der Speisekarte, die auf der rotweiß karierten Tischdecke lag. Ihr Profil war mir zugewandt. Eine gut aussehende, gepflegte Frau. Dabei war sie nicht im klassischen Sinn schön. Ihr dunkles Haar, schulterlang und mit Madonnenscheitel, lenkte davon ab, dass ihre Nase zu groß und ihr Kinn zu klein war.

Sie sah bedrückt aus.

Ich näherte mich ihrem Tisch. »Guten Tag, Frau Kempe!«, begrüßte ich sie.

»Guten Tag, äh, Frau …«

»Kerner«, half ich aus. »Darf ich mich zu Ihnen setzen?«

Sie nickte mir zu.

»Wo ist denn Jessica?«, versuchte ich Konversation zu machen. Bei der Erwähnung ihrer Tochter hellte sich ihr Gesicht ein wenig auf.

»Sie ist noch in der Schule. Nachher wird sie von einer Bekannten abgeholt.«

»Ich stelle mir das ganz schön schwierig vor, allein erziehend mit Beruf. Und dann versuchen Sie noch, politische Karriere zu machen!«

Ihr Gesicht verfinsterte sich. »Daraus wird ja nun wohl nichts. Die Partei hat sich für einen anderen entschieden. Den Kandidaten der neuen Mitte, wie man so schön sagt. Sieht aus wie Gerhard Schröder und vertritt Positionen wie Schill – pardon, Schily.« Sie lachte nervös. Ihre Finger spielten Klavier auf der laminierten Getränkekarte. »Martin ist natürlich auch aus dem Rennen«, setzte sie hinzu.

»Warum versuchen Sie es nicht bei einer anderen Partei, bei der Unabhängigen Wählerliste zum Beispiel?«

Sie sah mich an wie die Katze mit aufgeplustertem Schwanz, wenn der Nachbarhund draußen bellt. »Das meinen Sie nicht im Ernst, oder?«

So kamen wir nicht weiter. Ich musste den Stier bei den Hörnern packen. »Irgendetwas bedrückt Sie«, stellte ich fest. »Sie wissen ja, dass ich derzeit versuche, die – mhm – Ereignisse der letzten Wochen aufzuklären. Vielleicht kann ich Ihnen weiterhelfen. Oder vielleicht haben Sie noch ein Puzzlestück, das mir weiterhilft. Sie wissen ja« – ich lächelte freundlich – »ich versuche nur, ein wenig Licht in die Sache zu bringen.«

Sie sah mich prüfend an.

Der Kellner näherte sich und fragte nach ihren Wünschen.

Nachdem er wieder weg war, sagte sie: »Woher weiß ich, dass ich Ihnen vertrauen kann? Ich denke doch, Sie stehen auf der anderen Seite. Sie sind mit Emmchen und Karen befreundet.«

Ich schüttelte den Kopf, während sie ihren Chianti in Empfang nahm. »Sie verkennen die Fronten. Nicht Karen steht auf der anderen Seite, sondern die selbstherrlichen Moersener Männer. Die engstirnigen Kleinbürger und Politiker«, erklärte ich.

Sie nickte. »Da ist was dran.«

Wieder beulte sich der schwere Vorhang an der Eingangstür aus. Dieses Mal betrat Jürgen den Raum.

Einfühlsam ging er an uns vorbei und suchte sich einen Tisch möglichst weit entfernt. Regina Kempe beachtete ihn nicht. Ich gab ihm ein Zeichen, er nickte.

»Wahrscheinlich hilft Ihnen meine Information auch nicht weiter.«

»Vielleicht nicht«, räumte ich ein. »Aber vielleicht doch. Und was haben Sie schon zu verlieren? Warum wollen Sie Ihre Parteigenossen schützen, die Sie so schmählich im Stich gelassen haben?«

Sie nickte wieder. »Das ist alles dumm gelaufen. Martin und ich hatten so sehr gehofft, dass er als Kandidat gewählt wird. Damit wir noch einmal neu anfangen können. Einen Schlussstrich unter sein Gemeindepfarramt ziehen können.«

»Moment«, hakte ich nach. »Das heißt, Sie wollten Ihre Kandidatur sowieso zurückziehen?«

»Ja.«

»Aber warum?« Ein schneller Blick zur Seite, und ich musste nicht weiterfragen. Frauen emanzipieren sich, so weit die Männer das zulassen. Karen Tiebel-Schiffer war das warnende Beispiel. Was war nur aus der guten alten Frauenbewegung geworden?

»Sie wollten gerne als Paar zusammen neu anfangen«, fasste ich zusammen, »obwohl Martin ja als Abgeordneter für den Moersener Landkreis kandidiert hat und deshalb weiter vor Ort gearbeitet hätte. Aber daraus wird ohnehin nichts. Sie werden von den Genossen gemobbt.«

»Sozusagen.«

Ich zählte innerlich bis zehn. Warum ließ sie sich so sehr bitten?

Sie sah mich mit einem abschätzenden Blick an. Und dann redete sie endlich.

Eine halbe Stunde später saßen Jürgen und ich vor fast leer gegessenen Tellern und tauschten uns über Kleinstadtpolitik à la Moersener Land aus.

»Ein Koffer voller Geld an den Bauausschuss«, schlug ich vor.

Jürgen schüttelte den Kopf. »So läuft Korruption vielleicht auf Bundesebene, aber nicht lokal. Auch nicht mit einer herrenlosen Million auf dem Konto.«

Ich legte das Besteck auf den Teller und schob ihn weit von mir.

»Noch eine Cola light, bitte«, rief ich dem Kellner zu. Dann wieder zu Jürgen: »Wie läuft es denn?«

Jürgen trank sein Glas aus, schob seinen Pasta-Teller zur Seite und setzte das Glas direkt vor seiner Brust auf. »Angenommen, jemand – nennen wir ihn A – hat ein Projekt in der Stadt und möchte dafür etwas erreichen«, begann Jürgen und hob das Glas leicht an. »Dann könnte A direkt für sein Anliegen werben. Geschickter ist es allerdings, wenn A zu B geht« – er zog das Glas zu seinem Pasta-Teller mit den Speiseresten – »und sich bei B nützlich macht. Also in seinem Verein oder in seiner Partei mitmischt, Handlangerdienste versieht, Mitglied wird, in den Vorstand geht, was weiß ich.« Jürgen zog seine Serviette vom Schoß und legte sie ebenfalls auf den Tisch. »Wenn A allerdings ganz sichergehen will, wendet er sich auch noch an C. Zwei Möglichkeiten: A macht sich bei C ebenfalls beliebt, oder er spielt B und C gegeneinander aus.«

Ich kapierte. »Und für welche Möglichkeit hat sich Andy Brown entschieden?«

Jürgen grinste. »Dreimal darfst du raten.«

Ich musste nicht lange überlegen. »Für die erste Variante. Die CDU hat er geködert, indem er Flugblätter und Werbematerial verteilt hat. Seine Frau hat Kaffee am Stand gekocht. Und bei der SPD hat er sich eingeschmeichelt, indem er einen SPD-Stadtrat in den Beirat seiner Kinderwohngruppe berufen hat. Da konnte die SPD schlecht sagen, die Praktiken dieser Kirche müssten genauer untersucht werden. Das hätte ja bedeutet, dass die Partei einem der eigenen Ratsmitglieder misstraut. So hat er also die große Koalition hinter sich gekriegt.«

»Eins plus in Moersener Politik«, sagte Jürgen sotto voce und lehnte sich zurück. »Wie hast du das alles so schnell herausgefunden?«

Ich lächelte fein. »Das mit der SPD im Beirat hat Regina Kempe mir gerade erzählt«, meinte ich und wies zu ihrem Tisch, an dem Pfarrer Martin Schiffer sich mittlerweile ebenfalls niedergelassen hatte. »Übrigens, du hast Soße im Bart.«

»Oh, pardon.« Jürgen wischte sich mit der Serviette durch das Haargekräusel im unteren Gesichtsteil. »So besser?«

Ich nickte. »Kann es sein, dass der Stadtrat so unkritisch gegenüber der Kirche der Brüder der Liebe ist, weil Andy Brown seine Indoktrination als soziales Engagement verkauft?«

»Klar. Und man kennt in Moersen das Wort Fundamentalismus allenfalls im Zusammenhang mit dem Islam. Außerdem geht es um Arbeitsplätze. Zumindest bei dem Club für die Kinder und Jugendlichen, der in das denkmalgeschützte Haus einziehen soll. Vorgesehen sind drei ABM-Kräfte und zwei Teilzeitstellen.«

»Woher hat diese Mini-Kirche nur so viel Geld?«

Jürgen zuckte mit den Schultern. »Dass die Firma Porksen sie unterstützt, habe ich dir ja schon erzählt. Außerdem gibt es da einige wohlhabende Geschäftsleute in den USA. Angeblich welche aus der ganz rechten Ecke.

Sie sind für die Todesstrafe und gegen die Abtreibung. Und natürlich gegen die Gleichberechtigung der Frauen. Ein guter Teil des Geldes kommt von den Gemeindegliedern selbst. Sie sollen den Zehnten spenden. Den zehnten Teil des Bruttoeinkommens, wohlgemerkt. Da kommt ganz schön etwas zusammen.«

»Die Gemeindeglieder sind Jugendliche!«

»Nicht nur. Und unterschätz nicht, wie viel Geld manche der jungen Leute haben. Von den Eltern, durch Jobs, von den Großeltern.«

Ich knüllte meine Serviette auf den leeren Teller. »Pech. Und was machen wir nun?«

»Ehrlich gesagt hatte ich kaum zu glauben gewagt, dass wir die Brüder der Liebe in der Stadtratssitzung ausheben. Aber die zündende Idee habe ich jetzt auch nicht.«

»Eigentlich sollte ich ja den Unfall an Tobias recherchieren.«

Jürgen winkte den Kellner heran. »Zahlen, bitte!« Dann wieder zu mir: »Hast du schon irgendeine heiße Spur?«

»Mehrere. Dein Cousin Heinz Spieß erinnert sich allmählich, dass er Geschäfte mit Tobias geplant hatte. Angeblich ein Programmierauftrag, aber ich glaube, die Sache war ein wenig komplizierter. Außerdem führen die Recherchen immer wieder zu den Bremsspuren. Und deshalb muss ich jetzt zu der Werkstatt, in der das Autowrack meiner Mutter steht. Fährst du mich hin?«

Jürgen tippte sich an die Stirn. »Wie käme ich dazu? Ich habe noch anderes zu tun, schließlich habe ich einen Beruf. Außerdem, wo ist denn dein Chauffeur?«

Ich schaute deprimiert in das leere Colaglas. »Mark? Abgereist.«

»Na denn.« Er erhob sich.

Draußen schien die Sonne. Und so kam Majas lila Fahrrad wieder zum Einsatz.

Zweiundzwanzig

Der Jüngling im Blaumann betrachtete seine ölverschmierten Hände. »Das sieht nicht gut aus, Mann. Das sieht gar nicht gut aus. Baujahr 96. Die Reparatur kostet mindestens 6000 Euro. Totalschaden, würde ich sagen.«

Ich betrachtete die eingebeulte Kühlerhaube und die verschrammte Beifahrerseite des aufgebockten Wagens. Bye-bye, mein Kleiner. »Tja, dann muss wohl die Kaskoversicherung den Restwert zahlen. Am besten, Sie setzen sich mit der Versicherung in Verbindung. Die wollen doch bestimmt ein Gutachten sehen oder so etwas.«

»Das macht da vorne die Annahmestelle, die Frau vom Chef.« Er wies mit dem Kinn auf die große Glasscheibe, hinter der sich die neuesten Automodelle in Metallic und Lack gegenseitig überstrahlten. In der Ecke, kaum zu sehen, befand sich das Büro.

»Ich habe noch eine Frage an Sie«, informierte ich ihn.

»Ja?«

»Haben Sie auch das Innere des Wagens untersucht oder nur das Blech?«

Er gönnte dem Unterboden einen Blick von schräg unten. »Wenn da man nicht die Spur verzogen wär, das tät mich schwer wundern«, stellte er fest.

»Und die Bremsen?«

Er kratzte sich den Scheitel. Das Öl hinterließ seine Spuren auf dem feinen Blondhaar. »Was soll schon mit den Bremsen sein?«, meinte er dann.

»Wahrscheinlich waren sie defekt, und das war die Unfallursache«, rückte ich mit meiner Vermutung heraus.

»Da soll man dann aber nicht mit fahren.«

»Ja, danke«, sagte ich sarkastisch. Die Ironie prallte an ihm ab. »Könnten Sie herausfinden, ob die Bremsen defekt waren?«, fragte ich und lächelte ihn an. Schließlich wollte ich etwas von ihm.

»Kostet fünfzig Euro die Stunde«, meinte er lakonisch.

»Hören Sie. Möglicherweise hat jemand etwas mit den Bremsen angestellt. Das würde die Polizei auch interessieren.«

»Dann soll die Polizei selbst kommen«, sagte er stur.

»Das möchte ich gerne mit Ihrem Chef besprechen«, kündigte ich an. »Schließlich ist meine Mutter eine gute Kundin von Ihnen.«

Es bedurfte einiger Verhandlungen mit der Frau des Chefs, mit dem Chef der Autowerkstatt selbst und mit der Versicherung, bis wir uns geeinigt hatten. Die Bremsen sollten untersucht werden, ohne dass meiner Mutter zusätzliche Kosten entstanden. Aus Kulanz, versicherte der Chef.

»Das kann aber dauern«, sagte der Mechaniker im Blaumann und nickte melancholisch. Ich verstand. Bevor ich ging, drückte ich ihm zwanzig Euro in die Hand und sagte: »Ich brauche die Nachricht ganz schnell.«

»Bis Montag?«, schlug er vor.

»Bis Samstag. Also bis morgen«, sagte ich und schob noch einmal zehn Euro hinterher.

Nachdem die Frau des Chefs eingesehen hatte, dass

ich derzeit am Erwerb eines Neuwagens nicht interessiert war, ließ ich mir die Schlüssel für einen Leihwagen aushändigen. Emmchen hatte mir einen Blankoscheck überreicht. Die Versicherung zahlte den Mietwagen nicht. »Woher hast du eigentlich das ganze Geld?«, hatte ich sie einmal gefragt, nachdem sie eine teure Bestellung beim Italiener aufgegeben hatte. »Ich habe mein ganzes Erwerbsleben gearbeitet. Als Lehrerin«, fügte sie hinzu. Dann lächelte sie wieder auf ihre schelmische Art: »Und ein bisschen habe ich auch geerbt.«

Ich klingelte bei Meisenroth. Hinter der Spitzengardine im ersten Stock verschwand der Lockenkopf einer alten Dame. Kurze Zeit später ertönte eine misstrauische Stimme durch die Gegensprechanlage: »Wer ist da?«
»Kerner«, sagte ich.
»Wer ist da?«, wiederholte die Stimme.
»Ich komme vom *Moersener Tagblatt*. Von der Zeitung«, log ich.
Endlich ertönte der Türsummer.
Ich lief die Steintreppe hinauf. Die Wohnungstür war gerade so weit geöffnet, wie die vorgelegte Kette es erlaubte. Ein Kopf mit faltigem Gesicht und einer Perücke wurde dahinter sichtbar.
»Kerner. Vom *Moersener Tagblatt*«, wiederholte ich.
»Können Sie sich ausweisen?«
Ich zog meinen Personalausweis heraus und hielt ihn an den Spalt. Frau Meisenroth schien das zu reichen. Sie klinkte die Kette aus und öffnete die Wohnungstür.
Eine grau getigerte Katze kam aus dem Zimmer und rieb sich an den stützbestrumpften Beinen der alten Dame. Mühsam arbeitete sie sich mit dem Stock zum Wohnzimmer vor. Ich folgte ihr.
Der gestreifte Teppich war verblichen, aber wenig ab-

genutzt. Alles war peinlich sauber, wenn auch die braunen Möbel schon bessere Zeiten gesehen hatten. Ich nahm auf dem bräunlichen Plüschsofa Platz, wahrscheinlich der erste Gast seit Menschengedenken. Vor dem Fenster stand ein Tischchen, davor ein Lehnstuhl mit Häkeldecke. Auf dem Tischchen lag ein Fernglas. Frau Meisenroths Beobachtungsstand.

»Da haben Sie eine schöne Aussicht vom Fenster aus, Frau Meisenroth«, begann ich das Gespräch.

»Ja, ja«, sagte sie, »ich habe ja sonst nichts zu tun.«

»Kommen viele Leute vorbei?«

»Nein, nicht sehr viele. Meistens ist es ruhig.«

»Und bei dem Haus direkt gegenüber? Da wohnen doch so viele Menschen, junge Männer, da kommt doch sicher öfter Besuch?«

»Ja, ja, da kommen manchmal schon Leute«, bestätigte Frau Meisenroth.

Ich zog ein Foto aus der Tasche. »Kennen Sie den jungen Mann hier auf dem Bild?«, wollte ich wissen.

Frau Meisenroth tastete nach ihrer Brille. Nachdem sie sie aufgesetzt hatte, nahm sie Tobias' Konterfei in Augenschein. »Ja, der war auch da«, stellte sie fest. »Das war ein ganz Netter, so ein Feiner. Der hat für mich eingekauft, ein paar Mal.« Dann, nach einer Weile: »Aber der kommt nicht mehr. Den habe ich lange nicht mehr gesehen.«

»Wissen Sie noch, wann Sie ihn zuletzt gesehen haben?«

Sie überlegte. »Das ist schon etwas her. Ein paar Wochen. Im Winter, als Schnee lag.«

»Im Januar, kurz nach Weihnachten?«

»Das muss später gewesen sein. Im Februar. Dann kam er lange nicht mehr.« Plötzlich erhellte sich ihr Gesicht. »Aber dann war er doch noch einmal da. Das ist noch gar nicht so lange her. An einem Nachmittag. Ich dachte noch, der vergisst mich bestimmt. Aber dann hat er bei mir geklingelt und gefragt, wie geht es Ihnen, Frau Meisenroth? Ja, das war so ein ganz Feiner, war das.«

Ich hielt den Atem an. »Wann war das genau?«

»Vielleicht vor zwei Wochen, vielleicht vor drei, ich weiß nicht genau.«

Also hatte Tobias kurz vor seinem Tod noch Kontakt zur Kirche der Brüder der Liebe gehabt. Zumindest war er in ihrer Wohngruppe aufgekreuzt. Bisher war ich vom Gegenteil ausgegangen.

»Um welche Tageszeit ist er damals gekommen?«

»Ich weiß nicht. Es war schon dunkel, oder nein, es wurde gerade dunkel. Die Schwester war schon gekommen, sie hat mir eine Spritze gegeben. Also muss es nach fünf gewesen sein.«

Ich sah sie fragend an: »Spritze?«

»Wissen Sie, ich habe Zucker, da kommt immer die Schwester und spritzt mir was. Da.« Sie zeigte auf ihren Oberschenkel. Die Katze sprang auf ihren Schoß und tretelte mit den Pfötchen gegen ihre Brust. »Sonst kommt niemand«, fügte Frau Meisenroth traurig hinzu.

»Deswegen sitzen Sie immer am Fenster und schauen hinaus«, ergänzte ich.

»Ja, sonst bekomme ich ja gar nichts mehr mit.«

»Schauen Sie abends auch aus dem Fenster?«

»Abends nicht. Ich gehe früh zu Bett, seit mein Mann gestorben ist.«

»Ist Ihnen denn noch etwas aufgefallen am Haus gegenüber? Irgendwelche Autos oder sonst etwas Besonderes?«

Die alte Frau streichelte den Kopf der Katze. Das Tier schnurrte und stupste mit der Nase ihren Handrücken. »Seitdem bin ich so allein.«

Offensichtlich bezog sie sich auf den Tod ihres Mannes. Mir tat sie Leid. »Haben Sie denn sonst niemanden, keine Nachbarin, die sich um Sie kümmert? Oder haben Sie Kinder?«

»Eine Tochter.« Sie senkte den Kopf. »Sie wohnt weit weg und hat selbst zwei Kinder. Da kann sie nicht so oft kommen«, fügte sie fast unhörbar hinzu. »Und der junge Mann kommt auch nicht mehr.«

Ich musste es ihr sagen. »Der junge Mann, Tobias, wird niemals mehr kommen. Er hat einen Unfall gehabt. Er ist tot.«

Frau Meisenroth schaute mich erschrocken an, für einen Moment abgelenkt von ihrem eigenen Elend. »So ein junger Mensch. Das ist ja furchtbar.«

»Ja, das ist wirklich furchtbar.« Bevor sie wieder anfangen konnte zu klagen, setzte ich nach: »Haben Sie auch die Autos beobachtet, die vor dem Haus halten?«

»Ach, wissen Sie, mit Autos kenne ich mich nicht aus.«

»Ob es große waren oder kleine? Oder die Farbe, können Sie sich erinnern?«

Sie zögerte. »Ein- oder zweimal war ein großes da, so ein großes, dunkles. Das ist mir aufgefallen. Die jungen Männer haben ja mehr so kleine Autos, so bunte.«

»Können Sie sich erinnern, wann das war?«, setzte ich nach.

»Ich weiß nicht. Noch nicht so lange her.«

»Nachdem Sie Tobias das letzte Mal gesehen haben?«

Sie sah mich verständnislos an.

»Vor zwei Wochen, vor vier Wochen, vor sechs Wochen?«

»Sechs Wochen. Zwei Monate. Ich weiß nicht.« Sie sah mich hilflos an. Die Katze sprang von ihrem Schoß.

Ich bedankte mich für die Auskünfte und erhob mich.

»Vielen Dank für Ihren Besuch. Kommen Sie doch bald wieder. Ich bin immer so alleine«, bat Frau Meisenroth.

Mit schlechtem Gewissen verabschiedete ich mich und beschloss, den Folgebesuch an Martin Schiffer zu delegieren. Schließlich war er Pfarrer und sollte sich um alte Leute kümmern.

Dreiundzwanzig

Unter der Schwelle der Wohnungstür quollen Saxophontöne hervor. Emmchen übte. Ich drehte den Schlüssel herum und betrat den Flur. Miles erhob sich und begrüßte mich schwanzwedelnd. Emmchen war so mit ihrer Musik beschäftigt, dass sie mich erst nach mehrmaligem Räuspern wahrnahm.

Dann setzte sie das Instrument auf den dafür vorgesehenen Ständer. »Hallo!«

Ich nahm an dem großen Ecktisch Platz. »Puh, bin ich erschossen.«

Emmchen schmunzelte. »Hast du denn etwas erreicht?«

»Ich denke schon.« Und dann erzählte ich ihr von meinen Recherchen. »Tobias scheint bis zum Schluss mit der Kirche der Brüder der Liebe in Kontakt gewesen zu sein. Möglicherweise gibt es von dort noch mehr Querverbindungen zu den Moersener Honoratioren, als wir bisher angenommen haben. Zumindest stand kürzlich ein Wagen vor der Tür, dessen Beschreibung auf den von Detektiv Schneider passt.«

»Vielleicht hilft dir das auch noch weiter.« Emmchen wies auf einen Ordner, der am entgegengesetzten Ende des Tisches lag. »Karen und Martin lösen gerade Tobias' Wohnung auf, und das haben sie gefunden. Karen sagte, du solltest die Unterlagen durchschauen und ihr Bescheid sagen, wenn du etwas Wichtiges findest. Ihr selbst fällt es zu schwer.«

Emmchen nahm das Instrument wieder aus dem Ständer und setzte das Mundstück an die Lippen.

Ich legte die Beine hoch und begann zu blättern.

Der Ordner war so chaotisch, als hätte ich selbst ihn angelegt. Hinter dem Mietvertrag befand sich die Rechnung der Auto-Haftpflichtversicherung. Informationen einer Bausparkasse, Telefonrechnungen, Garantiebescheinigungen, alles ohne erkennbares System abgeheftet. Ich durchforstete den Blätterwald.

Weiter hinten stieß ich auf einen Computerausdruck mit dem Briefkopf der Baufirma Spieß. Es handelte sich offensichtlich um einen Vertrag zwischen Spieß und Tobias Schiffer. Um welchen Gegenstand es dabei ging, war nicht aufgeführt. Die Summe belief sich jedoch auf deutlich mehr als die 500 Euro, die Heinz Spieß angegeben hatte. 2000 Euro Anzahlung, 1000 Euro Spesen und 5000 Euro bei erfülltem Auftrag waren eingetragen. Die Anzahlung und die Spesen waren quittiert, der Rest noch offen.

Juniorchef Spieß hatte unterschrieben, daneben Tobias. Merkwürdig genug, befand sich die Unterschrift von Porksen ebenfalls auf dem Papier.

Ganz offensichtlich ging es bei diesem Vertrag nicht um einen Programmierauftrag.

Ich entnahm das Blatt dem Ordner. Dahinter fand ich eine Seite, auf der Namen, Adressen und Telefonnummern aufgelistet waren. Einige der Namen endeten auf

-ow, waren also offensichtlich osteuropäischer Herkunft. Auch dieses Blatt wanderte zu meinen Unterlagen. Eine Sache, der ich wohl würde nachgehen müssen.

Emmchen übte Glissandi, mal schneller, mal langsamer. Dann improvisierte sie in den hohen Tönen.

»Musst du heute Abend wieder im Club spielen?«, wollte ich wissen.

Sie nahm das Saxophon von den Lippen.

»Nee, heute Abend nicht. Nächste Woche.« Nach dieser knappen Antwort blies sie wieder in das Instrument. Da mich ihre Übungen nervten, verzog ich mich mit dem Ordner in mein Gästezimmer.

Draußen dämmerte es. Im Abendrot färbten sich die Wolkenränder in den abenteuerlichsten Rottönen. In den Häusern der Moersener Altstadt gingen nach und nach die Lichter an.

Ich schloss die Augen und speicherte den Anblick. In Berlin würde ich ihn vermissen. Dort eroberten zur blauen Stunde Schatten die Häuserschluchten. In der Stadtmitte wurde die Dämmerung durch den Smog vernebelt.

Es kratzte an der Tür. Kater Romeo begehrte Einlass.

Ich schaltete den Laptop an, während der Kater es sich auf meinem Schoß bequem machte. Welche Geschäfte hatte Tobias nun wirklich gemacht? Ob dieser Vertrag endlich der Schlüssel war, der zur Aufklärung des tödlichen Unfalls führte? Aber wie sollte ich das herausfinden? Weder Heinz Spieß noch Porksen würden mir freiwillig die Wahrheit sagen. Schließlich hatten sie mich oft genug belogen. Und Tobias' Kumpel Sascha versank im Mauseloch, wenn er mich nur von weitem sah.

Wer hatte einen engen Kontakt zu Tobias gehabt in seinen letzten drei Lebenswochen? Aus dem Pfarrhaus und aus der Wohngruppe der Brown-Kirche war Tobias in eine eigene Wohnung gezogen. Ruth und Tobias hatten sich getrennt. Sascha behauptete ebenfalls, ihre Freundschaft sei nicht eng gewesen. Die Baufirma hatte Tobias gefeuert. Entweder Tobias war sehr einsam gewesen, oder er hatte Leute kennen gelernt, von denen ich nichts wusste. Oder meine Kontaktpersonen hatten mich belogen. Es wäre ja nicht das erste Mal gewesen.

Emmchen übte jetzt in den tiefen Lagen. Durch die angelehnte Tür klangen die Töne angenehm gedämpft und irgendwie beruhigend.

Ich tippte meine Erkenntnisse ein. Romeo fand das ganz toll und wollte auch mal. »Runter, du elendes Miststück«, fluchte ich und jagte den Kater von meinem Schoß. Beleidigt verzog er sich in die Ecke.

Tobias, wer warst du? Ich starrte auf die Altstadtdächer, als könnte ich auf ihnen die Antwort lesen. Jeder zeichnete ein anderes Bild. Warst du der liebe Junge, der für alte, einsame Damen einkaufte? Der verkorkste Pfarrerssohn, der sich nicht von seinem Übervater abnabeln konnte und verzweifelte, als er merkte, dass der auch nur ein Mensch war? Der Asket, der auf Sex verzichtete? Oder der Heuchler, der es heimlich machte? Der verantwortungsvolle Jugendliche, der niemals zu schnell Auto fuhr?

Emmchen intonierte eine bekannte Melodie: »Der Mond ist aufgegangen«. Leicht verjazzt schwebten die Klänge durch die Wohnung. Am Himmel war ein zunehmender Mond zu sehen. Ich würde nur noch wenige Tage in Moersen bleiben können. Beim nächsten Vollmond würde ich wieder in Berlin sein, in meiner kleinen, schnuckeligen Single-Wohnung.

Lustlos starrte ich auf den Bildschirm.

War Tobias vielleicht doch schwul gewesen, im Gegensatz zu dem, was Susanne gesagt hatte? Tobias sollte sich in seinen letzten Lebenswochen verändert haben.

Was hatte die Veränderung ausgelöst? Die Ehekrise der Eltern? Wie hatte sie sich ausgewirkt? Hatte Tobias einen Weg zu mehr Selbständigkeit gefunden, weg von Pfarrer-Vater und Sekte? Und hatte er damit einen Schritt zum Erwachsenwerden gemacht? Oder war er im Gegenteil an der Krise innerlich zerbrochen und hatte die Orientierung verloren?

Beides erschien möglich nach allem, was ich erfahren hatte.

Wen soll ich fragen?, schrieb ich groß auf den Bildschirm.

Hinter mir nahm ich eine Bewegung wahr. Ich erschrak und drehte mich um. Maja war leise zur Tür hereingekommen und stand hinter mir.

»Tobias war bei uns in Behandlung«, sagte sie leise. Ich schaute in ihr bleiches Gesicht. Die letzten Wochen waren für sie auch nicht einfach gewesen.

»Bei euch? Was meinst du damit?«

»Bei uns in der Beratungsstelle.«

»Hatte er Drogenprobleme? Alkohol vielleicht? Das würde den Autounfall in einem anderen Licht erscheinen lassen.« Doch ein Unglück und kein Verbrechen?

Sie schüttelte den Kopf. »Nichts dergleichen. Wir haben auch eine Abteilung für Ehe-, Familien- und Lebensberatung. Da war er ein paarmal.«

Ich sah sie müde an. »Warum sagst du mir das erst jetzt?«

»Wir stehen unter Schweigepflicht. Ich darf über meine Arbeit nicht reden.«

»Und warum tust du es dann jetzt?«

»Weil Tobias tot ist. Und weil es wichtig zu sein scheint in diesem Fall. Der Leiter der Beratungsstelle hat es mir gestattet. Aber du sollst selbst mit ihm reden, lässt er dir ausrichten. Ich gebe dir seine Telefonnummer.«

»Ist gut, danke.«

Sie hockte sich neben den Kater und streichelte das Tier, das prompt anfing zu schnurren. »Komm, Romeo«, sagte sie dann und verließ mit ihm den Raum. Die Spannungen zwischen uns waren wieder deutlich spürbar. Hoffentlich war nach meinem Aufenthalt in Moersen nicht unsere Freundschaft kaputt.

Emmchen besang mit ihrem Saxophon weiter den Mond. Ich summte leise mit. »Wir spinnen Luftgespinste und suchen viele Künste und kommen weiter von dem Ziel.«

Vierundzwanzig

»Emam«, sagte die mürrische Stimme am Telefon. Oder so ähnlich. Ein ausländischer Mitbürger? Solche kannte ich in Moersen nicht. Außerdem war es Samstagmorgen vor dem Aufstehen. Keine gute Zeit für Anrufe. Erst recht nicht für Scherzanrufe.

»Wer bitte?«, murmelte ich müde.

»Klempmann. Werkstatt Hausert. Sie wollten wissen, was an dem Peugeot 106 kaputt ist.«

»Ach ja, natürlich.« Der Blaumann-Mechaniker.

»Die Bremsen sind defekt. Die Bremsflüssigkeit ist ausgetreten. Ursache unbekannt.«

Es klang ziemlich endgültig, so, als wollte der junge Mann im nächsten Moment den Hörer auflegen.

So hatten wir nicht gewettet. Für dreißig Euro sollten es schon ein oder zwei Auskünfte mehr sein. »Halt, halt.

Heißt das, die Bremsflüssigkeit ist während des Unfalls ausgetreten? Oder davor?«

»Woher soll ich das wissen.«

»Könnte die ausgelaufene Bremsflüssigkeit die Unfallursache sein?«

»Kann schon sein.«

Wirklich nicht sehr gesprächig, der junge Mann.

»Ist das von selbst passiert? Oder hat jemand nachgeholfen?«

»Keine Ahnung.«

»Aber es ist nicht auszuschließen, dass jemand nachgeholfen hat? Und muss man dazu an den Motor heran?«

»Ist nicht nötig. Das geht von außen. Unter dem Auto.«

Tatsächlich. Er hatte drei ganze Sätze gesprochen. Wenn auch nur kurze.

»Macht sich der Defekt sofort bemerkbar? Oder kann es etwas länger dauern, bis die Bremse ausfällt?«

»Kommt drauf an.«

»Wo drauf?«

»Wie viel man fährt.«

Haha. Humor hatte der junge Mann offensichtlich auch.

»Also lassen sich damit zwanzig oder dreißig Kilometer ohne weiteres fahren?«

»Kann schon sein.«

Eine Stimme im Hintergrund. »Die Frau vom Chef ruft.«

Ende des Gesprächs.

Maja und ich erstatteten Anzeige gegen unbekannt. Maja schilderte den Unfallhergang. Der Beamte in der Polizeiwache war freundlich und hilfsbereit. Er machte uns allerdings wenig Hoffnungen auf einen Ermittlungserfolg. Er fragte, wo wir den Wagen in der fraglichen Zeit hatten stehen lassen. Mit der Auskunft »überall und nirgends« konnte er begreiflicherweise wenig anfangen. Als er dann noch hörte, dass ein kleines Loch in der Bremsleitung, von außen gebohrt, große Folgen haben kann – ähnlich wie bei einem Kondom –, seufzte er entmutigt auf. Ich versuchte, ihn für den Unfall von Tobias zu interessieren, aber auch da war die Beweislage unbefriedigend. »Es hat nicht einmal eine Obduktion gegeben«, sagte der Polizist unglücklich. Schließlich füllte er umständlich ein Formular aus und versprach, die Angelegenheit an die Kriminalpolizei weiterzuleiten. Diese Feststellung besiegelte er mit einem kräftigen Schluck aus der Kaffeetasse. Uns bot er keinen an. Ich schielte neidisch auf die Glaskanne, in der der Kaffee auf der Warmhalteplatte vor sich hin köchelte. Zum Frühstück hatte die Zeit nicht mehr gereicht.

Erst als ich von der Begegnung mit Detektiv Schneider und seiner kaum verhohlenen Drohung berichtete, übermittelt zusammen mit dem Scheck, klärte sich das Gesicht des Beamten wieder auf. »Ja, das ist natürlich etwas anderes. Da hätten wir ja einen Anhaltspunkt«, sagte er. Als ich ihm von meiner Vermutung erzählte, dass Porksen dahinter steckte, schaute er nachdenklich. »Sie erheben da einen Vorwurf gegen einen ehrbaren Bürger. Gegen einen Stadtrat und alteingesessenen Moersener ...«

Maja unterzeichnete das altpapierne Formblatt. »Ich würde Ihnen ja gerne helfen«, sagte der nette Mann noch einmal und strich sich über den Scheitel. »Aber ich kann nichts versprechen. Wenn Sie wüssten, wie viel wir hier zu tun haben. Gewaltdelikte, immer mehr Eigentumsdelikte ...«

Ich richtete mich zu meiner vollen Größe auf. »Wissen Sie, ich laufe mir seit einer Woche hier in Moersen die Hacken ab. Ich bin mir fast sicher, dass wir es mit einem Mord zu tun haben. Und mit einem Mordversuch. Es gibt inzwischen mehr als genug Indizien. Zweimal kurz hintereinander defekte Bremsanlagen. Einmal mit tödlichem Ausgang. Zufall? Weiter gibt es Hinweise auf Korruption im Stadtrat im Zusammenhang mit einer Gruppierung, zu der Tobias Schiffer kurz vor seinem Tod engen Kontakt hatte. Der Vater des Verstorbenen, Pfarrer Schiffer, hatte zumindest einen Feind im Ort. Porksen, der nur auf eine Gelegenheit gewartet hat, ihm zu schaden. Es gab eine Drohung gegen mich. Es war allgemein bekannt, dass ich die Sache mit dem Unfall recherchiere. Und ausgerechnet an dem Auto, das ich normalerweise gefahren bin, waren kurze Zeit später die Bremsleitungen angebohrt. Ein Wunder, dass ich noch lebe! Und alle tun so, als wäre nichts. Als hätten sich da nur die unglückseligen Zufälle gehäuft!« Ich wurde laut. »Spinne ich denn, oder spinnen die anderen?«

Er seufzte wieder. »Ich verstehe Sie ja. Aber sehen Sie, die Beweislage ist nicht eindeutig. Wenn es ohne jeden Zweifel eine Gewalttat gewesen wäre, der junge Mann wäre erschlagen oder erstochen worden, aber so ... Oder wenn Ihnen oder Ihrer Freundin tatsächlich etwas passiert wäre. Dann könnten wir aktiv werden. Aber so ...«

»Die Hälfte aller Mordfälle bleibt laut Statistik unerkannt. Weil es nicht eindeutig ist«, argumentierte ich.

Er hob in einer hilflosen Geste die Hände.

»Der Mörder läuft immer noch frei herum«, sagte ich düster. »Eine tickende Bombe. Es ist nur eine Frage der Zeit, bis er wieder zuschlägt.«

Wir gingen.

An schlechten Tagen, also einem wie heute, fing ich selbst an zu glauben, dass ich Halluzinationen hatte. Was hatte ich an Fakten in der Hand? Ein bisschen Dreck aufgewirbelt hatte ich, ja, aber wo war der Beweis, dass es sich tatsächlich um einen Mord handelte? Wenn jetzt nicht noch Kommissar Zufall half, dann konnte ich die Sache ad acta legen und zurück nach Berlin fahren. In meine leere Wohnung.

Die nächste Enttäuschung ließ nicht lange auf sich warten. Majas Chef in der Lebensberatung verkörperte das Klischee eines Sozialwissenschaftlers. Nach einem zwanzigminütigen Telefonat über »regredierende Verhaltensweisen«, »Entwicklungsverzögerung«, »transzendierende Teilhabe von Persönlichkeiten mit depressiver Grundstruktur« und »Reversion zu aggressivem Verhalten« knurrte mein Magen so laut, dass der Lebensberater seinen Monolog freiwillig unterbrach. Ganz zum Schluss kam doch noch eine verwertbare Information: »Tobias hat in den letzten Wochen regelmäßige Aufzeichnungen gemacht.«

»Schriftlich?«

»Er brachte immer ein Heft mit in die Therapiestunden.«

Aha. Mussten wir also nach einem Tagebuch suchen.

Mittlerweile war es kurz nach zehn, und ich kämpfte gegen einen Cocktail aus Erschöpfung, Frust und Mutlosigkeit an. Emmchens Vorschlag, die Moersener Honoratioren zum Frühstück aufzusuchen, fand nur mäßigen Anklang.

Sie lockte: »Wir haben schon eine ganze Menge herausgefunden. Und ein bisschen habe ich noch in der Hinterhand. Ich denke, es wird bald einen Durchbruch geben!«

Maja, Emmchen und ich begaben uns also mehr oder weniger zähneknirschend auf die »Tour de Moersen«. Karen führte ihr Leben in eigenem Rhythmus. Susanne war wieder nach Bremen zurückgekehrt.

Ich zog die Autoschlüssel aus den Jeans. Misstrauisch beäugte ich den grünen Hüpfer, der unschuldig am Straßenrand stand. »Da wir alle keine Ahnung von Technik haben, können wir nur unseren Schutzengel anflehen«, bemerkte ich.

Nachdem ich den Zündschlüssel halb herumgedreht hatte, gab es auf dem Armaturenbrett keine Anzeige, die auf einen Bremsdefekt schließen ließ. Also fuhr ich los. Ausnahmsweise freiwillig mit Tempo 30.

Unsere erste Station war das Einfamilienhaus von Porksen in einem der südlichen Vororte. Eher kleinbürgerlich als protzig, mit schmiedeeisernem Zaun um ein mittelgroßes Grundstück. Der obligatorische Gartenzwerg stand neben einem Rhododendronbusch am künstlichen Teich.

Ein Hund bellte, als wir die Klingel betätigten.

Eine klein gewachsene Frau mit grauem Dutt und blauer Schürze öffnete.

»Manfred!«, rief sie, als sie uns sah. Es klang wie ein Hilfeschrei.

Aus der Küche duftete es nach Kuchen.

Porksen näherte sich. Seine Begeisterung hielt sich bei unserem Anblick in Grenzen. »Was kann ich für Sie tun?«, knurrte er. Seine wohltönende Stimme klang leicht verzerrt.

Emmchen schob sich Schritt für Schritt in den Hausflur. Mir fiel auf, wie zerbrechlich sie wirkte. Aber ihre Stimme klang klar und streng, als sie sich zu ihrer vollen Größe von 1,63 Meter aufrichtete und sagte: »Porksen, wir haben genug von deinen Lügen. Du solltest jetzt endlich mit der Wahrheit herausrücken. Du weißt genau, warum.«

Porksen hob in einer hilflosen Geste seine Hände. Ich sah, dass das Innere seiner Handflächen von tiefen Furchen durchzogen war. Da gab es auch Pigmentflecken, die mir bisher nicht aufgefallen waren. Möglicherweise war er älter, als ich bisher angenommen hatte. »Nicht hier.« Seiner sonoren Stimme war keine Unsicherheit anzumerken.

»Gut. Also gehen wir hinein.« Emmchen bekräftigte den Satz, indem sie ihren Stock kurz und kräftig auf den Steinboden stieß.

Porksen blieb unschlüssig im Flur stehen. »Die jungen Damen ...«, abschätzender Blick auf Maja und mich.

»... werden sich in der Zwischenzeit mit deiner Frau unterhalten«, vollendete Emmchen den Satz.

Ich zog einen Flunsch. Aber gegenüber Emmchens Autorität waren wir machtlos. Wir folgten Frau Porksen in die Küche. Der Kuchenduft intensivierte sich.

»Möchten Sie probieren?«, fragte die Dame des Hauses und schnitt, ohne eine Antwort abzuwarten, zwei Stücke von dem noch warmen Backwerk ab. Aus einer Kaffeekanne Marke Hutschenreuter schenkte sie Kaffee ein.

Ich nahm gedankenlos eine Gabel voll Kuchen und schob sie in den Mund. Viel mehr interessierte mich, was im Wohnzimmer gesprochen wurde. Die Durchreiche zwischen den beiden Räumen sorgte für akustische Durchlässigkeit, und so hörten wir Emmchens knarzende Stimme und Porksens Organ im Duett.

Leider wurden die Stimmen vom Radio übertönt. »From Sarah with love«, dröhnte es aus dem Lautsprecher.

»Sie leben in Berlin?«, eröffnete Frau Porksen die Konversation.

»O ja«, sagte ich und nahm einen Schluck Kaffee.

»Im Vergleich zu Berlin ist Moersen natürlich Provinz.«

»O ja«, bestätigte ich.

»Aber ist es dort nicht manchmal etwas anonym? Hier in Moersen kennt man sich untereinander, man achtet aufeinander ...«

Das dritte »O ja« blieb mir im Hals stecken, denn im Radio kam ein Bericht über den Moersener Skandal. »Die Stimmen mehren sich, die den CDU-Stadtrat Schneider zum Rücktritt auffordern«, tönte die Stimme des Reporters durch den Raum. »Schneider wird Korruption im Zusammenhang mit einer Baugenehmigung für die Kirche der Brüder der Liebe vorgeworfen. Die Rücktrittsforderung geht von der Unabhängigen Wählergemeinschaft aus und wird von Teilen der SPD unterstützt. Bürgermeister Friedrich Spieß war bisher zu keiner Stellungnahme bereit.«

Ich wechselte einen Blick mit Maja. »Langsam wird es spannend. Glaubst du, die räumen endlich mal auf hier?«

Maja zuckte mit den Schultern. »Würde mich wundern. Wahrscheinlich gibt es ein Bauernopfer, und es geht weiter wie zuvor.«

Frau Porksen sah uns an. In ihren Augen blitzte Interesse auf. »Na so was. Ratsherr Schneider soll zurücktreten«, fasste sie zusammen. Dann verzog sich ihr Mund zu einem breiten Lächeln: »Da hätten sie endlich mal den Richtigen erwischt«, meinte sie verschmitzt. »Aber das bleibt unter uns Frauen!«

Die Stimmen im Wohnzimmer verstummten.

Kurze Zeit später betrat Porksen die Küche. Emmchen kam langsam hinter ihm her. An manchen Tagen sah man ihr das Alter an.

»Elsa, ich muss noch einmal los!«, sagte er und gab seiner Frau einen angedeuteten Kuss auf die Wange. »Warte nicht mit dem Essen auf mich, vielleicht wird es später!«

»Dein Freund Schneider ist in Schwierigkeiten«, sagte sie.

»Ich weiß!« Er griff sich einen Trenchcoat vom Garderobenbügel.

Wir bewegten uns auf die Haustür zu.

Porksen öffnete die Garagentür per Fernbedienung. »Sie haben sicher nichts dagegen, wenn ich meinen eigenen Wagen nehme«, sagte er arrogant und musterte den froschgrünen Leih-Kleinwagen mit einem abschätzigen Blick. Porksen bestieg seinen silberfarbenen Mercedes. Es war ein anderes Fahrzeug als das, welches Frau Meisenroth vor der Wohngruppe der Brüder-Kirche gesehen hatte. Das war dunkel gewesen.

»Hast du etwas herausgefunden?«, fragte ich Emmchen, die neben mir auf dem Beifahrersitz Platz genommen hatte.

»Ich weiß jetzt, dass es bei dem dubiosen Geschäft um die Aufdeckung eines Versicherungsbetruges ging.«

»Das musst du uns näher erklären«, meinte Maja von hinten.

»Spieß, also Gotthard Spieß, Porksens Freund, hat neben seinem Baugeschäft ein Versicherungsunternehmen. Das heißt, das Unternehmen ist auf den Namen seiner Frau angemeldet. Sie verkaufen Lebens- und Rentenversicherungen. Natürlich sind sie auch in Porksens Stahlfirma aktiv.«

Ich nickte: »Eine Hand wäscht die andere.«

Das wäre der passende Leitsatz für Moersen. Arbeitete die Stadt nicht gerade an ihrem Leitbild? Vielleicht sollte ich der Marketingabteilung einen konstruktiven Vorschlag machen. Gegen Honorar natürlich.

»Ein Mitarbeiter aus Porksens Firma hatte eine Risiko-Lebensversicherung abgeschlossen«, fuhr Emmchen fort. »Das an sich ist noch nichts Besonderes. Sie belief sich aber wohl auf eine auffallend hohe Summe – im Millionenbereich –, und kurze Zeit später ist dieser Mitarbeiter verstorben. Die Versicherungssumme sollte an seine Lebensgefährtin ausgezahlt werden. Eine Russin namens, namens ...«

»Aha. Und da hat Frau Spieß oder Herr Spieß oder wer auch immer Verdacht geschöpft«, kombinierte ich.

»Nicht das Ehepaar Spieß selbst, sondern der Sachbearbeiter bei der Versicherung hat Rückfragen gestellt. Die Lebensgefährtin – Natascha heißt sie, jetzt ist es mir wieder eingefallen – war erst vor kurzem nach Deutschland gekommen. Nach dem Tod des Versicherungskunden ist sie wieder verschwunden.«

»Wahrscheinlich waren die Visa abgelaufen.«

»Das größte Verdachtsmoment war wohl, dass der Versicherungskunde vor seinem Verschwinden den Schreibtisch aufgeräumt hat. Wichtige Daten in seinem Computer waren gelöscht. Er ist in den Urlaub gefahren, in die Schweiz, glaube ich, und dann kam die Nachricht, er sei dort verstorben.«

»Bei einem Unfall in den Bergen«, riet ich drauflos.

»Jedenfalls wollte die Versicherung den Fall überprüfen, bevor sie zahlt.«

»Okay«, meinte ich, »das verstehe ich. Aber ...« Ich sah Emmchen an und hätte beinahe die Kurve nicht gekriegt. Porksens Mercedes hatte uns schon vor einigen Minuten überholt.

»Kiki, pass doch auf!«, schrie Maja vom Rücksitz.

»Sorry. Wohin fahren wir eigentlich?«, fragte ich Emmchen und sah sie an. Dabei hätte ich beinahe schon wieder mit der Wagenfront die Leitplanke geküsst. Maja zog hörbar die Luft ein.

»Zu Schneider. Dem Baustadtrat.«

»Ja, gut. Er soll übrigens zurücktreten, haben einige

der Kollegen gefordert. Kam gerade im Radio.« Gute Idee eigentlich, das Radio einzuschalten. Ich drehte an dem Knopf und kam wieder ins Schlingern. Maja unterdrückte einen Aufschrei.

»Aber noch mal zu der Versicherung«, meldete Maja sich vom Rücksitz. »Warum hat die Versicherung nicht einen Detektiv beauftragt? Was hatte Tobias mit der ganzen Sache zu tun?«

Emmchen strich mit den Händen über ihre Baumwollhose. »Das habe ich Porksen natürlich auch gefragt. Er sagte, sie wollten Tobias den Auftrag vermitteln, weil er nach dem Rausschmiss bei Spieß arbeitslos war. Spieß hatte wohl ein schlechtes Gewissen, und man wusste ja, dass der Junge einiges mitgemacht hat, die Geschichte mit seinen Eltern ... Sie wollten ihm einen Gefallen tun, so hat Porksen das jedenfalls dargestellt.«

»Und das glaubst du?«

Wir fuhren auf der Landstraße durch einen Wald.

»Ich weiß noch nicht, was ich glauben soll. Fragen wir doch noch ein wenig herum.«

Ein Ortsschild. Ich drosselte das Tempo.

»Gleich sind wir da.«

»Ach übrigens, Emmchen ...?« Ich sah sie von der Seite an. Maja hinter mir räusperte sich vernehmlich und murmelte etwas, das sich anhörte wie »gesengte Sau«.

Ich ließ mich nicht beirren: »Emmchen, wie hast du eigentlich all diese Informationen aus Porksen herausgekitzelt?«

»Ja, meine Liebe« – ich konnte das schelmische Funkeln der alten blauen Augen hinter der dicken Brille erahnen –, »meine Liebe, manche Dinge muss man für sich behalten.«

Schneiders Bungalow wirkte um einiges protziger als Porksens Behausung. Glas und Aluminium dominierten den Flachbau, zu dem aufwendig gestaltete Treppen führten. Eine Wasserfontäne, Bestandteil einer auffälligen Installation im Vorgarten, glitzerte in der Frühlingssonne. Der Privatdetektiv neigte nun einmal nicht zum Understatement.

Auf unser Klingeln öffnete eine Mittfünfzigerin mit flotter, rot gefärbter Föhnfrisur und einem dunklen Hosenanzug. Ganz offensichtlich die Chefin des Hauses.

Wir fragten nach dem Privatdetektiv. »Kommen Sie herein«, lud die Dame uns ein. »Aber vorher putzen Sie sich bitte die Schuhe ab!« Streng wies sie auf die Matte vor der Haustür. Hinter der Tür lag noch ein Fußabtreter. »Innen und außen! Gestern war Kehrtag!«, sagte sie in einem Tonfall, der keinen Widerspruch zuließ.

Sie führte uns in ein großzügig gestaltetes Wohnzimmer mit Kamin und Glasfront zur Terrasse. Der Fernblick über die Moersener Täler konnte sich sehen lassen.

In der Ledercouch saß bereits Porksen und nippte an einem Cognac. Sein Silber-Mercedes war um einiges schneller als unser kleiner Frosch.

»Wer von Ihnen ist die Journalistin?«, fragte die flotte Hausherrin geschäftig.

»Ich«, antwortete ich und sah sie irritiert an. Wozu brauchte sie eine Journalistin?

Die Chefin des Hauses verschwand.

Drei Minuten später kam sie wieder. »Mein Mann ist jetzt bereit, Sie zu empfangen!«, richtete sie mir aus. »Jürgen Spieß vom *Moersener Tagblatt* hat sein Interview beendet.«

Ich folgte ihr, immer noch leicht verwirrt. Im Treppenhaus begegnete ich prompt dem fleißigen Reporter Spieß. »Hallo, Kiki! Der Nächste, bitte!«, rief er fröhlich.

»Die Nächste«, korrigierte ich automatisch.

»Ziehen Sie bitte die Schuhe aus«, forderte die Hausmanagerin mich auf. »Wir haben oben gerade neuen Teppich verlegt. Wenn Sie wollen, kann ich Ihnen ein Paar Hausschuhe leihen!« In der Ecke drohten mehrere Paar Filzpantoffel, freigegeben für die Benutzung durch die Besucher. Obwohl – oder gerade weil! – sie garantiert mit allen handelsüblichen Giften desinfiziert waren, verzichtete ich und betrat Schneiders Büro auf Socken.

Der Detektiv saß hinter einem wertvollen Schreibtisch und blinzelte mich aus seinen kleinen, verschlagenen Augen an.

»Sie schon wieder!«

»Vielen Dank für die freundliche Begrüßung und Ihnen auch einen schönen Tag«, konterte ich selbstbewusst. Genüsslich fixierte ich den untersetzten kleinen Mann, der schon wieder anfing zu schwitzen.

Zwanzig Minuten später schritt ich die Treppe wieder hinunter, in der Nase noch Schneiders unverwechselbare Duftmischung aus künstlichen Moschusaromen und ehrlichem Männerschweiß. Der Privatdetektiv folgte mir. Ich lächelte. So musste sich Kater Romeo fühlen, wenn er eine Maus zur Strecke gebracht hatte und Frauchen die Beute vor die Füße legte. Langsam begann die Abwehrfront der Moersener Honoratioren zu bröckeln. Das Blatt wendete sich zu unseren Gunsten. Und ich hatte nur ein ganz klein wenig bluffen müssen.

Aus der Küche duftete es nach Kuchen. Frau Schneider hatte uns keinen angeboten. Vielleicht auch besser so, im Hinblick auf meine Hüftpolster.

Die kleine Gesellschaft im Wohnzimmer rüstete zum Aufbruch.

Detektiv Schneider ließ sich von seiner Frau den Sakkokragen abfusseln, bevor er das Haus verlassen durfte. Auf die Ausdünstungen ihres Gatten achtete die resolute Dame allerdings weniger. Vermutlich hatte sich ihr Geruchssinn an die Attacke gewöhnt. Vielleicht fand sie die Duftmischung sogar sexy.

Der Konvoi setzte sich in Bewegung.

Vorneweg fuhr Porksens Silbermetallic-Mercedes, gefolgt von Schneiders dunklem Geschoss, anschließend kam Jürgens Familien-Van, in den Emmchen umgestiegen war. Maja und ich bildeten mit dem grasgrünen Hüpfer den Schluss der Delegation. Ich kam mir vor wie in dem Kinderlied »Zehn kleine Negerlein«, nur dass es umgekehrt bei jeder Station mehr Menschen wurden anstatt weniger.

Nächste Anlaufstelle war Gotthard Spieß.

Die Prozedur wiederholte sich. Wir klingelten, die Dame des Hauses öffnete und wies auf den Fußabtreter hin, es duftete nach Kuchen. Alles wie gehabt.

Nur dass der Herr des Hauses diesmal nicht zu Hause war. Frau Spieß – die mich im Übrigen sofort wiedererkannte, schließlich hatten sie und ihr Mann mich vor den Halbstarken gerettet! – erklärte, ihr Mann habe vor einer Stunde die Wohnung verlassen. Ziel: Emmchens Wohnung.

»Na, dann nichts wie hin.«

Fünfundzwanzig

Vor Emmchens Wohnung parkten mehrere Wagen. Ich erkannte den grünen Passat von Bürgermeister Spieß. Zwei weitere Limousinen der gehobenen Mittelklasse konnte ich keinem Besitzer zuordnen. Ich kramte den Schlüssel heraus und öffnete die Tür. Dieses Mal empfing uns keine Hausfrau mit Schürze, sondern Karen Tiebel-Schiffer, distanziert und gepflegt in Jeans und Bluse wie eh und je. »Kommt herein, ihr werdet schon erwartet«, sagte sie mit teilnahmsloser Stimme.

Im Wohnzimmer saßen drei Herren im Anzug, allesamt Mitglieder der Moersener Spieß-Dynastie. Ein regelrechter Überfall. Kein Wunder, dass Karen nicht begeistert gewesen war. Die drei Herren schauten allerdings auch nicht besonders glücklich.

Am unglückseligsten wirkte – wie hätte es anders sein können – Heinz Spieß, Juniorchef der ortsansässigen Baufirma. Sein Gesicht drückte Hilflosigkeit und Unbehagen aus. »Guten Tag, guten Tag«, grüßte er verlegen in die Runde. Sein Vater, Senior Gotthard Spieß, schaute nicht einmal auf, als wir den Raum betraten. Er, der normalerweise galant den Kavalier der alten Schule gab, brütete finster vor sich hin. Gotthard Spieß hatte ein Schnapsglas vor sich stehen. Seiner geröteten Nase nach zu urteilen, war das nicht sein erster Drink heute. Bürgermeister Friedrich Spieß schaute knapp an seinem Bruder vorbei. Seine blauen Augen wirkten heute finster wie ein Gewitterhimmel. Der weiße Bart kräuselte sich noch stärker als sonst. Offensichtlich war er bestellt, um die Kastanien aus dem Feuer zu holen. Gerne tat er das wohl nicht, denn die Brüder Spieß waren sich nicht grün, wie allgemein bekannt war. Aber Blut ist bekanntlich dicker als Wasser.

Bürgermeister Spieß erhob sich bei unserem Eintritt. »Guten Tag, die Damen«, grüßte er höflich und bedachte seinen Bruder, der sitzen geblieben war, mit einem verächtlichen Seitenblick.

Emmchen zwinkerte mir zu. Wir setzten uns an den Tisch und überließen den Herren den Eröffnungszug. Dieses Mal waren wir im Vorteil.

Bürgermeister Spieß räusperte sich schließlich und machte den Anfang. »Es hat da einige Missverständnisse gegeben, die wir aufklären möchten. Zunächst muss ich Sie bitten, die Angelegenheit diskret zu behandeln«, sagte er mit belegter Stimme. Ein Blick traf seinen Sohn, den Reporter. Unauffällig hatte dieser in der zweiten Reihe Platz genommen. »Das trifft auch auf dich zu, Jürgen. Das, was wir jetzt besprechen, ist nicht für die Zeitung bestimmt.«

Ich sah gespannt zu Jürgen Spieß. Er zögerte einen Moment, dann nickte er. »Ist gut. Ich werde nichts darüber schreiben.«

Bürgermeister Spieß wandte sich nun an mich und räusperte sich wieder. »Frau Kerner, die Sache ist etwas delikat. Als Außenstehende könnten Sie einen falschen Eindruck bekommen. Das würde ich gerne vermeiden. Das gilt auch für Sie.« Er blickte Maja an.

Emmchen ließ das nicht durchgehen. »Lieber Friedrich. Du bist wohl kaum in der Situation, hier Forderungen stellen zu können. Außerdem ist das meine Wohnung.« Sie lächelte ihren Stiefbruder süffisant an.

Miss Marple auf dem Kriegspfad.

»Nun ja. Allerdings …«

»Ich bin mir sicher, Frau Kerner wird diese Sache nicht für ihre journalistische Arbeit verwenden, nicht wahr, Kiki?« Sie strahlte mich an. Ich kreuzte die Finger unter dem Tisch und nickte eifrig. »Nein, natürlich nicht.«

»Also gut. Es hat ja auch mit dem – ähm – Todesfall nichts zu tun. Nachdem das jetzt geklärt ist ...«

Die Geschichte, die uns die Herren nach und nach erzählten, war reichlich verworren, um nicht zu sagen, abstrus. Es stellte sich heraus, dass Porksen und Gotthard Spieß, Senior der Baufirma, tatsächlich Tobias einen Auftrag gegeben hatten. Er sollte einen mutmaßlichen Versicherungsbetrug recherchieren. So weit wussten wir bereits Bescheid. Neu war, dass der verstorbene Versicherungsnehmer höchstwahrscheinlich gar keinen Betrug begangen hatte. Die Versicherungsgesellschaft hatte jedenfalls keinen diesbezüglichen Verdacht geäußert. Der Mann war gestorben – nicht im Urlaub, sondern an Aids –, und die Gesellschaft hatte ohne Wimpernzucken die Summe an den Lebensgefährten ausbezahlt. Diese Geschichte war völlig anders als die, die Spieß und Porksen verbreitet hatten. Nur der Name des Verstorbenen war identisch. Da die Immunschwächekrankheit Aids in Moersen nach wie vor stigmatisiert war, hatten nur wenige Menschen die tatsächliche Todesursache gekannt. Umso unbehelligter konnten die Honoratioren ihre erfundene Geschichte auftischen. Unnötig zu erwähnen, dass es auch keine russische Geliebte gegeben hatte. Die Namen und Adressen, die ich auf dem Blatt gefunden hatte, waren zum Teil reine Erfindung gewesen. Ein oder zwei der aufgeführten Personen waren ehemalige Klienten von Detektiv Schneider gewesen, die ihrerseits wieder Freunde und Verwandte angegeben hatten. So behielt die Geschichte einen Anschein von Ernsthaftigkeit. Von dem zuständigen Sachbearbeiter bei der Versicherung wurde Tobias erfolgreich abgeschirmt. Sonst wäre die Sache gar zu schnell aufgeflogen.

Dazu hatten Porksen und Spieß weitere Details aus dem Leben des jungen Mannes erfunden. Tobias hatte den Scheinauftrag angenommen und recherchiert, natürlich ohne Erfolg.

»Also war dieser angebliche Versicherungsbetrugsauftrag ein Fake?«, vergewisserte ich mich und sah Gotthard Spieß und Heinz Spieß junior dabei an. Die beiden nickten. Heinz sah aus wie ein geprügelter Hund.

Ich schüttelte ungläubig den Kopf. So viel Kreativität hätte ich Porksen und Spieß gar nicht zugetraut. Die große Frage war, zu welchem Zweck sie ihre Phantasie dermaßen auf Hochtouren gebracht hatten.

»Aber warum denn nur, um alles in der Welt? Warum haben Sie ihm einen solchen Auftrag zugeschanzt? Tobias war doch so unzuverlässig, dass Sie ihn sogar feuern mussten? Weil er zu spät zur Arbeit kam oder gar nicht ...«

Heinz räusperte sich. »Er war ein lieber Kerl, der Tobias. Und mein Freund.« Zum ersten Mal nahm ich in dieser Runde so etwas wie ein aufrichtiges Gefühl wahr. Wenn auch bisher alles gelogen war, dieses Bekenntnis war echt.

»Sie haben ihn gemocht«, stellte ich fest. »Und es tut Ihnen Leid, dass er tot ist.«

Heinz Spieß nickte. »Wenn ihn einer um die Ecke gebracht hat, dann will ich wissen, wer!«, sagte er fest und sah mir zum ersten Mal, seit wir uns kannten, direkt ins Gesicht. Plötzlich war er nicht mehr nur der vierschrötige, wortkarge Juniorchef, sondern er wirkte aufrichtig besorgt. Beinahe wurde er mir sympathisch.

»Also wollen Sie helfen, die Sache aufzuklären«, schloss ich. »Und deshalb haben Sie jetzt die Karten auf den Tisch gelegt. Ein bisschen spät. Aber wie sagt man: Besser spät als nie.«

Spieß junior nickte und atmete erleichtert auf. Es klang, als würde ihm eine ganze Felswüste von der Seele fallen. Heinz Spieß war nicht der Mensch für Doppelbödigkeiten und politische Finessen. Das hatte ich von Anfang an vermutet.

Ich überlegte. »Das heißt, Sie gehen ebenfalls davon aus, dass Tobias nicht bei einem Unfall ums Leben gekommen ist«, schlussfolgerte ich, »sondern dass jemand dabei nachgeholfen hat.«

Er nickte wieder. »Tobias ist nie zu schnell gefahren«, sagte er fest. Das hielt ich für ein großes Wort, nach allem, was ich über den jungen Mann in der letzten Woche gehört hatte.

»Sind Sie sicher?«, fragte ich zurück. »Immerhin hat er auch seine Lehre geschmissen, obwohl er vorher immer ein angepasster, netter Mensch war. Warum sollte er nicht zu schnell gefahren sein?« Da war sie wieder, meine eigene Unsicherheit. Erst das Bäumchen schütteln und dann einen Rückzieher machen.

Heinz Spieß schüttelte störrisch den Kopf, wirkte aber trotzdem leicht verunsichert. »Das glaube ich nicht.«

Bürgermeister Friedrich Spieß schaltete sich wieder ein. »Im Grunde sind wir hier, um Ihnen klarzumachen, dass Sie eine falsche Fährte verfolgen, Frau Kerner. Es gab keinen Mord. Es gab nur einen Unfall. Die Unklarheiten haben wir nun beseitigt. Dieser Scheinauftrag ... nun, ein kleiner Scherz, aber nichts von Bedeutung und auch nicht strafbar. Es gibt nichts mehr zu recherchieren. Sie können wieder nach Berlin fahren!«

Die übrigen Herren nickten erleichtert. Besonders heftig nickte Gotthard Spieß, der seinen nächsten Schnaps zur Brust nahm. »Genau, Fräulein Kerner. Es gibt keine Probleme hier in Moersen. Wir regeln das schon alles unter uns. Obwohl wir uns immer freuen, wenn eine charmante junge Frau wie Sie uns besuchen kommt«, sagte er, nun wieder ganz der Kavalier, als den ich ihn kennen gelernt hatte.

Ich wechselte einen Blick mit Emmchen. So billig sollten die Herren nicht davonkommen mit ihrer Pseudoaufrichtigkeit. Die Moersener Frauen waren nicht so dumm, wie ihre gesellschaftliche Nichtbeachtung hätte vermuten lassen.

Emmchen schaltete sich nun ein. »Halt!«, sagte sie resolut. »Es ist noch gar nichts geklärt!«

Ich nickte. »Es gibt jetzt noch mehr Fragen als vorher. Wer genau hat Tobias den Auftrag gegeben? Und vor allem, warum?«

»Und warum erzählen Sie uns das alles jetzt?«, schloss Maja sich an.

Wir saßen wieder vor einer Front von verschlossenen Gesichtern. Porksens Gesicht mit den markanten Augenbrauen war ausdruckslos. Er hatte noch kein Wort gesagt, seit wir in Emmchens Wohnung waren. Detektiv Schneider schwitzte noch stärker als sonst. Heinz Spieß wirkte wieder wie das verkörperte Elend. Er hatte gehofft, mit seinem Geständnis alle Schwierigkeiten aus dem Weg zu räumen. Und nun gaben sich die Amateurdetektivinnen nicht mit den Informationen zufrieden, die ihnen angeboten wurden. Gotthard Spieß' Lächeln wirkte eingefroren. Bürgermeister Spieß schloss ergeben die Augen und holte tief Luft.

Nur Reporter Jürgen Spieß saß in der zweiten Reihe und schaute sich das Szenario genüsslich an.

»Wir wollten dem Jungen einen Gefallen tun«, sagte Gotthard Spieß schließlich. »Ich hatte ihn entlassen müssen, und junge Menschen brauchen nun einmal Geld. Es gibt doch so etwas wie eine soziale Verantwortung. In Moersen nehmen wir das ernst. Wir haben ihm den Auftrag aus Mitleid gegeben. Nur aus Mitleid.«

Geld. Hatte Tobias eigentlich Geld hinterlassen? Ich musste unbedingt Karen fragen.

Emmchen schüttelte den Kopf. »Gotthard, du bist Geschäftsmann. Du verschenkst kein Geld aus Mitleid.« Sie lehnte sich zurück und atmete in einem langen Zug aus. »Ich will euch sagen, wie es war, wenn ihr von selber nichts erzählt«, sagte sie und blickte streng in die Runde. »Peinlich, dass diese Angelegenheit jetzt vor fremden Ohren ausgebreitet wird. Aber ihr wolltet es ja nicht anders.« Sie gab Maja ein Zeichen. »Ausnahmsweise schon mittags einen Whisky für mich, bitte!«

Maja beeilte sich, den Auftrag auszuführen. Ich beobachtete, wie sie zur Bar ging. Wir hatten eine Art Waffenstillstand geschlossen. Zwischen uns gab es immer noch Spannungen, aber es war nicht der Zeitpunkt, sich darüber auszusprechen. Zu viel passierte in diesen Tagen.

Mit der ganzen Würde ihres Alters wandte Emmchen sich nun an die Anwesenden. Sie fixierte Porksen. Dann holte sie tief Luft und begann: »Du, Porksen, hast angefangen. Du wolltest den Pfarrer weghaben, schon die ganze Zeit. Du hast es nie verwunden, dass es damals diesen Konflikt gab und du aus der Kirche ausgetreten bist. Und du konntest nicht wieder eintreten, dann hättest du dein Gesicht verloren. Woanders hast du auch keinen Anschluss gefunden. Obwohl es weiß Gott genug religiöse Clubs und Gemeinschaften gibt hier in Moersen. Aber du wolltest wieder zu der evangelischen Kirche. Da, wo dein Vater und dein Großvater gewesen waren und wo du selbst mitgearbeitet hast. Also blieb dir nichts, als zu hoffen, dass der Pfarrer weggeht. Wenn ein anderer Pfarrer gekommen wäre, hättest du wieder zur Gemeinde gehen können. Den Krach gab es nur zwischen Schiffer und dir. Aber solange er da war, konntest du nicht zurück, ohne klein beizugeben. Du magst es Stolz nennen. Ich finde es verbohrt.« Sie nahm einen Schluck Whisky.

»Also hast du versucht, den Pfarrer abzusägen«, fuhr

sie fort. »Als das Gerücht aufkam, dass er fremdgeht, hast du ihn beschatten lassen. Du hast die Fotos mit ihm und seiner Freundin herumgeschickt. Du hast gehofft, das würde ihm das Genick brechen. Aber nichts passierte. Nur, dass der Pfarrer nicht mehr für den Landtag kandidieren konnte. Das hat dir nichts genützt, im Gegenteil. Er blieb trotzdem hier. Als Pfarrer.«

Ich sah Porksen an. Sein Gesicht blieb ausdruckslos unter den Anschuldigungen.

»Du konntest den Pfarrer also nicht loswerden. Stattdessen hast du dich selbst lächerlich gemacht. Aber angeschlagen war er, der Pfarrer. Es wurde geredet. Die Leute kamen nicht mehr zu ihm. Es hat nicht mehr viel gefehlt, um ihn zu stürzen. Also hast du überlegt, wie du ihm den Rest geben kannst. Und dann hast du dir ein Familienmitglied ausgesucht. Über Karen konntest du ihn nicht kriegen. Sie hatte sich längst ihr eigenes Leben aufgebaut. Sie hing zwar noch an Martin, aber sie hatte ihre Musik, ihre eigene Karriere.«

Emmchen nahm noch einen Schluck Whisky und fixierte Porksen mit ihren kurzsichtigen Augen. Porksens Gesicht war zur Maske erstarrt. Wir anderen hielten den Atem an.

»Susanne war in Bremen und nicht erreichbar. Aber Tobias, den konntest du angreifen. Das schwächste Glied in der Kette. Ein labiler Junge, der noch nicht richtig erwachsen war. Das war zwar nicht logisch, du hattest ja nichts gegen ihn. Aber Hass ist selten logisch, und du hast ihn gehasst, den Pfarrer. Du hast dich im Recht gefühlt mit diesem Hass. Du meintest, jemand mit seinen Einstellungen darf nicht Pfarrer sein. Du hast den Zeitgeist zwar in deiner Firma geduldet, aber die Kirche sollte so bleiben, wie sie immer war. Ein allzu modern denkender Mensch sollte da nicht arbeiten.«

In Porksen kam Leben. Die markanten Brauen zogen sich zusammen und gaben dem Gesicht etwas Dämonisches. Er wirkte jetzt gar nicht mehr wie der kühle Firmenchef. Aber er schwieg immer noch, mühsam beherrscht.

»Du wusstest, dass Martin Schiffer seinen Sohn geliebt hat, vielleicht mehr als sein eigenes Leben.«

»Das hat man ja gemerkt«, warf Porksen sarkastisch ein. »Verlassen hat er die Familie, ohne Rücksicht auf Verluste! Die Ehe gebrochen hat er, vor Gott und vor den Menschen.«

Emmchen schüttelte den Kopf. »Wann wirst du endlich begreifen, dass du nicht Gottes Erfüllungsgehilfe auf Erden bist? Du bist nicht der Richter der Welt. Du bist nicht der, der allen sagen muss, wo es langgeht. Wenn Martin und Karen sich getrennt haben, dann war das ihre Privatangelegenheit. Das ging dich erst mal nichts an.«

Porksen widersprach heftig: »Er war Pfarrer! Ehebruch ist Sünde! Kein Wunder, dass die Kirchen immer leerer werden!«

Emmchen ging darauf nicht ein. »Du wolltest also den Pfarrer weghaben. Dann hast du Tobias diesen absurden Auftrag gegeben. Und Gotthard und Heinz hingen mit drin. Warum eigentlich, Gotthard?« Sie sah ihren Stiefbruder fragend an.

Gotthard Spieß wollte etwas sagen, bekam aber keinen Ton heraus.

»Ach, ich weiß schon«, sagte Emmchen, und ihr Tonfall drückte ganze Welten von Verachtung aus, »wahrscheinlich hat Gotthard dir noch einen Gefallen geschuldet. So unter Männern. Eine Hand wäscht die andere.«

Der Moersener Leitsatz. Sagte ich es doch.

Emmchen wandte sich wieder an Porksen. »Ein absurder Auftrag an Tobias also. Absurd, aber nicht ungefährlich, denn er hat ja tatsächlich Kontakt aufgenommen zu Leuten, die zum Teil schon in Verbindung mit irgendwelchen Verbrechen gestanden hatten. Ich wette, da gab es auch Kontakte zur Mafia. Eine dreifache Chance für dich, Porksen: Tobias lässt sich auf halbseidene Geschäfte ein, vielleicht sogar an der Grenze zur Kriminalität, und es fällt auf den Pfarrer zurück, der seinen Sohn nicht im Griff hat. Die zweite Chance: Martin Schiffer bekommt Wind davon, dass sein Sohn in krumme Sachen verstrickt ist, und ist erst einmal damit beschäftigt. In der Zeit kannst du weiter Stimmung gegen ihn machen und ihm den Rest geben. Er kann sich ja nicht wehren. Die dritte Chance: Tobias gerät an einen skrupellosen Menschen, der die Nerven verliert und ihn umlegt. Warum habt ihr ihn nicht gleich in das Drogengeschäft eingeschleust?«, fragte sie mit schneidender Stimme. »Das wäre sicherer gewesen.«

In Porksens Gesicht arbeitete es. »Ich hatte nichts gegen Tobias. Er war in Ordnung. Gegen seinen Vater sprach einiges, aber Tobias war anders!« Selbst in dieser bedrängten Lage tönte seine Stimme voll und klar durch den Raum. Seine Nervosität verriet sich nur durch die Hände, die ein edles Stofftaschentuch zerknüllten.

Emmchen ließ sich nicht beirren, sondern setzte ihre Beweisführung fort: »Tobias hatte also diesen dubiosen Auftrag. Aber es passierte und passierte nichts. In seinen letzten Lebenswochen hatte er engen Kontakt zur Kirche der Brüder der Liebe. Dort ging er auch wieder weg. Tobias' Spuren verliefen sich. Möglicherweise hat er den Auftrag recherchiert, aber nichts Aufsehenerregendes passierte. Die Zeit ging ins Land, und der Pfarrer tat immer noch seinen Dienst. Offensichtlich war er entschlossen, die Krise auszusitzen. Unerschütterlich. Zwischenzeitlich sah es sogar so aus, als würde er sich wieder mit seiner Frau vertragen. Damit wäre die letzte Chance, ihn abzusetzen, vertan gewesen. Denn in der Arbeit ließ er sich nichts zuschulden kommen. Und für seine linke politische Einstellung konntest du ihn nicht belangen«, fügte Emmchen spöttisch hinzu.

Wieder ein Blick in die Runde. Gotthard Spieß hatte einen leicht verschleierten Blick, Schnaps sei Dank. Sein Bruder Friedrich – er hatte sich im Laufe des Gesprächs immer weiter von Gotthard weggesetzt – schaute Emmchen bekümmert aus wasserblauen Augen an. Schneiders Ausdünstungsgemisch hatte inzwischen eine Konsistenz angenommen, in der die Moschusaromen nur noch eine untergeordnete Rolle spielten. Porksens Gesicht war äußerlich unbewegt, aber hinter der starren Stirn brodelte es. Die markanten Augenbrauen trafen auf der Stirn fast zusammen.

Emmchen war unerbittlich. »Also, Porksen, war dein schöner Plan fehlgeschlagen. Du hattest zwei Möglichkeiten. Du konntest jetzt zusehen, wie dein Erzfeind Schiffer sich auf seinem Posten etabliert, fester denn je. Oder du konntest einen letzten Versuch starten. Dieses Mal musstest du zu drastischeren Mitteln greifen. Du hast einen Killer angeheuert – wahrscheinlich wieder einen, der dir einen Gefallen schuldete. Und du hast ihn beauftragt, Tobias umzubringen. Eine kleine Manipulation an der Bremse, und das war's.«

Atemlose Stille.

Dann brach der Tumult aus. »Unverschämtheit! Das muss ich mir nicht bieten lassen!«, tönte Porksens dunkle Stimme durch den Raum.

»Rufmord! Unschuldige Bürger beschuldigen!«
»Alte Zicke«, zischte es aus einer anderen Ecke.
»Unglaublich!«
So redeten die Herren durcheinander. Nur Jürgen Spieß

blieb stumm. Bedauerte er, dass er den Vorfall nicht öffentlich machen durfte?

Emmchen saß ungerührt auf ihrem Stuhl wie im Zentrum eines Tornados.

Schließlich sprach Bürgermeister Spieß ein Machtwort: »Emmchen, das geht zu weit.«

Die alte Dame blieb gelassen: »Friedrich, du weißt so gut wie ich, dass in Moersen eine Krähe der anderen kein Auge aushackt. Es liegt doch auf der Hand, dass Porksen in die Geschichte verwickelt ist. Er hat es ja nicht einmal abgestritten!«

»Ich muss mich vor dir nicht rechtfertigen«, sagte Porksen und hob die kräftigen Augenbrauen an, was ihm ein leicht arrogantes Aussehen verlieh. »Aber zu deiner Information: Ich habe mit dem Unfall von Tobias Schiffer nichts zu tun. Wenn du nach einer Spur suchst, kann ich dir empfehlen, dieses, dieses … diese Geliebte von Schiffer zu fragen. Die Kindergärtnerin! Sie war schließlich am fraglichen Abend noch mit dem Pfarrerssohn zusammen, kurz vor seinem Unfall!«

Stille im Raum.

»Woher weißt du das?«, fragte schließlich Jürgen Spieß, dessen Gesicht nun pure Neugier ausdrückte.

Kein Kommentar von Porksen.

Mein Blick wanderte zu Detektiv Schneider hinüber, der sich den Schweiß von der Stirn wischte. Sein Eigengeruch hatte inzwischen deutlich den Sieg davongetragen. »Herr Schneider«, sagte ich mit süffisantem Lächeln. »Hatten Sie mal wieder einen Auftrag? Ja, ja, der Schornstein muss rauchen!«

Sechsundzwanzig

»Ich kann mich noch gut an den Abend erinnern, weil es mir so schlecht ging!« Regina Kempes Gesicht drückte Unbehagen aus. Ob nun in Erinnerung an vergangene Strapazen oder weil sie sich unerwartet drei neugierigen Frauen gegenübersah, blieb unklar. »Martin hatte gerade mit mir Schluss gemacht. Er wollte es noch einmal mit Karen probieren, hat er gesagt.« Ihr Gesicht verzog sich. »Dann war da auch noch diese Veranstaltung im Bürgersaal, wo Martin gegen diesen Sektenpfarrer auftreten sollte. Er musste mir gar nicht sagen, dass ich dort unerwünscht war. Das war mir sowieso klar.« Ihre Stimme klang bitter. Die dunklen Haare fielen über die linke Gesichtshälfte.

Ich erinnerte mich. Bei dem Rededuell war Martin mit seiner Frau Karen aufgetreten und hatte sie als Zeugin angeführt, als es um die anonymen Briefe ging. Regina Kempe hatte ich nicht gesehen.

»Jessica war an diesem Wochenende bei ihrem Vater. Ich war also ganz allein. Hier in Moersen habe ich nicht viele Freunde. Eine allein stehende Frau ist vielen suspekt. Besonders den Ehefrauen.«

Wir saßen an der Küchenbar auf hohen Hockern. Die Wohnung war nicht groß. Reginas Tochter Jessica hatte ein winziges Zimmer, Regina hatte einen Raum für sich. Das Wohnzimmer war winzig.

»Martin ist gerade nicht da. Er macht einen Trauerbesuch«, beantwortete sie meine unausgesprochene Frage. Martin war also zumindest Teilzeit-Mitbewohner. Drei Menschen konnten hier nur sehr beengt leben. »Sobald sich Martins berufliche Situation geklärt hat, wollen wir uns eine neue Wohnung suchen. Das heißt, dann muss Martin vielleicht ja wieder in ein Pfarrhaus ziehen ...«

»Wollen Sie weg aus Moersen?«

Regina nickte. »Das wäre wohl das Beste. Hier ist das Leben nur noch ein einziger Spießrutenlauf. Das will ich auch meiner Tochter auf Dauer nicht zumuten.«

Porksen hätte sich gar nicht so anstrengen müssen. Martin Schiffer würde ohnedies die Stelle wechseln.

»Wir warten auf den Bescheid der Landeskirche«, fuhr Regina fort. »Nach Lage der Dinge wird die Gemeinde nichts dagegen haben, dass Martin geht. Außerdem ist das nicht ungewöhnlich nach einer Trennung. Vielleicht ist die Versetzung sogar schon bewilligt. Bei der Post ist ein Brief von der Landeskirche ...«

»Aber wir waren noch bei dem Unfallabend«, brachte Maja uns wieder zurück zum Thema. »Sie waren also unglücklich, weil Martin Schluss gemacht hatte.« Es war eine Feststellung, keine Frage.

»Ja. Ich bin dann in eine Kneipe gegangen, um überhaupt unter Menschen zu sein. Die Decke ist mir hier zu Hause auf den Kopf gefallen. Jessica hat mir gefehlt, und Martin ... nun, wir haben uns meistens hier getroffen. Die Wohnung war plötzlich so fürchterlich leer.« Regina wandte den Blick ab und sah aus dem Fenster. Wir befanden uns im vierten Stock.

Unter uns liefen Menschen zwischen parkenden Autos über die verkehrsberuhigte Straße. Es war das Szene-Viertel der Stadt, das die jungen Leute vor zwanzig Jahren entdeckt hatten und die A13-Riege mittlerweile bevölkerte. Ein Bioladen stand neben einem alternativen Reisebüro und einem Hanf-Bekleidungsgeschäft. Alternative Genüsse zu Preisen für das gehobene Bildungsbürgertum.

»Ich weiß gar nicht mehr, wie die Kneipe heißt, in der

ich dann gelandet bin«, fuhr Regina fort. »Irgendwo nicht weit vom Markt. Viele junge Menschen waren da, aber auch welche in meinem Alter. Ich hab mir Wein bestellt, einen, noch einen. Die Kneipe hatte so eine komische braune Decke«, erinnerte sie sich.

Ach ja. Das musste dieselbe Gaststätte sein, in der ich mit Susanne gewesen war.

»Jedenfalls, ich sitze bei meinem dritten Wein, da kommt Tobias herein. Er hat mich erst gar nicht gesehen. Deswegen hat er sich wahrscheinlich an meinen Tisch gesetzt. Sonst war kein Platz mehr frei, es war ja Freitagabend. Und als er dann einmal saß, konnte er nicht einfach wieder so aufstehen. Das wäre zu unhöflich gewesen. Wissen Sie, wir hatten kein gutes Verhältnis zueinander.«

Das lag in der Natur der Sache. Welcher junge Mann mag schon die Geliebte seines Vaters? Es sei denn, er ist sexuell an ihr interessiert.

»Tobias sah auch völlig fertig aus. Er bestellte ein Bier, trank und sagte gar nichts.«

»Ein Bier?«, hakte ich nach. »Ich dachte, Tobias hätte nie getrunken, wenn er noch Auto fahren musste.«

Regina hob die Schultern. »Es war ja nur das eine und nicht einmal ein großes. Jedenfalls, dann habe ich ihn gefragt, was los sei. Zuerst wollte er nichts erzählen, aber dann hat er doch angefangen. Krach mit seinem Vater. Sie hatten sich gerade gestritten.«

Das stimmte mit dem überein, was Martin gesagt hatte. »Haben Sie auch über Ihre Probleme geredet? Dass Martin Schluss gemacht hat?«

Sie nickte zögernd. »Ich fürchte, ja. Wahrscheinlich war das keine gute Idee, aber ich war an dem Abend so deprimiert, dass ich einfach mit jemandem darüber reden musste.«

Mit dem Sohn des Exgeliebten. Nun ja.

»Wie hat er reagiert?«

»Er war danach noch stinkiger auf seinen Vater, weil er erst die Ehefrau verlassen hatte und dann die Freundin.« Sie schob sich die Haare aus dem Gesicht. »Eigentlich nicht ganz logisch. Er hätte froh sein müssen, dass wir uns getrennt haben. Aber er war so schlecht auf seinen Vater zu sprechen, so enttäuscht von ihm ...«

Auch das war nichts Neues.

Es klingelte. Regina erhob sich. »Das wird Jessica sein! Sie ist mit einer Nachbarin und den Kindern von der Nachbarin einkaufen gewesen.« Ich registrierte, dass sie groß war und Jeans an ihren langen Beinen trug. Sie hatte eine gute Figur für ihre fast vierzig Jahre. Schön kräftig, mit den Rundungen an den richtigen Stellen.

Kurze Zeit später kam sie mit ihrer Tochter an der Hand zurück.

»Mama, wann gibt es Essen?«, fragte Jessica. Dann sah sie mich. »Mama, die Frau hab ich schon mal gesehen!«

Ich lächelte sie unsicher an. Mit Kindern hatte ich nicht viel Erfahrung. »Wir haben uns auf dem Marktplatz gesehen, vor einigen Tagen«, erinnerte ich sie.

Aber Jessicas Interesse galt schon wieder einem neuen Objekt. Sie hatte Miles entdeckt. »Oh, Mama, schau mal, ein Hund. Ist der lieb? Beißt der?«

Emmchen lächelte sie an. »Der beißt nicht. Ganz bestimmt keine Kinder. Der ist immer bei mir, damit ich nicht so einsam bin.«

Jessica sah sie mitfühlend an. »Bist du alleine? Hast du keine Kinder?«

»Nein, ich habe keine Kinder. Wenn ich welche hätte, wären die auch schon viel größer als du. Ich bin nämlich schon alt, weißt du.«

Jessica sah sie an und nickte. »Das stimmt. Du hast weiße Haare. Das haben nur alte Frauen.«

Sie beäugte den Hund. »Darf ich den mal streicheln?«
Emmchen schmunzelte. »Das darfst du gerne. Ganz langsam, ganz vorsichtig.«

Jessica streckte die Hand aus und berührte das kurze braune Fell des Boxers. Miles ließ es sich gefallen. »Der ist schön. Wie heißt der denn?«

»Der heißt Miles, eigentlich Miles Davis. So hieß ein großer Musiker.«

Wir anderen sahen dem Geplänkel zu und amüsierten uns. Majas Gesicht entspannte sich. Das erste Mal an diesem verkorksten Tag. Versuchsweise lächelte ich sie an. Sie lächelte zurück.

»Wir waren noch nicht fertig mit unserem Gespräch«, nahm Emmchen dann den Faden wieder auf. »Können wir jetzt weiterreden, oder gibt es da ein Problem ...« Sie wies mit einer angedeuteten Bewegung des Kinns auf Jessica.

Regina reagierte sofort. Sie wandte sich an ihre Tochter: »Jessica, wir Erwachsenen müssen etwas besprechen. Du hast doch dein neues Computerspiel, vielleicht magst du ja damit spielen.« Jessica ging gehorsam in ihr Kinderzimmer.

Ihre Mutter blickte ihr nach. Dann fuhr sie fort: »Zurück zu dem Unglücksabend. Ich schätze, Tobias blieb etwa eine gute halbe Stunde in der Kneipe. Er sagte, er hätte noch etwas zu erledigen.«

»Hat er gesagt, was?«

Regina zog die Stirn kraus. »Nein, ich kann mich nicht erinnern. Oder warte, ich glaube, er erwähnte die Kirche der Brüder der Liebe. Ich glaube, mit denen hatte er sich auch verkracht. Jedenfalls war er nicht gut auf sie zu sprechen. ›Sind doch alles Heuchler‹, hat er gesagt. ›Je frömmer, desto verlogener!‹«

»Und warum? Hat er das begründet?«

Sie überlegte wieder. Ihre dunklen Brauen zogen sich zusammen. Die Falten in den Augenwinkeln vertieften sich. »Ich bin mir ziemlich sicher, dass er es nicht näher ausgeführt hat. Ich hatte ja den Wein getrunken«, entschuldigte sie sich. »Deswegen mag mir einiges entgangen sein. Aber das nicht, nein, das nicht ...«

»Wir können also davon ausgehen, dass er noch zur Kirche der Brüder der Liebe gefahren ist«, fasste ich zusammen. »Haben Sie eine Ahnung, wie spät es war?«

Sie überlegte wieder. »Ich bin direkt in die Kneipe gegangen, nachdem Jessica von ihrem Vater abgeholt worden war. Etwa um sieben, schätze ich. Tobias ist aber später gekommen. Um acht, halb neun? Jedenfalls muss es etwa neun Uhr gewesen sein, als er wieder ging. Die Kneipe war schon voll. Freitagabend eben.« Kurze Pause. »Jetzt erinnere ich mich wieder. An der Theke hing eine große Uhr, da habe ich draufgeschaut. Es muss kurz nach neun gewesen sein.«

Wir sahen uns an. Es passte wie die Faust aufs Auge. Tobias musste kurz vor seinem Unfall in der Wohngruppe gewesen sein.

Seine letzte Station.

Siebenundzwanzig

Die Straße vor dem Haus der Wohngruppe war leer. Die Anwohner waren offensichtlich weggefahren, Schnäppchen ergattern im samstäglichen Getümmel von Moersen-City oder Sonnenstrahlen nutzen auf überlaufenen

Wanderwegen. Auf unser Klingeln öffnete niemand. Die »Brüder der Liebe« waren ebenfalls ausgeflogen. Gegenüber hatte Frau Meisenroth mit dem Fernglas wieder ihren Posten bezogen. Sie hatte mich erkannt und winkte mir zu. Ich winkte zurück. Sollte ich kurz zu ihr hereinschauen? Ich entschied mich gegen einen Besuch. Zu wenig Informationen im Verhältnis zur aufgewendeten Zeit.

Kurze Beratung auf dem Bürgersteig.

»Fahren wir weiter zur Kirche der Brüder der Liebe«, schlug ich vor. Wir nahmen unsere Plätze im Wagen ein wie gehabt: Emmchen auf dem Beifahrersitz, Maja auf der Hinterbank.

Vor dem Gebäude des Gemeindezentrums war es nicht ganz so leer wie in der Straße der Wohngruppe. Kleine, bunte Autos parkten neben einem großen, dunklen Schlitten.

Ein klarer Hinweis auf die Moersener Honoratioren. Ich hatte mir die Nummernschilder nicht gemerkt und wusste nicht, wessen Limousine das war. Auf jeden Fall hatte Andy Brown Besuch. Gleich würde er noch mehr bekommen.

Der Schaukasten vor dem Gebäude war inzwischen umdekoriert und enthielt Veranstaltungshinweise für die Passionszeit. Nur das Herz mit dem »Immer für Sie da« war hängen geblieben. Eine Treppe mit zwei Absätzen führte hinauf zur Eingangstür.

Maja klingelte bei »Pastor Brown«. Keine Reaktion.

»Versuch's noch einmal. Es muss doch jemand da sein.«

Auch das zweite Klingeln blieb unbeantwortet.

»Schell doch einmal bei ›Gemeindebüro‹.«

Keine Reaktion.

Ich drückte probeweise gegen die Glastür. Sie ließ sich

öffnen. Aha. Haus der offenen Tür bei der Kirche der Brüder der Liebe.

Der Flur lag im Halbdunkel. Keine Menschenseele war zu sehen. Wir gingen die mit Edelteppich belegte Treppe hinauf. Ich klopfte an Andys Bürotür im ersten Stock. Keine Antwort. Ich drückte die Türklinke hinunter. Es war abgeschlossen.

»Komisch. Kein Mensch hier, aber die Eingangstür ist offen«, wunderte Maja sich.

»Kinder, irgendetwas stimmt hier nicht. Mir wird langsam mulmig.« Emmchen war etwas außer Atem vom Treppensteigen.

Ich versuchte es eine Tür weiter. Ebenfalls abgeschlossen. »Vielleicht sind sie in Andys Wohnung? Die muss im zweiten Stock liegen?«, vermutete ich.

Majas Ordnungsliebe kam zum Vorschein. »Gehen wir systematisch vor. Wie checken alles ab, von unten nach oben.«

Maja und ich hasteten wieder die Treppen hinunter. Emmchen verschnaufte noch einen Moment, dann machte sie sich ebenfalls auf den Weg.

Im Erdgeschoss befand sich gegenüber der gläsernen Eingangstür eine große Flügeltür, beinahe schon ein Portal. Der Eingang zum Gottesdienstraum, erinnerte ich mich. Ich drückte die Türklinke hinunter. Die Tür ließ sich öffnen. Vorsichtig spähte ich in den Raum hinein. Staubkörnchen tanzten im Lichtstrahl der Nachmittagssonne, die durch die großen Fenster schien. Zweihundert leere Stühle standen in Reih und Glied. Maja war hinter mir, rührte sich nicht. Mein Blick schweifte in die Runde. Rechts neben der Eingangstür befand sich, leicht erhöht, die Bühne. Dort hatte neulich die Band gespielt.

Auf der Bühne saß Pastor Andy Brown auf einem

Stuhl. Das allein war nicht bemerkenswert. Aber er war splitterfasernackt. Außerdem hatte ihn jemand an den Stuhl gefesselt. Eineinhalb Meter vor ihm fuchtelte Markus Meiers Mitbewohner – der mit den Stoppelhaaren – mit einer Pistole vor dem Pastor herum. Wie hieß der Junge noch gleich? Mojo? Jojo? Die Szene war bizarr, wie in einem Hitchcock-Film. Ich hielt den Atem an. Gleich würde etwas Schreckliches passieren. Konnte ich es verhindern? Maja hatte die beiden nun auch entdeckt. Aber hatte Jojo uns auch gesehen?

»Polizei«, formte Maja, die nun neben mir stand, lautlos mit den Lippen. Ganz von ferne war ein Martinshorn zu hören. Ansonsten war es still im Raum. Unwirklich still. Totenstill. Wir wollten uns unbemerkt zurückziehen.

Emmchen nahte von hinten, keuchend. »Was ist los?« Ihre Stimme klang überlaut in der beklemmenden Stille.

Langsam, wie in Zeitlupe, drehte Jojo sich zu uns herum.

»Ach, hallo!«, meinte er lässig. »Da sind ja auch die Damen und die Schnüfflerin aus Berlin. Dann haben wir sie alle auf einen Streich!« Er sprach langsam und artikulierte die Worte überdeutlich.

Wir mussten ihn in ein Gespräch verwickeln. Seelsorge in Extremsituationen, Regel Nummer eins für potenzielle Selbstmörder und Mörder. Aber mein Mund war staubtrocken. Mir war kotzübel, und ich brachte keinen Ton heraus. Ich starrte ihn an wie das Kaninchen den Schlachtergesellen.

»Wegen mir alter Frau brauchen Sie sich nicht in den Knast zu bringen, junger Mann«, hörte ich Emmchens knarzende Stimme neben mir. Es klang sehr gelassen. »Das lohnt sich einfach nicht.«

»Genau«, sagte Maja, kühl wie Eiscreme, »damit

kommst du nicht durch! Wir haben schon die Polizei benachrichtigt. Alle Spuren weisen auf dich.«

Er hielt die Waffe weiterhin auf uns gerichtet. Unangenehmes Gefühl, das. »Ach was, du bluffst.«

»Nein. Wir waren heute Morgen bei der Polizei und haben Anzeige erstattet, stimmt doch, Kiki?«, sagte Maja geistesgegenwärtig.

Ich schnappte den Ball auf. »Genau. Anzeige wegen Manipulation der Bremsen. Angebohrte Bremsleitung. Die Bullen wissen, dass mein Wagen am Tag vorher vor eurer Haustür stand«, improvisierte ich.

»Und sie wissen, dass du der Einzige in der Wohngruppe bist, der die technischen Kenntnisse hat. Die Kriminalpolizei beschäftigt sich mit dieser Angelegenheit.« Maja wurde immer kühner. Sie übertraf sich selbst.

Plötzlich ein unterdrücktes Stöhnen. Der nackte Pastor auf der Bühne gab Laut. Es hörte sich gedämpft an, weil er einen Knebel im Mund hatte.

Der junge Mann mit der Pistole wirkte verunsichert.

Maja sprach schnell weiter: »Wenn du jetzt aufgibst, hast du noch eine Chance. Wir können das unter uns regeln, ohne Polizei. Mach jetzt keinen Scheiß!« Ihre Stimme klang eindringlich. Sie fixierte den jungen Mann.

Für einen Moment sah es so aus, als ließe er sich überzeugen. Jojo ließ die Knarre sinken. Wir standen uns gegenüber wie Soldaten aus feindlichen Lagern kurz vor dem Waffenstillstand.

Andy Brown stöhnte wieder.

Jojo fuhr herum. Plötzlich, ohne Vorwarnung, hob er die Pistole und drückte ab. Er zielte auf Andy Brown. Der schrie, wenn auch gedämpft, auf. Wir standen immer noch an der Tür, gelähmt vor Schreck.

»Halt's Maul, du verdammter Pfaffe!«, fluchte Jojo,

dessen Herz nach Aussage von Andy Brown bekehrt war.
»Ihr Scheißchristen!«

Andy Brown schrie weiter, Gott sei Dank, er lebte noch.

Ich sah Maja an, nickte ihr zu, dann nahm ich Emmchen am Arm, und wir hauten ab, verließen den Raum und knallten hinter uns das Portal zu.

Jojo wütete weiter im Gottesdienstsaal. Wir eilten in Richtung Auto. Auf der Treppe stürmten uns Martin Schiffer und Regina Kempe entgegen.

»Halt!«, rief ich. »Bleibt draußen! Da drin ist ein Wahnsinniger aus dieser Sekte. Der Typ ist bewaffnet und knallt um sich!«

Regina hielt inne. Aber Martin ließ sich nicht aufhalten.

»Ej, bist du wahnsinnig. Harakiri oder was?«, schrie ich ihm hinterher.

Ich weiß nicht, ob er mich noch hörte. Ich zog mein Handy aus der Tasche und wählte den Notruf.

Martin lief weiter. Die Tür zum Gottesdienstraum flog auf. Ein weiterer Schuss, Schreie, dann Stille.

»Kirche der Brüder der Liebe, schnell, kommen Sie, da läuft einer Amok!«, rief ich in den Hörer und drückte die Verbindung weg.

Maja und ich sahen uns an. »Wir müssen nachschauen.«

»Scheiße.«

Zögernd gingen wir in Richtung Gemeindezentrum und Gottesdienstsaal. Das Portal stand wieder offen.

Drinnen bot sich ein hässlicher Anblick. Martin Schiffer saß rittlings auf Jojo und hatte ihn im Griff. »Ich bring dich um, ich bring dich um, du Schwein! Du hast Tobias umgebracht, gib es zu, ich bring dich um!«, schrie Martin außer sich. Bei jedem Satz schlug er wie zur Bekräftigung den Schädel des Jungen auf den Boden. Der wehrte sich nicht. Seine Nase blutete, während der Ältere wie von Sinnen auf ihn eindrosch, ihn auf den Boden knallte und an den Haaren wieder hochriss. Der Hass verlieh ihm offensichtlich übermenschliche Kräfte. »Abschaum!«, knirschte er.

»Martin! Hör auf!«, schrie ich.

Martin reagierte nicht.

Maja nahm vorsichtig die Knarre an sich, die etliche Meter entfernt auf dem Parkett lag. Weggeschleudert offensichtlich.

Regina schrie: »Aufhören, aufhören!«

Ich ging zu Martin und fasste ihn an der Schulter. »Nun ist's gut«, sagte ich leise und beschwichtigend.

Martin sah mich an, als wäre er aus einem Albtraum erwacht.

Maja und Regina beugten sich über den am Boden Liegenden. Jojo wimmerte etwas, das wie »arus, arus!«, klang.

»Hier! Ein Taschentuch!« Sie wischten ihm das Blut ab.

Ich führte Martin weg zu einem der Stühle. Dann ging ich zu Andy Brown auf der Bühne. Er war vom Stuhl gerutscht und lag auf dem Boden in einer Blutlache. Der Stuhl, immer noch mit Paketband an den Pastor gebunden, war zur Seite gekippt und hing halb auf dem Bewusstlosen. Brown lag auf der Seite. Das Blut tropfte weiter aus einer Wunde, die ich nicht lokalisieren konnte. Sein Atem ging rasselnd. Ich bedeckte seine Blöße mit meiner Lederjacke. Ich traute mich nicht, ihn anzufassen, aus Angst, alles noch schlimmer zu machen.

Unten im Raum hielten Regina und Maja den jungen Mann in Schach. Martin saß müde und mit grauem Gesicht auf einem der Stühle. Er schien um Jahre gealtert.

Es war wieder totenstill im Raum. Nur das rasselnde Atmen des Pastors war zu hören.

Sekunden dehnten sich zu Minuten.

In der Ferne ertönte ein Martinshorn.

Es kam näher.

Die Rettung nahte. Ich sandte ein Stoßgebet gen Himmel. Gott sei Dank.

Achtundzwanzig

Jojo und Andy Brown waren in das Städtische Krankenhaus gefahren worden. Beide waren außer Lebensgefahr, aber Andy Brown hatte einen Lungenstreifschuss abbekommen. Er würde einige Wochen im Krankenhaus bleiben müssen.

Wir anderen wurden auf der Polizeiwache verhört.

Wir waren alle erschöpft und zutiefst aufgewühlt durch das Erlebte. Martin schämte sich, weil er die Herrschaft über sich verloren hatte. »Und dabei weiß ich gar nicht, ob er Tobias wirklich umgebracht hat.«

»Wie seid ihr darauf gekommen, zur Kirche der Brüder zu fahren?«, fragte ich, als wir die Polizeistation wieder verließen.

»Regina hat erzählt, dass ihr da wart. Und es lag nahe, dass ihr danach zur Wohngruppe gefahren seid beziehungsweise dann zur Kirche der Brüder der Liebe. Wir haben uns Sorgen gemacht, wollten nachschauen ...«

»Wahrscheinlich war es tatsächlich dieser Jojo. Oder sein Kumpel, Markus Meier.«

Martin nickte traurig. »Es ist schlimm, wenn der eigene Sohn stirbt. Aber wenn es ein Gewaltverbrechen war und eben kein Unfall, dann ist es noch viel, viel schlimmer.«

Martin und Regina verabschiedeten sich. Maja und ich nahmen ein Taxi. Emmchen war schon vorgefahren.

»Du warst richtig gut, echt cool«, versuchte ich, ein Gespräch zu beginnen.

»Ach ja?«, sagte Maja nur und lächelte zurückhaltend.

»Nein wirklich, ich hätte das nicht so hinbekommen.« Warum traute ich mich nicht zu fragen: »Sag mal, was ist los? Was hast du auf einmal gegen mich?«

Den Rest der Fahrt schwiegen wir.

Jürgen Spieß wartete bereits in Emmchens Wohnzimmer auf uns. Mittlerweile war es Spätnachmittag geworden.

Als wir alle wieder um den runden Tisch saßen, stellte ich fest: »Also Jojo war's. Er ist unser Mann.«

Jürgen zuckte mit den Schultern. »Sicher ist das nicht. Er hatte das Mittel, das heißt, er kannte sich gut genug mit Autos aus. Ich habe mich erkundigt, an der Tankstelle gab es eine Werkstatt für kleinere Reparaturen, und Jojo hatte mal eine Lehre als Automechaniker angefangen. Jojo hatte auch die Gelegenheit. Sowohl Tobias' als auch euer Wagen stand schließlich oft genug vor der Tür. Fehlt nur noch das Motiv. Warum hätte Jojo Tobias umbringen sollen? Ehrlich gesagt, finde ich, dass Porksen noch nicht entlastet ist. Er hätte ein stärkeres Motiv gehabt, Tobias zu schaden. Vielleicht wollte er ihn ja gar nicht umbringen, sondern ihm nur einen Schrecken einjagen. Und jetzt ist es so gekommen, natürlich kann er es unter diesen Umständen auf keinen Fall zugeben.«

Emmchen sah uns an. »Also schließt du dich meiner Beweisführung an?«

»Zumindest wäre es eine Möglichkeit. Ich fürchte nur, wir werden das nie beweisen können.« Ich schüttelte den Kopf. »In Berlin wird mir eine solche Geschichte keiner abnehmen. Das ist einfach zu abstrus, dass sich ein gestandener Fabrikant absurde Aufträge ausdenkt, um jemanden aus dem Weg zu räumen. Und noch dazu aus einem solchen Motiv. Einfach absurd.«

»Willkommen in Moersen. Hier kannst du was erleben.« Dann grinste Jürgen plötzlich. »Einen der Honoratioren wird es nun wahrscheinlich doch noch erwischen.«

»Ja? Einen aus deinem Clan? Erzähl.«

»Nein, knapp vorbei. Rat mal, wen man eingeschlossen in Browns Wohnung gefunden hat?«

»Na?«

»Niemand anderen als den hochehrwürdigen Stadtrat und Privatdetektiv Schneider.« Jürgen lehnte sich genüsslich zurück. »Ganz offensichtlich hat er den Herrn Pastor, mit dem er natürlich niemals gekungelt hat, regelmäßig besucht. Er kannte sich in der Wohnung jedenfalls sehr gut aus. Das lässt auf enge Beziehungen schließen, die jetzt genau durchleuchtet werden. Jojo hat ihn bei Brown angetroffen und in der Wohnung eingeschlossen.«

Aha. Die dunkle Limousine vor dem Gemeindezentrum hatte Schneider gehört.

Ich schüttelte den Kopf. »Wie kann man nur so unvorsichtig sein. Da steht Schneider schon auf der Abschussliste« – bei dem Wort »Schuss« zuckten wir alle zusammen, zu frisch war die Erinnerung an die gefährliche Szene im Gottesdienstraum – »also jedenfalls gibt es Rücktrittsforderungen«, verbesserte ich, »und da fährt dieser Unglücksmensch am selben Tag noch zu dieser Kirche, mit der er gekungelt haben soll.«

»Und Jojo hat den Pastor gezwungen, sich auszuziehen und nackt auf die Bühne im Gottesdienstraum zu setzen. Eine Demütigung des Pastors und Entweihung des heiligen Raumes«, fuhr Jürgen leise fort.

»Jojo muss eine ziemliche Scheißwut auf diese Kirche und den Pastor gehabt haben«, nickte ich. »Der war echt geladen. Aber warum eigentlich? Das weißt du auch nicht, oder?«

Jürgen schüttelte den Kopf.

Es wurde still im Raum.

Emmchen wechselte das Thema. »Ich habe übrigens noch eine Information für euch. Tobias hat eine nette Geldsumme hinterlassen. Rund 6000 Euro. Das ist zwar nicht allzu viel, aber mehr, als man bei einem arbeitslosen Azubi hätte erwarten können. Hat Karen mir vorhin mitgeteilt.«

Wir nickten.

Maja stand auf. »Ich setze Teewasser auf.«

»Ja«, kommentierte Emmchen nachdenklich die Angelegenheit Schneider. »Das ist eben das Gefühl der Unverwundbarkeit, das die Honoratioren von Moersen haben. Siehe oben.«

Ich runzelte die Stirn. »Wir haben aber immer noch keinen Mörder. Oder keine Mörderin.«

»Frauen kommen in diesem Fall eher weniger infrage, oder?«

»Wer weiß. Regina Kempe?« Maja war wieder in den Raum gekommen. Sie stellte die Teekanne auf den Tisch. »Ich glaube aber, es war doch einer von der Kirche der Brüder der Liebe. Jojo oder Markus Meier oder beide. Immerhin waren sie ein Paar.«

Jürgen schaute überrascht. »Wie kommst du darauf?«

»Jojo hat Markus' Namen gerufen, als er zusammengeschlagen auf dem Boden lag.«

»Das beweist nichts. Vielleicht war er ein guter Freund, oder er hat für ihn geschwärmt ...«

»Ich hab's im Gefühl, dass zwischen den beiden etwas war«, bekräftigte ich Majas Annahme. »Ich war ja ein paar Mal in der Wohngruppe, und da haben sie sich seltsam benommen im Umgang miteinander. Jojo erschien mir fast eifersüchtig. Außerdem ist Meier ein Schwuler, wie er im Ralf-König-Comic steht. Ich glaube, wir sollten auf jeden Fall noch einmal versuchen, aus Markus Meier etwas herauszukitzeln.«

Jürgen war nicht überzeugt. »Das hast du doch schon ein paar Mal versucht. Ohne Erfolg.«

»Ich habe jetzt eine Idee, wie wir an ihn herankommen können.«

Maja verteilte Tassen auf dem Tisch und schenkte den Tee ein. Der Duft nach Earl Grey durchzog den Raum.

Ich seufzte. »Tea-Time wird verschoben. Ich glaube, wir müssen noch einmal los.«

»Ohne mich«, protestierte Maja.

Emmchen schüttelte ebenfalls den Kopf. Ihr Gesicht wirkte eingefallen.

Nur Jürgen stand sofort auf. Ich schnappte mir den Sekten-Ratgeber aus meinem Gästezimmer und ließ mich dann auf den Beifahrersitz von Jürgens Van gleiten.

»Siehst du deine Familie eigentlich manchmal?«, fragte ich neugierig, als er den Wagen startete.

Er schmunzelte. »Zwischen Mitternacht und drei Uhr. Aber im Ernst, wenn ich Wochenendeinsatz habe, nehme ich mir unter der Woche ein oder zwei Tage frei. Gudrun arbeitet nicht, dann können wir etwas gemeinsam mit den Kindern unternehmen.«

Unterwegs blätterte ich in dem Ratgeber und bereitete mich auf das Gespräch mit Markus Meier vor.

Er war zu Hause und öffnete auch gleich nach dem ersten Klingeln. Allerdings war er keinesfalls begeistert von unserem Anblick.

»Sie schon wieder. Ich habe Ihnen doch schon alles gesagt.«

Ich ignorierte seine abweisende Miene und streckte ihm die Hand entgegen. »Es tut mir Leid, Markus, wirklich Leid. Dass Andy im Krankenhaus liegt und schwer verletzt ist. Und vor allem« – kurzer Blick in den Hausflur, in dem eine Reisetasche stand –, »vor allem, dass Sie so enttäuscht worden sind von Ihrem Mitbewohner. Das muss für Sie schlimm gewesen sein. Sie dachten, er hätte sein Herz Jesus zugewandt, und dann hat der Böse wieder von ihm Besitz ergriffen.«

Misstrauen auf Meiers Gesicht. Vielleicht trug ich zu dick auf.

Jürgen schaltete sich ein. »Herr Meier, es wäre schön, wenn wir hereinkommen dürften. Dann können wir uns in Ruhe besprechen.«

»Ich habe wenig Zeit«, versuchte er uns abzuwimmeln.

»Ich weiß, Sie wollen ins Krankenhaus, um den Pastor zu besuchen. Aber er hat uns gebeten, nach Ihnen zu schauen. Sie wissen, ich war bei ihm, als er getroffen am Boden lag«, improvisierte ich.

Schließlich saßen wir wieder in der guten Stube vor dem Hausaltar.

»Ich bin hier in Moersen ins Nachdenken gekommen«, nahm ich den Gesprächsfaden wieder auf. »In Berlin ist das Leben oft recht oberflächlich. Ihre Wohngruppe und der Ernst, mit dem Sie Nachfolge betreiben, haben mich beeindruckt.« Hoffentlich war das die richtige Terminologie. Warum lernte man so etwas nicht im Theologiestudium? »Ich glaube, dass es klare Maßstäbe geben muss. Insbesondere in Bezug auf die Sexualität.«

Markus Meier nickte. Noch immer wirkte sein Gesicht angespannt.

Jürgen blätterte in seinem Terminkalender und tat so, als ginge ihn das alles nichts an.

»Ich weiß nicht, ob ich in allen Einzelheiten mit der Lehre der Kirche der Brüder der Liebe übereinstimme. Aber ich finde die Arbeit, die Sie hier machen, bemerkenswert. Es gehört Mut dazu und Durchhaltevermögen, gerade in der Arbeit mit Drogenabhängigen. Denn es gibt ja immer wieder auch Enttäuschungen ...«

Meiers Gesicht blieb ausdruckslos.

»...und für Sie ist es jetzt besonders schwierig. Sie müssen verkraften, dass Sie hintergangen wurden, von einem Mitbewohner verraten wurden.«

Fast unmerkliches Nicken.

»Ihr Betreuer Andy Brown liegt schwer verletzt im Krankenhaus. Er wurde von Ihrem Freund niedergeschossen«, fuhr ich fort.

Jürgen schaute leicht genervt. Komm zur Sache, Baby, sagte sein Blick.

»Tobias, der Pfarrerssohn, hat Sie auch hintergangen. Sie wollten helfen, seine Seele zu retten, und er hat es Ihnen schlecht gedankt.«

Wieder ein Nicken, dieses Mal kräftiger.

»Mehr noch, er hat Sie ausgenutzt.«

Keine sichtbare Reaktion.

»Er hat Sie ausgenutzt«, wiederholte ich, »und betrogen. Er wollte Geld von Ihnen«, wagte ich mich vor.

Meiers Gesicht war angespannt, aber nicht abweisend. Treffer?

Ich machte weiter. »Sie haben eine Schlange an Ihrem Busen genährt. Er hat Sie erpresst, oder?« Ein Schuss ins Blaue.

Wieder ein Nicken, halb gegen seinen Willen.

»Jojo hat Sie verführt, und Tobias hat Sie erwischt und Ihnen Geld abgenommen, damit er es nicht Pastor Andy Brown sagt«, ließ ich meine Vermutung vom Stapel. »Ein mieses Stück. Alle beide haben Ihnen übel mitgespielt.«

Jürgens Gesicht drückte Anerkennung aus.

Ich holte meine Bibel aus der Tasche und legte sie auf den Tisch.

Ich schlug sie auf und zitierte aus dem Brief des Paulus an die Römer: »Desgleichen haben auch die Männer den natürlichen Verkehr mit der Frau verlassen und sind in Begierde zueinander entbrannt und haben Mann mit Mann Schande betrieben und den Lohn ihrer Verirrung, wie es ja sein musste, an sich selbst empfangen.«

Ich sah den jungen Mann eindringlich an.

Markus wurde rot.

»Eine schwere Sünde, die du begangen hast und die du deinem Betreuer beichten musstest, Markus Meier. Es gab keine andere Möglichkeit, als sie Andy Brown zu beichten.« Ich duzte ihn absichtlich. »Die Schuld drückte dich, nahm dir die Lebensfreude, ließ dich nachts nicht schlafen.«

Markus Meier war aschfahl geworden. Ich sah ihm ins Gesicht, während ich fortfuhr: »Und du musstest die Strafe auf dich nehmen. Die Strafe für die Sünde.« Ich blätterte weiter in der Bibel. »Denn es ist kein Unterschied. Sie sind allesamt Sünder und ermangeln des Ruhmes, den sie bei Gott haben sollten«, las ich und verschwieg wohlweislich die Fortsetzung: »und werden gerecht aus seiner Gnade.« Der Schweiß perlte auf meiner Stirn. Das hier war Schwerstarbeit, vor allem, weil ich gegen meine eigene Überzeugung argumentieren musste.

Markus schaute zu Boden.

»War sie hart, die Strafe?«

Er schwieg weiter.

»Jojo musste gehen, nicht wahr? Er musste ausziehen. Deshalb die Reisetasche im Flur. Eine harte Strafe, besonders für ihn. Ich glaube, er hat dich geliebt«, fügte ich leise hinzu.

»Er hat gesündigt!«, sagte Markus heftig. »Er hat uns alle in den Schmutz gezogen! Das ist keine Liebe, die Gott wohlgefällig ist, das ist, das ist ...«

Ihm fehlten die Worte.

»Und deine Strafe? Bist du noch weiter unter den Erretteten? Darfst du teilhaben am Heil, wenn du bereust?«

»Ich bereue!«, kam es dumpf aus Markus' Mund. »Ich bereue zutiefst, was ich getan habe. Ich bin nicht würdig, weiter Gott und der Gemeinde zu dienen.«

»Tobias hat seine gerechte Strafe bekommen«, behauptete ich und fühlte mich ausgesprochen unwohl in meiner Rolle. Aber es funktionierte. »Er war ein Verworfener, er war nicht würdig, in der Gemeinde der Auserwählten zu sein. Die Strafe hat ihn ereilt.«

»Ja, die gerechte Strafe Gottes.«

»Gott hat ein Werkzeug benutzt, um Tobias zu strafen. Er hat Jojo als Werkzeug benutzt«, sagte ich feierlich.

»Gott hat ihn gestraft«, wiederholte Markus Meier.

»Wusstest du, dass Gott in Jojo ein Werkzeug gefunden hat?«, spann ich meinen Faden weiter.

In Meiers Augen glomm wieder Misstrauen auf.

»Jojo hat schwer gesündigt. Ihn hat Gott auch gestraft«, sagte er.

»Ja, er hat gesündigt. Schwer gesündigt«, sagte ich mit dunkler, unheilschwangerer Stimme. »Er hat Schande getrieben. Er hat als Werkzeug der Finsternis gedient. Er hat Andy Brown angegriffen, den Auserwählten Gottes. Aber er war auch Gottes Werkzeug, um Tobias zu vernichten.«

»Ja«, sagte Meier schlicht.

Ich atmete auf. Na also. Geht doch.

Das hier war so gut wie ein Geständnis. Wir hatten unseren Mörder.

Jürgen schaute mich erleichtert an.

Aber ich wollte noch mehr wissen. »Markus, warst du auch Gottes Werkzeug, als er Tobias vernichtet hat?«, fragte ich leise.

»Ich habe gesündigt. Schwer gesündigt«, wiederholte Meier gebetsmühlenartig, beinahe wie in Trance. »Ich werde gestraft. Ich bin nicht würdig, in der Gemeinde der Auserwählten zu dienen. Ich bereue.«

Jürgen und ich wechselten einen Blick. Wir hatten das Wichtigste herausgefunden. Wir verabschiedeten uns.

Vor der Tür drückte Jürgen mir die Hand. »Wir haben es geschafft. Jojo war der Mörder. Du warst echt Klasse, Kiki. Mit deinem Schauspieltalent könntest du Cameron Diaz oder Isabelle Huppert Konkurrenz machen.«

Ich nickte erschöpft. Das Kompliment machte mir keine wirkliche Freude. Wahre Abgründe hatten sich in diesem Fall und in der Verwicklung dieser Menschen aufgetan. Mir tat der junge Sektenfunktionär Leid. Er hatte in diesem Drama eine unglückliche Rolle gespielt. Er selbst, als Kind in diese Gruppe geraten, konnte wahrscheinlich am wenigsten dazu. Es würde lange dauern und viel Fingerspitzengefühl, wahrscheinlich auch psychologische Betreuung brauchen, um ihn aus dieser Abhängigkeit zu befreien.

Ich sah Jürgen an. »Ich glaube, Markus Meier steckt in einer schweren Krise. Ich rufe jetzt den Krisennotdienst an und frage, ob sie etwas für ihn tun können.«

Es hatte schon genug Tote und Verletzte gegeben.

Jürgen fuhr mich zurück zu Emmchens Wohnung. Mittlerweile war es dunkel geworden. Ich freute mich auf den wohlverdienten Feierabend.

Doch leider war dieser Tag noch nicht zu Ende.

Karen hatte Tobias' Tagebuch gefunden.

Ich stöhnte. »Ein Wein, man reiche mir eine Flasche Wein«, bettelte ich und machte mich daran, die Aufzeichnungen durchzuarbeiten. Sie begannen im Dezember.

Tobias' Schrift war klein, krakelig und stellenweise schwer zu entziffern.

Ich blätterte in dem College-Heft und las:

Bin jetzt bei der KdBL – er meinte wohl die Kirche der Brüder der Liebe – eingezogen. Echt cool hier. Morgens Gebet, abends Bibel lesen und dann noch die Gespräche mit M. Zu Hause hatte keiner Zeit für mich. Die waren alle mit sich selbst beschäftigt. Soll aufschreiben, wie sich meine geistliche Persönlichkeit entwickelt.

Langatmige Aufzeichnungen darüber folgten auf den nächsten Seiten. Ich überflog sie. Dann wurde es wieder spannend.

7. Januar
Bin bei Spieß gefeuert. Mir egal, hatte sowieso keinen Bock mehr. Will mich mehr meinen geistlichen Übungen widmen ...

10. Januar
Habe Anruf von Heinz S. bekommen. Dachte, ich soll wieder arbeiten. Aber es geht um einen Auftrag. Prima, ich brauche Geld.«

12. Januar
Habe Auftrag angenommen. Komische Geschichte. Soll etwas über einen herausfinden, der gestorben ist. Versicherungsbetrug oder so. Heinz S. meint, es sei ein Freundschaftsauftrag. Ich soll Kontakt aufnehmen zu P., weil der Typ bei ihm gearbeitet hat.

15. Januar
Heute Treffen mit P. in seiner Firma. Wollte wissen, was ich so mache und wie es mir bei der KdBL gefällt. Kennt da offensichtlich auch M. und einige andere. Über den Auftrag haben wir kaum geredet.

Es folgten wieder einige Seiten über das Leben in der Wohngruppe. Über die Ausführung des Auftrags berichtete er nichts.

18. Januar
P. hat angerufen, weil ihm noch etwas eingefallen ist. Haben uns mittags getroffen. Offensichtlich hatte der Verstorbene einen Freund, den ich anrufen soll. P. hat mich wieder ausgefragt, was meine Eltern machen und wie es in der Wohngruppe so geht. Langsam glaube ich, er interessiert sich mehr dafür als für den Auftrag. Der Auftrag ist blöd, habe keinen Bock mehr. Habe Scheck über … Euro eingelöst. Weiß noch nicht, ob ich weitermache. Habe mich mit R. getroffen. Sie will wissen, was los ist. Ich will Schluss machen. Hatte nicht den Mut, es ihr zu sagen.

20. Januar
Habe heute nach dem Gottesdienst erfahren, dass P. einigen der Besucher – A., C. und einem anderen – auch einen Auftrag gegeben hat. Wollten erst nicht sagen, was. War aber hartnäckig. Jetzt weiß ich, was es war …

Es folgten einige Zeilen, die schwer lesbar waren. Ich trank mein Weinglas leer, schenkte mir nach und las erst einmal weiter.

25. Januar
Musste heute dringend mit M. sprechen. M. war auf seinem Zimmer mit J. Als ich reinging, waren beide nackt und trieben es miteinander. Schöne Sauerei. Alles nur Heuchler. Mir reicht es.

Im nächsten Abschnitt machte Tobias seiner Enttäuschung Luft:

29. Januar
Bin ausgezogen und habe jetzt eigene Wohnung. Das Geld von S. und P. kann ich gut gebrauchen. Bin mit Auftrag noch nicht weiter. Habe das Gefühl, alle haben mich verarscht. Zuerst Dad, dann die KdBL, dann P. und S.? Werde von jetzt an auch alle verarschen. Habe es satt, immer der Gearschte zu sein.

Ich überflog die nächsten Seiten. Dann nahm ich mir noch einmal die schwer leserlichen Zeilen vom 20. Januar vor. Unter dem Einfluss eines weiteren Glases Wein gelang es mir, sie zu entziffern.
Ich pfiff leise durch die Zähne. Sieh an, sieh an. Endlich hatten wir etwas gegen Porksen in der Hand. Zwei der Jugendlichen aus dem Umfeld der Brüder-Kirche hatten nicht dichtgehalten. Sie hatten Tobias erzählt, dass Unternehmer Porksen ihnen Geld gegeben hatte, um »dem Pfarrer klarzumachen, wo es langgeht«. Eine wahrhaft euphemistische Formulierung. Auf welche Weise sie es ihm »klarmachen« sollten, hatte er nicht gesagt. Aber die pfiffigen jungen Leute waren da schon auf Ideen gekommen. Ich war mir sicher.

Porksen hatte zwar Tobias nicht direkt auf dem Gewissen. Aber offensichtlich war es sein Hobby, überall seine Finger im Spiel zu haben. Die Wut auf den verhassten Pfarrer mochte ein Motiv sein. Die Lust an der Macht war mit Sicherheit ein weiteres. Vielleicht fehlte ihm der Kick im Alltag, sodass er sich die Zeit damit vertrieb, seine Mitmenschen gegeneinander auszuspielen.

Ich musste an Emmchens Kurz-Psychogramm der Moersener Mächtigen denken.

Porksen fühlte sich anscheinend unverwundbar. Er bewegte sich an der Grenze der Legalität. Dieses Mal hatte er die Grenze möglicherweise überschritten. Man musste es ihm nur noch nachweisen.

Hoffentlich waren die Jugendlichen bereit auszusagen. Ich schaute auf die Uhr. Kurz nach acht. Vielleicht erwischte ich sie noch vor dem samstäglichen Ausgehen.

Neunundzwanzig

An meinem vorerst letzten Tag in Moersen erwachte ich zerschlagen und erschöpft. Mein Morgenritual »Ich freue mich auf den neuen Tag« half meiner Stimmung auch nicht auf die Beine. Mit Hilfe von vier Gläsern Wein und – ausnahmsweise – eines Whiskys war ich nach dem Horror-Samstag in einen tiefen, traumreichen Schlaf gefallen.

An diesem Sonntag war die evangelische Kirche am Marktplatz gut gefüllt, im Gegensatz zu letzter Woche. Sämtliche Honoratioren nebst Gattinnen hatten die ersten Reihen belegt. Maja, Emmchen und ich fanden um sieben vor zehn nur noch Platz vor einem der Pfeiler im hinteren Bereich.

Es war ein Abschiedsgottesdienst. Martin Schiffer hatte von der Landeskirche eine Übergangsstelle in Ostwestfalen zugewiesen bekommen. Eine Krankheitsvertretung. Regina Kempe und ihre Tochter Jessica würden ihn begleiten.

Auch Karen Tiebel-Schiffer musizierte zum letzten Mal in der kleinen Dorfkirche. Sie hatte eine Stelle als Kirchenmusikerin in Aussicht und würde darüber hinaus einen kleinen, aber feinen Chor im Ruhrgebiet leiten.

In diesem Gottesdienst nun trat sie als Gesangssolistin auf. »Agnus Dei, qui tollis peccata mundi«, intonierte sie mit ihrer warmen Altstimme, begleitet von Christian, dem Geiger, der sie inzwischen auch im außermusikalischen Bereich begleitete. »Lamm Gottes, der du trägst die Sünde der Welt«, stand im Programmheft als Übersetzung. Ich seufzte und dachte an mein anstrengendes Gespräch mit Markus Meier. Entsetzlich, in einer solch angstgeladenen Atmosphäre zu leben. Unzulänglichkeiten und Regelverstöße wurden geahndet. Sie wurden den Mitgliedern der Gemeinschaft immer wieder vorgehalten. Vielleicht ging es dabei um Glauben. Ganz sicher ging es um Macht.

»Miserere nobis«, sang Karen weiter. Erbarme dich unser.

Die Arie verklang mit einem weichen Mollakkord. Martin erhob sich und ging gemessenen Schrittes im schwarzen Talar zur Kanzel.

Er hielt eine sehr persönliche Ansprache. Zum Schluss lud er noch alle in das Pfarrhaus zu einem Kaffee ein. Zum letzten Mal.

Sie kamen alle. Sei es aus Neugier oder aus Sympathie. Das Wohnzimmer war ähnlich überfüllt wie vor einigen Wochen zur Kondolenz nach Tobias' Tod.

Dieses Mal kochte Regina den Kaffee und bewirtete die Gäste. Sie hatte sich schnell in ihre Rolle als Pfarrfrau hineingefunden. Karen war mit Christian gekommen und genoss es ganz offensichtlich, bedient zu werden. Kaffee ausschenken war lange genug ihr Job gewesen.

Thema Nummer eins war natürlich Jojos Amoklauf und Martins heldenhafte Tat, mit der er weiteres Unheil verhindert hatte. »Er hat den anderen Pastor gerettet, obwohl der sein Konkurrent war! Wie edelmütig!«, sagte eine Mittvierzigerin neben mir in bewunderndem Ton.

»Und dabei haben die Jungen aus der Sekte dem Herrn Pfarrer sogar Drohbriefe geschrieben«, erinnerte sich eine andere.

»Er ist ein guter Christ, unser Herr Pfarrer«, erwiderte die Erste. »Er hat ihnen verziehen!«

Aus dem verfemten Seelenhirten war nun wieder der »liebe Bruder Schiffer« geworden.

Alle bedauerten seinen Weggang. Alle wollten ihm noch einmal die Hand schütteln. Ein Reporter mit der Aufschrift *Bild-Zeitung* an der Kameratasche musste sich anstrengen, das Menschenknäuel zu durchdringen, das sich um den Theologen gebildet hatte.

»Möchten Sie es sich nicht doch noch einmal überlegen?«, fragte Gotthard Spieß.

»Wie schade, dass Sie uns verlassen wollen«, tönte Privatdetektiv Schneider.

»Lieber Martin, wir hätten es so gerne gesehen, dass du das denkmalgeschützte Haus übernimmst und dort das Kinder- und Jugendhaus aufbaust«, bot Bürgermeister Spieß das unlukrative Projekt in der Altstadt feil.

Die Kirche der Brüder der Liebe war out. Nicht einmal der schwer verletzte Pastor Brown im Krankenhaus wurde mit einem mitfühlenden Kommentar bedacht.

»Ja, ja, ich habe es ja immer gesagt!«, hörte ich und: »Schöne Schweinereien sind da passiert!« Das war Porksens durchdringende Stimme. »Ich habe natürlich sofort meine Überweisungen stoppen lassen. So etwas unterstütze ich nicht.« Er sah sich um. Hatten es auch alle gehört?

»Wer weiß, was die noch alles miteinander getrieben haben, die jungen Burschen!«, sagte eine konservativ gekleidete Frau. Gekicher bei zwei jungen Mädchen.

»Nennen sich Christen und treiben's miteinander. Und da wachsen unsere Kinder auf.«

»Ts, ts. Dabei haben sie immer so harmlos getan.«

Tja, Pastor Brown. Everybody's darling steht nun ganz oben auf der Verschissliste. Hosianna. Kreuzige ihn. Das ging manchmal schnell in Moersen.

Hatte ich mir wirklich in den letzten Tagen öfter gewünscht, in Moersen zu leben, statt mich durch den Berliner Großstadtdschungel zu schlagen? Nur die Einsamkeit war schuld. Nun war ich gründlich kuriert.

Ich bemerkte, dass ein schmaler Mann mit Nickelbrille und kurz geschorenen Haaren um eine Halbglatze mich vom Rande des Geschehens her beobachtete. Ich kannte ihn nicht, aber er sah sympathisch aus. Ein junges Gesicht, er war schätzungsweise in meinem Alter. Wir tauschten einen kurzen Blick. Dann kam er auf mich zu.

»Münch, Kriminalpolizei.« Auch seine Stimme war angenehm, ein kultivierter Bariton. Sein Händedruck war fest. Er trug keinen Ehering, wie ich mit einem schnellen Blick auf seine rechte Hand feststellte.

»Kerner. Ich bin hier nur zu Besuch. Eigentlich lebe ich in Berlin.«

Beim Lächeln vertiefte sich eine Falte vom Mundwinkel zur Nase. Es sah fast verwegen aus. »Ich weiß, wer Sie sind. Sie dürften hier im Moment eine der bekanntesten Persönlichkeiten sein.«

»Ich???«

»Sie haben gute Arbeit geleistet«, sagte Münch anerkennend, nun wieder ernst. »Wenn Sie nicht so hartnäckig gewesen wären, hätten wahrscheinlich alle den Tod von Tobias weiterhin für einen Unfall gehalten.«

»Ja, ist denn jetzt sicher, dass es ein Verbrechen war?«

»Leider ja. Wir haben ein Geständnis. Der junge Mann, der gestern den Herrn Pastor Brown angeschossen hat, hat gestanden. Er hat tatsächlich die Bremsen an dem Wagen von Tobias Schiffer manipuliert. Er hat sich auch an Ihrer Bremsleitung zu schaffen gemacht.«

»Aber warum?«

»Sie waren ihm auf der Spur. Er nahm an, dass Sie seine Beteiligung an dem Verbrechen bald aufdecken würden. Außerdem ist da noch das Problem der Drogenabhängigkeit.«

»Ich dachte, er wäre clean!«

»Davon gehen wir nicht aus. Höchstwahrscheinlich stand er gestern bei seinem Amoklauf unter Drogeneinfluss. Eine Untersuchung wird das klären.«

»Warum hat er Tobias ermordet? Ging es tatsächlich um Erpressung?«

Münch nickte ernst. »Der junge Mann hat angegeben, dass Tobias Schiffer von ihm und Markus Meier Geld verlangt hat, damit er über die Beziehung der beiden zueinander nicht redet. Einmal 500 Euro, ein weiteres Mal 500 Euro und an seinem Todestag sogar 1000 Euro.«

Das erklärte das gut bestückte Sparbuch von Tobias Schiffer.

»Jojo hat offensichtlich befürchtet, die Forderungen würden sich noch steigern«, sagte der sympathische Kripobeamte. »Er hat jetzt jedenfalls einen Anwalt gestellt bekommen. Er liegt immer noch im Krankenhaus, aber in den nächsten Tagen soll er entlassen werden.«

»Ich habe Tobias' Tagebuch. Wenn seine Mutter einverstanden ist, würde ich es Ihnen zur Verfügung stellen.«

»Das würden wir begrüßen. Ganz abgesehen davon, dass wir es gerne zuerst gehabt hätten.« Sein Lächeln war leicht ironisch.

Ich überging das. »Ihr Kollege bei der Polizei gestern war nicht sehr kooperativ. Ich habe ihn gebeten, in dieser Angelegenheit zu ermitteln, aber er blieb doch recht unverbindlich.«

Münch lächelte wieder. »Der Kollege ist neu bei uns. Der Informationsfluss lässt manchmal zu wünschen übrig, wie wahrscheinlich in den meisten Behörden. Die Wahrheit ist, dass wir von der Kripo schon seit einiger Zeit mit diesem Fall beschäftigt sind.«

»Warum sind wir uns dann nie begegnet?«, rutschte es mir heraus.

Er lächelte wieder, charmant wie Johnny Depp: »Ja, das weiß ich auch nicht.«

Hinter ihm stand Jürgen Spieß und feixte. Ich verstand. Natürlich hatte die Kripo von allen relevanten Recherchen erfahren. Dafür hatte der Herr Reporter gesorgt.

Jürgens Kollege, der eifrige *Bild*-Reporter, hatte sich jetzt endlich bis zu Martin Schiffer durchgekämpft. »Herr Pfarrer, was sagen Sie dazu, dass Ihre Frau schon einen neuen Lebenspartner hat?«, fragte er und hielt Martin sein Mikrophon unter die Nase.

Ich grinste und nahm mir noch eine Tasse Kaffee.

Mittlerweile war es kurz vor zwölf. Die Reihen hatten sich gelichtet. Der Sonntagsbraten zu Hause wartete.

Bürgermeister Spieß kam auf mich zu. Gütig lächelte er mich unter seinem weißen Patriarchenbart an.

»Liebe Frau Kerner. Im Namen der Moersener Bürger darf ich mich bei Ihnen herzlich bedanken für alles, was Sie für unsere Stadt getan haben«, sagte er salbungsvoll und schüttelte pathetisch meine Hand.

»Danke, danke«, sagte ich gerührt.

»Glücklicherweise hat sich der Fall ja nun geklärt, und wir können wieder zur Tagesordnung übergehen.«

Noch nicht so ganz, dachte ich, sagte aber laut: »Und ich fahre zurück nach Berlin.«

»Davon habe ich gehört. Sollten Sie jemals wieder in Ihre alte Heimat zurückkehren, dürfen Sie sich gerne melden. Sie sind jederzeit willkommen.«

»Danke«, sagte ich wieder, weil mir nichts Besseres einfiel. »Was passiert eigentlich jetzt mit der Kirche der Brüder der Liebe?«, fragte ich dann.

Des Bürgermeisters Stirn zog sich in kummervolle Falten. »Ja, das ist ein Problem. Das ist wirklich ein Problem ...«

»Ein Problem für Moersen? Oder für Sie?«

»Das sind äußerst unschöne Dinge, die dort passiert sind. Darüber wird man sprechen müssen, das kann man nicht so stehen lassen.«

»Was meinen Sie mit ›unschönen Dingen‹: den Angriff auf Pastor Brown? Oder das Verbrechen an Tobias? Die Tatsache, dass zwei der jungen Männer homosexuelle Beziehungen zueinander hatten?«

Spieß hob die Hände: »Nein, nein, dagegen haben wir nichts. Wir sind ja tolerant, und auf dem Moersener Standesamt haben sich sogar schon zwei Männer trauen lassen!«

Im Hintergrund hörte ich Porksens sonore Stimme.
Plötzlich hatte ich genug von der Moersener Scheinheiligkeit. Die Wut kochte in mir hoch.
»So. Sie in Moersen haben nichts gegen Homosexuelle. Da habe ich gerade aber an allen Ecken etwas anderes flüstern hören«, begann ich.
Bürgermeister Spieß sah mich erstaunt an.
»Und Sie sind froh, dass der Fall gelöst ist«, fuhr ich fort. »Das heißt ja wohl, dass Sie sich freuen, dass die Honoratioren ungeschoren davongekommen sind. Die Ratsherren: Porksen, Ihr Bruder Gotthard Spieß, sie alle standen unter Verdacht. Glücklicherweise sind sie nun mit heiler Haut davongekommen. Alle, bis auf Schneider« – ich wies mit dem Kinn in die Richtung, in der er stand –, »aber ein Bauernopfer wird man wohl bringen müssen. Sie sind froh, dass sich das Drama als interne Geschichte innerhalb der Kirche der Brüder der Liebe herausgestellt hat. Moersens Ruf bleibt untadelig, darum geht es Ihnen doch, oder?«
Der Bürgermeister sah mich an, als hätte ich die Absicht geäußert, Grippeviren an den Moersener Schulen zu verbreiten: »Aber, Frau Kerner ...!«
Ich war noch nicht fertig. »Dabei streiten Sie jede Verantwortung ab. Wer hat es denn zugelassen, dass sich diese, diese – Kirche der Brüder der Liebe in Moersen einnistet? Wer hat ihr öffentliche Gelder zugeschanzt? Wer hat ihr damit ermöglicht, dass sie die Kinder und Jugendlichen in ihrer Ideologie erzieht? Eine Ideologie, die unter anderem Homosexualität als das Böse schlechthin beschreibt und unter Strafe stellt, obwohl sich inzwischen in der Gesellschaft die Überzeugung durchgesetzt hat, dass es einen bestimmten Prozentsatz von Menschen gibt, die sich zum eigenen Geschlecht hingezogen fühlen. Und dass diese Menschen genauso das Recht auf eine

Partnerschaft haben wie Sie und ich und alle anderen auch! Das ist ja sogar schon bis nach Moersen vorgedrungen, wie Sie eben selbst gesagt haben. Aber das ist nicht der springende Punkt. Im Grunde haben die meisten Moersener ein ähnliches Wertesystem wie die Kirche der Brüder der Liebe – einschließlich deren Ablehnung von Homosexualität. Deshalb kann ich nur sagen: Jede Gesellschaft hat die Sekte, die sie verdient.«

Jürgen stand neben seinem Vater und applaudierte. »Bravo, Kiki!«

Ich holte tief Luft und machte weiter. Ich war gerade so schön in Fahrt. »Wer hat denn geduldet, dass der Pfarrer der evangelischen Kirche, Martin Schiffer, ausgegrenzt wird? Weil er eben nicht so unfehlbar ist, wie der Papst zu sein behauptet. Wer hat dafür gesorgt, dass das Pfarrerehepaar durchs Dorf getrieben wird und die Freundin von Pfarrer Schiffer gleich noch mit dazu? Im Übrigen hat Martin nie behauptet, ohne Fehler zu sein. Wo waren denn die Moersener mit Courage und Einfühlungsvermögen, die ihn gerade in einer persönlichen Krise unterstützen? Egal, was man von der ganzen Sache hält: Jemand, der seit zwanzig Jahren in Moersen gelebt und gearbeitet hat, verdient mindestens ein faires und offenes Gespräch. Und nicht, dass hinter seinem Rücken gegen ihn intrigiert wird«, sagte ich verächtlich.

Mittlerweile hatten sich mindestens zehn Leute um uns geschart. Meine Mutter befand sich ebenfalls darunter. »Aber Kiki ...«, sagte sie entsetzt. Ich beachtete sie nicht. Jetzt war ich am Zug.

»Nun ist der Pastor der Kirche der Brüder der Liebe in Ungnade gefallen, und mit ihm machen Sie es genauso. Wissen Sie, was Ihr Fehler ist?«

Bürgermeister Friedrich Spieß blieb stumm.

»Sie halten sich alle für wer weiß wie fromm und bibelfest. Aber die Lehre, die Sie aus der Bibel ziehen, ist negativ: Du darfst nicht, du sollst, du musst. Starres Gesetz, nicht Lebenskunst. Angst vor Strafe, nicht Lust und Freude. Von der Befreiungsidee des Christentums ist da nicht viel übrig geblieben. Jesus war ein Subversiver – aber Sie reihen ihn in Ihre Gartenzwerg-Kolonie ein.«

Erschöpft hielt ich inne.

Maja berührte mich am Ellenbogen. Ihr Lächeln war ironisch, als sie sagte: »Frau Pastorin sprach das Wort zum Sonntag. Amen.«

Das sollte nicht mein letzter Auftritt an diesem Sonntag gewesen sein. Aus den Augenwinkeln sah ich, dass Porksen sich entfernen wollte. Einen Moment überlegte ich, ob ich den Fabrikanten wirklich in aller Öffentlichkeit stellen sollte. Dann dachte ich an das, was er mit seinen Intrigen und Mauscheleien angerichtet hatte, und holte tief Luft. »Nun zu Ihnen, Herr Porksen!«

Der Angesprochene bewahrte seine Fassung. »Ja, Frau Kerner, was gibt es noch? Der Fall ist doch gelöst.« Seine schöne Stimme klang gelangweilt.

»Ja, ist er«, sagte ich mit fester Stimme. »Es gibt da nur noch ein paar Kleinigkeiten. Sollen wir das hier besprechen oder doch lieber unter vier Augen?«

»Meine Frau wartet mit dem Essen auf mich.«

Die Umstehenden schauten neugierig.

»Ach, dann interessiert es Sie nicht, dass Sie beschuldigt sind, die Steineschmeißer und die Schreiber der anonymen Briefe gegen Pfarrer Schiffer angeheuert zu haben?«

Porksen wurde blass, aber er blieb gelassen: »Hirngespinste«, meinte er unwillig, »ich habe jetzt keine Zeit mehr!«

Noch einer war bleich geworden, Bürgermeister Friedrich Spieß. »Frau Kerner, das ist kein Spaß mehr!«

»Mir ist es auch bitterernst«, konterte ich. Dann, zu Porksen: »Sagen Ihnen die Namen Anastasia und Kevin-Christoph etwas?«

Porksen schüttelte unwillig den Kopf.

»Anastasia und Kevin-Christoph haben ausgesagt, dass sie von Ihnen Geld bekommen haben, um es dem Pfarrer Schiffer mal so richtig zu zeigen. Sie sind bereit, ihre Aussage auch vor Gericht zu wiederholen«, meinte ich voller Genugtuung. »Das Material wird weitergeleitet an den Staatsanwalt.«

Porksen behielt die Nerven. Er wäre ein guter Politiker geworden. »Das müssen Sie erst einmal nachweisen.« Er wandte sich zum Gehen.

»Herr Porksen, das wird ein Nachspiel haben. Sie haben Tobias und die Jugendlichen in Ihre Geschichten hineingehetzt. Das, was der Staatsanwalt nicht besorgt, wird die öffentliche Meinung tun. Seien Sie sicher!«

Er zuckte mit den Achseln und ging.

Epilog

»Caipirinha«, bestellte ich. »Due Caipirinha«, und hielt zur Sicherheit zwei Finger hoch. Der Barkeeper nickte.

Maja hatte ihre Sonnenbrille in den Pony geschoben und wartete am Pool auf das Getränk.

Ich blickte auf das Meer und die Palmen und seufzte wohlig.

Zwei Wochen Dominikanische Republik, all inclusive. Echt dekadent.

Porksens 1000 Euro wollten unter die Leute gebracht werden.

Maja hatte nach einer durchzechten Nacht und schwierigen Gesprächen über Chancen und Nebenwirkungen einer Frauenfreundschaft eingewilligt, mit mir zusammen Urlaub zu machen.

Im Flugzeug redeten wir dann endlich: über Majas Situation in Moersen, die Chancenlosigkeit, beruflich in ihrer Beratungsstelle weiterzukommen, den missglückten Versuch, mit einem Kollegen eine Beziehung aufzubauen, ihre Angst, in der Provinz zu versauern.

Ich schämte mich. Da war es Maja die ganze Zeit über schlecht gegangen, und ich hatte keine Antennen für sie gehabt. Kein Wunder, dass sie sauer auf mich war. Immer war ich zu beschäftigt gewesen, mich um sie zu kümmern.

Zwei Wochen in der Karibik boten alle Möglichkeiten, uns wieder näher zu kommen.

Leider waren gerade Osterferien, und wir waren nicht die Einzigen, die auf die Idee mit der Karibik gekommen waren.

»Will aber! Will aber!« Ein blonder Junge in unmittelbarer Nachbarschaft stampfte mit dem Fuß auf. Dann lief er zum Pool und warf einen Ball so heftig hinein, dass es weithin spritzte. Seine Mutter nahm das Missgeschick gelassen. »Ist er nicht süß?«

Maja zog ihr Handtuch näher zu sich. Dann berichtete sie von den Ereignissen in Moersen nach meiner Abreise.

»Jojo ist aus dem Krankenhaus entlassen und wartet auf seinen Prozess. Er stand zum Zeitpunkt der Tat unter Drogeneinfluss. Ein Glück, denn dadurch waren seine Reaktionen verändert. Sonst würde Andy Brown jetzt vielleicht nicht mehr leben. Und wir auch nicht«, fügte sie ernst hinzu.

»Und Markus Meier?«

»Für ihn ist die Sache ziemlich schlimm. Er ist jetzt in der Psychiatrie. Das wird echt hart werden, sich ein neues, eigenständiges Leben aufzubauen.«

»Andy Brown?«

»Wie vom Erdboden verschluckt ...«

Maja zog an ihrem Strohhalm.

»Und Porksen?«

Sie grinste. »Porksen erlebt jetzt am eigenen Leib, wie es ist, wenn man durch das Dorf getrieben wird. Da standen einige Sachen über ihn in der Zeitung, die ihm gar nicht gefallen haben. Außerdem wird gegen ihn ermittelt, wegen Verdachtes einer Anstiftung zur Straftat. Ich glaube, er ist die längste Zeit Ratsherr gewesen. Schneider ist übrigens schon zurückgetreten. Du hast die Moersener Honoratioren ganz schön aufgemischt, Kiki.«

Die Sonne färbte sich rot. Bald würde sie untergehen.

»Ich habe mich übrigens aus Moersen wegbeworben. In ein Altenheim im Ruhrgebiet. In zwei Wochen ist Vorstellungsgespräch«, sagte Maja.

»Vielleicht sollte ich auch aus Berlin weggehen. Weg von dem Fernsehsender, weg von Mark ...«

»Was ist aus euch eigentlich geworden?«

Ich zuckte mit den Schultern. »Nichts mehr. Er hat mit der nächsten festen Freien angebandelt, noch während ich in Moersen war. Zweimal einsam reicht wohl nicht für eine Beziehung.«

»Schlimm für dich?«

Ich schluckte. »Soso.«

Ein letzter Zug aus dem Longdrinkglas.

Mein Handy klingelte.

Maja verdrehte die Augen. »Kannst du denn nie Urlaub machen?«

Ich hob ab. »Ja«, sagte ich, »ach wirklich? Ja, super, alles klar!«

Ich beendete das Gespräch.

Dann wandte ich mich zu Maja: »Schöne Grüße von Jürgen Spieß. Wir wollen ein Buch über den Fall schreiben.«

Sie grinste: »Und vergiss nicht: Du hast versprochen, dass ich in dem Buch vorkomme.«

Die Sonne war noch ein Stück tiefer gerutscht.

Am Horizont explodierten die Farben.

Der Winter war vorbei.

Anne-Kathrin Koppetsch
Blei für den Oberkirchenrat
Roman
Band 14524

Kirsten Kerner, ausgebildete Theologin und Moderatorin bei ›Radio Balsam‹, erfährt über den Ticker vom Mord an Oberkirchenrat Rauhbach. Mit seelsorgerlichem Einfühlungsvermögen recherchiert sie im Berliner Kirchenklüngel und macht eine skandalträchtige Entdeckung, die sie in Konflikt mit dem Bischof bringt.

Fischer Taschenbuch Verlag

Anna Johann
Mordsglück
Roman
Band 14711

Ein Giftfläschchen, zufällig im Badezimmerschrank ihres untreuen Geliebten gefunden, erweist sich als Glücksbringer für die junge Schauspielerin Michaela Mann. Auf ihrem Weg zum beruflichen Erfolg stören sie in Zukunft keine missgünstigen Kolleginnen mehr. Und auch mancher Lover bleibt auf der Strecke: Ein bisschen Gift löst prompt alle Probleme. Als Michaela mit Leon, ihrer ersten Liebe aus Schulzeiten, ein neues Leben beginnt, ist das Fläschchen noch nicht ganz leer ...

Ein köstlicher Roman: ›Arsen und Spitzenhäubchen‹ läßt grüßen.

Fischer Taschenbuch Verlag

Uli Aechtner
Programmschluss
Roman
Band 14959

Lizzi fristet ihre Tage mit Pralinen vor der Glotze, Doddo verbummelt ihre Freizeit in den Umkleidekabinen von Trend-Boutiquen. Als Doddos Gatte, ein berühmter Fernsehproduzent, entführt wird, werden die ungleichen Mädels zu einem fast unschlagbaren Ermittler-Team.

Spannend, komisch, hintergründig.

Fischer Taschenbuch Verlag